角川春樹事務所

目次

《江戸》
金龍山浅草寺
東本願寺
上野
不忍池
五鈴屋江戸店
(田原町)
隅田川(大川)
浅草御蔵
神田川
浅草御門
元飯田町
俎橋
神田
両国橋
江戸橋
堺町
新大橋
御城
(江戸城)
日本橋
日本橋
近江屋江戸店
(坂本町)
楓川
永代橋
掛川
日坂
東海道
沼津
箱根
小田原
川崎
品川
日本橋

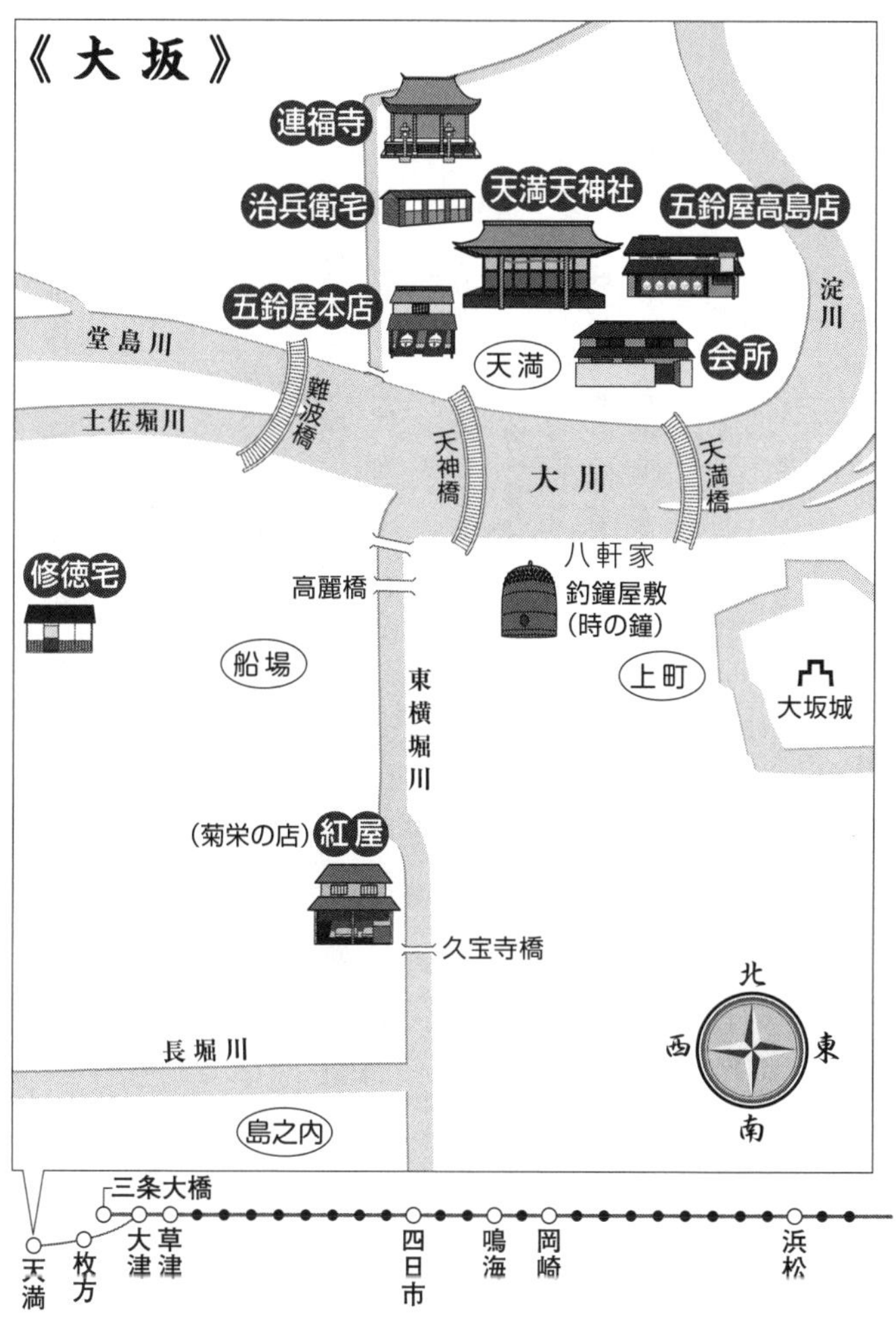
《大坂》
連福寺
治兵衛宅
天満天神社
五鈴屋高島店
五鈴屋本店
淀川
堂島川
天満
会所
土佐堀川
難波橋
天神橋
大川
天満橋
八軒家
修徳宅
高麗橋
釣鐘屋敷
(時の鐘)
船場
上町
大坂城
東横堀川
(菊栄の店) 紅屋
久宝寺橋
北
西
東
南
長堀川
島之内
三条大橋
天満
枚方
大津
草津
四日市
鳴海
岡崎
浜松

地図・河合理佳

「あきない世傳 金と銀」主な登場人物

幸（さち）　学者の子として生まれ、九歳で大坂の呉服商「五鈴屋（いすずや）」に女衆奉公。商才を見込まれて、四代目から三代に亘っての女房となる。六代目の没後、期限付きで七代目店主となり、江戸へ出る。

治兵衛（じへえ）　「五鈴屋の要石」と呼ばれた、もと番頭。卒中風に倒れるも、順調に回復中。ひとり息子の賢輔（けんすけ）は江戸店の手代を務める。

お竹（たけ）　五鈴屋で四十年近く女衆奉公をしたのち、幸に強く望まれて江戸店へ移り、小頭役となる。七代目の片腕として活躍中。

惣次（そうじ）　五鈴屋五代目店主で、幸の前夫。商才に富むが人望に欠け、幸を離縁して隠居、消息不明となる。のち、江戸で再会。

智蔵（ともぞう）　惣次の弟で六代目店主。恋女房の幸を守るべく心を砕くも、持病の急変のため逝去。

結（ゆい）　幸の妹。母の房（ふさ）の没後、郷里津門村から五鈴屋へ移り住む。

あきない世傳（せいでん）
金と銀
九
淵泉篇（えんせんへん）

ただ金銀が町人の氏系図になるぞかし

井原西鶴著『日本永代蔵』より

第一章　ままならぬ心

大晦日、江戸の街は朝から陽射しを見ない。

前日の暴風は去ったものの、あちこちに桶やら笊やらの残骸が散らばっていた。

ここ田原町三丁目の表通りでも、曇天下、商家の小僧たちが、かじかむ手に息を吹きかけつつ、懸命に竹箒を動かす。せっかくの箒の筋目を踏み潰して、年嵩の奉公人たちが忙しなく店を出入りしていた。誰しもが殺気立った気配を纏っている。

無理もない。泣いても笑っても今日一日。今日中に掛け取りが叶わなければ、節季を済ますことが出来ず、新年を迎えるどころではなくなってしまう。

小僧の一人が、ふと、手を止めて一軒の店を訝しげに眺めた。

間口二間半（約四・五メートル）のその店は、これまで大晦日も休みなしだった。常ならばとうに青みがかった緑の暖簾を表に掛けるはずが、戸口がむき出しのままだ。顔馴染みの奉公人たちが血相を変えて飛びだしていったかと思えば、職人風の男が連れ合いらしき女を伴って駆け込んでいった。小僧の目には、節季を巡っての切羽詰まった所作に映った。

「あそこは店前現銀売りで、掛け取りとは無縁のはずなのに」

立看板の「呉服太物　五鈴屋」の文字に目を留めて、小僧は首を捻っている。

五鈴屋江戸店の表座敷では、先刻から店主の幸が唇を真一文字に引き結び、動揺にじっと耐えていた。

染物師の力造は、神棚に手を伸ばし、榊立てや水玉や皿をそっと動かして、棚の上を慎重に検める。

「お前さん、どうだい」

女房のお才は、じりじりと焦れて声を上げる。

「よく見とくれでないか。型紙の一枚くらい、棚の底に張りついてやしないかい」

よくよく確かめて、力造は腕を下ろし、無念そうに首を左右に振った。

「無ぇ」

「そんな」

お才は開いた掌で口を覆い、全身の力が萎えたが如く、へなへなと畳に座り込む。

手代の賢輔が図案を考え、型彫師の梅松が精魂傾けて彫った、十二支の漢字を散らした紋様の伊勢型紙。今後の五鈴屋の命運を賭す大事な型紙は、昨日、仕上がったばかりだった。六枚とも文箱に入れて力造のもとから五鈴屋へと運び、神棚に祀ったのは昨夜のこと。それが今朝になって、文箱ごと消えていた。

否、消えたのは型紙だけではない。

幸の妹の結も、「かんにん」との書き置きを残して姿を消している。誰がどう考えたところで、「結が型紙を勝手に持ち出した」という答えにしかならない。

支配人の佐助と手代の賢輔、それに小頭役のお竹は手分けして、結の行きそうな場所を探し回っている。連絡を受けた力造とお才は、取るものも取り敢えず、真っ先に駆け付けたのだ。

何でまた、と掠れた声でお才は言う。

「一体、何でまた、結さんはあの型紙を持ち出したりしたんだろう。あれを作るのに皆がどれだけ苦労したか、知ってるはずなのに」

お才の言葉は火矢となって、幸の胸を射抜く。

そう、妹は全て承知の上で、文箱ごと抱えて行方をくらませたに違いない。

何故、そして何処へ、とそればかり考えて息が詰まる。自ら捜して回りたいのだが、店を空にするわけにもいかず、ぐっと堪えていた。

畳を這って幸の傍まで寄ると、お才は幸の腕を摑んで、強く揺さ振った。

「女将さん、心当たりはないんですか。結さんが何でそんなことをしたのか、あの型紙を持ち出して、どうするつもりなのか、本当にわからないんですか。型紙を仕上げたあと、性根尽きて死んだみたいに寝てる梅松さんに、私ぁ、どう伝えたら良いんですか」

「手前は黙ってろ」

女房の両肩を摑んで幸から引き離し、力造はお才を叱責する。

「こんなことになって、一番こんがらがってんのは、七代目に違ぇねぇだろうが。そんなこともわからねぇのか」

亭主の一喝で、お才は項垂れた。

女房が大人しくなったところで、力造は姿勢を正して、七代目、と呼びかける。

「結さんは、心根の優しい、良い妹さんだ。五鈴屋の役に立とうと、いつも懸命だった。だから、店の者を、ましてや七代目を、困らせようとして型紙を持ち出したわけじゃぁねぇですよ、きっと」

力造の台詞は、混乱の波に呑まれていた幸にとって、何よりの救いとなった。ありがとうございます、と謝意を伝える声が揺れる。

力造は言葉を選びつつ、問うた。

「若い女が思い詰めて家を飛び出すってのは、言い難いが、大抵は男絡みだ。皆の知らないところで、結さんが悪い輩にたぶらかされてた、ってことは無ぇですかい」

「それは」

幸の脳裡に、蛸に似た風貌の男の顔が浮かぶ。舌で上唇を舐める、下卑た仕草。結を後添いに、と熱望していた本両替商、音羽屋忠兵衛だ。

結が居なくなったと知った時、その行き先として音羽屋が頭を掠めたのは確かだ。だが、それだけはあり得ない、あってほしくない、と強く打ち消し続けている。音羽屋と結との縁は、とうに断ち切れたはずだ。仲人役の小西屋に、結本人の口からきちんと断りを入れたではないか。幸は自身に言い聞かせた。

「幾らなんでも、結さんに限って、そんなことはありゃしませんよ」

黙り込む幸の気持ちを慮ってか、きっぱりと打ち消してみたものの、「ただねぇ」とお才は思案顔になった。

「もしや……もしや、結さんは賢輔さんのことが好きなんじゃありませんかねぇ」

力造の昔馴染みの糸商、寿屋から賢輔を婿養子にほしい、との話が持ち込まれた時、結は酷く狼狽えていた。それを間近に見て、お才は「もしや」と思ったのだという。

いや、そいつぁ、と難しい顔で、力造は頭を振る。

「賢輔の肩には、五鈴屋の小紋染めがかかってる。今は、誰かに惚れたの何のって場合じゃねぇだろう」

「だからこそ、出ていったんじゃないのかねぇ。添えぬ相手とひとつ屋根の下に暮らすのは、結さんだって辛かろうし」

しんみりと話す女房に、力造は、

「百歩譲ってそうだったとして、何も型紙まで持って出るこたぁ無ぇと思うんだが」

と、怪訝そうに首を捻っている。

夫婦の遣り取りを見守るうち、幸は先達て聞いたお才の話を思い出した。

お才と姑とが浅瀬で転んだ際、力造が即座に、自分の母親ではなく、お才の方を先に助け起こした、というあの話だ。

――私はそれが嬉しかった。咄嗟に取った行いだからこそ、あのひとの私への気持ちが、透けて見えたように思ったんです

風に煽られ、姉妹を目がけて飛んできた青竹。咄嗟に、結ではなく幸を庇った賢輔。

お才の台詞が、昨夕、我が身に起こったことと重なる。もしや、と幸は双眸を大き

く見開いた。

助け起こされた時の結の様子や、そのあとの呆然自失は、もしや、身に降りかかった災難に肝を潰しただけではなかったのではないか。結はあの時「賢輔に選ばれなかった」ことで、深く傷ついたのではなかろうか。

件の型紙は、皆にとって、これからの小紋染めの流れを変えることになる大切な宝だ。しかし、結にとって、あの型紙は恋い慕う賢輔が心血を注いで図案を描いた、謂わば、賢輔そのものに違いない。だからこそ、型紙を持って出ていったのではなかろうか。妹の書き残した「かんにん」も、それならば理解できる。

賢輔の身代わりの型紙を持ち、「かんにん」の言葉を姉に残して、妹はどうするつもりか。文箱を胸にかき抱いて、大川端に佇む結の姿が脳裡を過る。最早、一刻の猶予もならない。

「相済みませんが、あとをお願い出来ますか」

幸は口早に言い置いて、返事も聞かずに店を飛びだす。

「七代目、私も付き合いますぜ。お才、あとを頼む」

背後で力造の声が響いていた。

力造とふたり、鉛色の空のもと、大川沿いを結の名を呼びながら探し回る。両国橋、新大橋の橋番所を訪ねるも、結局、何の手掛かりも得られなかった。

ただ、今日は大晦日ゆえに人の出も多く、大川に身を投げる者があれば誰かの眼に止まらぬはずはない、と異口同音に言われたことが救いだった。

「ご寮さん、堪忍しとくれやす」

一番最後に五鈴屋に戻った賢輔は、額を板の間に擦り付けて、悲痛な声を振り絞った。行灯の明かりが、平伏する手代を淡く照らしている。

「どないしても、結さんを見つけられませなんだ」

一足先に戻っていた佐助とお竹は、賢輔の報告に肩を落とす。

上野から柳原堤、堺町、日本橋界隈、それに各々の自身番と木戸番を、終日、佐助とお竹、賢輔の三人で手分けして尋ね歩いていたのだ。

長次と壮太、近江屋の支配人らの尽力も得たが、未だ行方は知れない。結も型紙も消えたまま、徒に夜は更けていくばかり。これからどうなるのか、誰にも、何もわからない。途方に暮れるより他なかった。

「あんまり思い詰めないでおくんなせぇよ、七代目、それに皆も」

最後まで残っていた力造が、傷心の主従を懇篤に慰める。

「身の置き所の無さに、一時、消えてしまいたい、と思うことはありますぜ。けど、十五、六の小娘ならいざ知らず、結さんにはそこら辺りの分別はあるに違えねぇよ」

気持ちが落ち着けば必ず戻る、と言い残すと、力造は見送りを断って帰っていった。

幸は戸口に佇んで、遠ざかる提灯の火を見届ける。大晦日は湯屋が夜通し開いているためか、表通りにはまだ人通りがある。湯屋帰りの客を見込んで、蕎麦の屋台見世が少し先に出ていた。何処かに結が紛れてはいないか、と幸は目を凝らす。

ふと、結と同様、賢輔に恋心を抱いた千代友屋のこいさんが、想いを封じて親の選んだ相手と祝言を挙げたことを思い起こす。自分より十も年下の娘の決心は、結の胸に刻まれたに違いない。型紙を無断で持ち出す、という思慮の無さはあれど、自ら死を選ぶはずがない。

青竹の一件にしたところで、奉公人にとって、守るべきは店の暖簾であり、店主なのだ。賢輔の取った行いは、奉公する者なら当たり前のことで、結が傷つく必要など全くない。愚かな勘違いを正してやりたかった。

結、結、何処にいるの。早く帰っていらっしゃい――闇に向かって、心のうちで呼びかけた時だ。

「五鈴屋さん」

ふいに名を呼ぶ者があった。

広小路とは逆の闇から、提灯の火がゆらゆらとこちらに近づいて来る。提灯に墨書された店の名を認めて、幸は息を呑んだ。

「こんな夜分に、しかも大晦日に、申し訳ございません」

如何にも商家の中番頭といった風情の男が、戸口を潜るなり、五鈴屋の主従に丁重に腰をかがめた。半纏にも、提灯と同じ「音羽屋」の屋号が記されている。その顔に見覚えがあった。昨年の長月、音羽屋忠兵衛とともに五鈴屋を訪れた奉公人だった。

相手はゆっくりとした口調で、こう切りだした。

「音羽屋主、忠兵衛より、妹御のご無事をお伝えするように、と申し付かりました」

背後で、佐助たちが息を殺している。幸は相手ににじり寄り、鋭い語勢で尋ねた。

「結は、結はそちらに居るのですか」

「はい、五鈴屋さんではきっと心配しておられるだろうから、ともかくお知らせするように、と」

早朝、日本橋本両替町の通りを行きつ戻りつしている結を認めて、忠兵衛が店に招き入れた。体調が優れぬようなので、奥で休ませて、直ちに医者を呼んだという。

「医者の見立てでは、気鬱と風邪で四、五日の養生が必要とのことでした。もっと早くにお知らせすべきところ、本日は大晦日のために私どもも手が足りず、今になってしまいました」

お許しくださいまし、と音羽屋の奉公人は頭を下げた。

結の無事が判明し、主従は心底安堵して、互いを見合った。そうなると、残る気がかりはひとつきりだ。

「結さんは」

佐助が上ずった声で、相手に問う。

「何ぞ、荷物をお持ちやなかったですか」

荷物、と男は繰り返し、ああ、と思い出した体で首を上下に振った。

「中身は針箱か何かでしょうか、角ばった風呂敷包みをお持ちでした。胸に抱え込んで放そうとしないので、小女が何とか説得して枕もとに置かせてもらった、と話していました」

男の返答に、佐助は前屈みになって大きく息を吐きだした。

「こちらを慮ってのお知らせ、心から感謝いたします。この通りでございます」

幸は両の手を揃えて、丁重に頭を下げた。三人も店主に倣う。

「今からご一緒して、妹を連れて帰ります。佐助どん、すぐに用意をし」

「それはお控えくださいまし」

支配人に向けた幸の言葉を遮り、忠兵衛の遣いは、強い口調で言い募る。

「妹御は薬湯が効いて、よくお休みになっておられます。医者からも養生第一と命じられているため、店主から今夜のご訪問はお控え頂くようかたがた申し付かっております」

暗に「来られても迷惑だ」と仄めかす相手に、佐助は必死の形相で迫った。

「それやったら、せめて」

その先を、佐助は辛うじて封じた。

結の荷物を返してほしい、と訴えることは、それが五鈴屋にとってどれほど大事なものかを相手に知らしめることになってしまう。支配人の苦悶は明らかだった。

相手がどう言おうと、このまま音羽屋へ乗り込んで、型紙ごと妹を連れ戻したい。それが、姉としての偽らざる気持ちだった。だが、店主としては、わざわざ結の無事を知らせてきた相手への礼節をも踏まえねばならない。幸は奥歯をぐっと嚙み締め、辛くも腹を据えた。

「妹にお気遣い頂き、ありがとうございます」

音羽屋も、よもや体調の優れない娘をどうこうするとも思われない、否、思いたくなかった。

「お言葉に甘えて、今夜は、妹をお預けします。明日、迎えに参りますので、ご店主によしなにお伝えくださいませ」

辛うじて、掠れた声を絞りだす。

遣いの去ったあとは、どうにも行き場のない主従の思いが重く淀んだ。

最悪の事態は回避されたものの、型紙を抱えた結が本両替町の通りを行きつ戻りつしていた、という事実は、幸にとっては苦いばかりだ。終日、結を探し回った奉公人たちの胸中を慮れば、何とも辛い。

「佐助どん、お竹どん、賢輔どん。この通りです」

遣いの去った土間で、幸は奉公人たちに深々と頭を垂れる。

「主が奉公人に頭下げるような真似、止めとくなはれ」

お竹が言い、佐助と賢輔も「お顔を上げとくれやす」と懇願したが、幸はどうしても詫びずにはいられなかった。

――たった二人きりの姉妹やないの。私にも江戸で姉さんの手伝いをさせて

先刻から、結の声が幸の耳もとで際限なく繰り返されていた。

十二支の文字散らしに辿り着くまでの、賢輔の煩悶。命を削るようにして型彫に専心した梅松の執念。陰で支えた力造お才夫婦。どうやって売るか、知恵を絞っていた五鈴屋の奉公人たち。

仮にあの型紙が音羽屋の手に渡ってしまえばどうなるのか、結とて考え付かぬわけはない。皆の思いを踏みにじるような真似を、妹がするはずはない――今、この期に及んでも姉は信じたかった。型紙は必ず、結の手で戻させなければ。幸は自身に言い聞かせることで、懸命に耐えるよりなかった。

宝暦五年（一七五五年）、元日。

昨日とは打って変わって上天気に恵まれて、江戸の街は厳かに一年の幕を開けた。まんじりともせぬまま朝を迎えた幸は、お竹と賢輔に見送られて、佐助とともに音羽屋へと向かう。

暖簾のない商家の戸口ごとに注連飾りや門松が飾られ、年神様を迎え入れていた。夜更かしが過ぎたのか、あるいは神田や湯島辺りで初日の出を拝み、二度寝を決め込んでいるのか、表通りにも小路にも殆ど人影を見ない。しんと静かな街を、五鈴屋の店主と支配人は急ぐ。浅草広小路から浅草御門、馬喰町を過ぎて小伝馬町、そして本石町まで来れば、目指す本両替町は直ぐだった。

間口二十間（約三十六メートル）、本瓦葺き土蔵造りに、外壁は厚く漆喰を塗り込んで仕上げてある。表の立看板には「音羽屋」の文字。

堂々とした店構えを見上げて、幸は深く息を吸い、静かに吐きだした。

幸が頷くのを認めて、佐助は閉ざされた戸口を開いた掌でゆっくりと叩く。

「御免やす、浅草田原町の五鈴屋だす」

ほどなく、内側から「はい、ただ今」と応じる小僧の声が聞こえた。

「これはこれは、五鈴屋さん」

極上の黒羽二重を纏った男は、入室するなり上機嫌の声を上げて幸の前に座った。

「新年早々、かほどにお美しい客人を迎えて、嬉しい限りです。まさに眼福、良い一年になりそうだ」

「元日の早朝からお騒がせして申し訳ございません。また、昨日は妹が大変なご迷惑をおかけしました」

蛸を思わせる店主の顔を正面から見つめて、幸は畳に両の手をつく。そして、この通りでございます、と深く頭を下げた。

いやいや、と鷹揚に応じて、音羽屋忠兵衛は満面に笑みを湛える。

「商いをしていると、大っぴらに休めるのは元日くらいだ。今日はゆっくりしていってください。今、祝い酒の用意をさせますから」

ひとを呼ぶべく、両の掌を打ち鳴らそうとする音羽屋を、「いえ、それには及びません」と、幸は制した。

「これ以上のご迷惑をおかけするわけには参りません。直ぐに妹を連れ帰らせて頂きます」

有無を言わさぬ口調で伝える七代目のことを、しかし、音羽屋は粘った眼で眺めて、

「さて、それは困りましたなぁ」

と、頰の肉をたぷたぷと震わせて頭を振る。

どういう意味か、と険のある眼差しを向けて、幸は相手の言葉を待った。

忠兵衛は人差し指で顎を掻きながら、実は、と徐に切りだす。

「五鈴屋に戻りたくない。姉にも店の者にも二度と会いたくない――結さんはそう言って譲らないのですよ。子細は知りませんが、よほどの思いをしたのでしょう。店にも、あなたにも、ほとほと嫌気が差したようだ」

すーっと眼を細め、音羽屋は続ける。

「こういう時、無理強いはお勧め出来ませんなぁ。ほれ、あなた自身も常々仰っていたではありませんか。『本人の気持ちを何よりも重んじたい』と」

事態を面白がり、いたぶるような口調だった。怒りに呑まれぬよう、少し息を溜めてから幸は唇を解く。

「如何に理由を付けたところで、家出が許されて良いわけはありません。道理を教え諭し、家に戻るよう言い聞かせることもせず、ただ匿うとは如何なものでしょう」

「年が明けて二十八。大年増に手が届くという女を、まるで幼子扱いですなぁ」

はっはっは、と大蛸は天井を仰いで呵々大笑する。

我慢の糸が切れたのか、幸の後ろに控えていた佐助が突然立ち上がり、襖を開けて廊下へと飛び出した。幸が止める間もなかった。

「結さん、何処だす、何処に居てはるんだす」

結を呼ぶ大声に加え、廊下を踏み鳴らす音が屋敷中に響いて、忠兵衛は「何と」と仰々しく眼を剝いた。

幸は佐助のあとを追い、急ぎ廊下へと出る。部屋の襖を次々と開けて、佐助は「結さん、結さん」と探して回るも、ほどなく音羽屋の男衆らに取り押さえられた。

「乱暴は止めなはれ」

思わず国訛りで叫んで、幸は男衆らと佐助の間に割って入る。剣幕に気圧されたのか、男たちは佐助を解放した。

年始の客か、羽織姿の男たちが廊下を覗いて、こちらの様子を窺っている。みしり、みしり、と音を立てて、苦虫を嚙み潰したような顔つきの忠兵衛が迫ってきた。

「大した躾ですなぁ、五鈴屋さん」

それまでの愉しげな表情から一変、

「これではまるで押し込みだ。店の名が泣く」

と、吐き捨てた。

忠兵衛の台詞に、佐助は真っ青になって廊下に両の手をついた。

「申し訳おまへん、ただただ、思い余ってのことだす」

「黙りなさい、元日早々にとんだ捕り物だ。摘まみだされないうちに、お引き取り願いましょうか」

最後の台詞を幸に向かって言い放つ。その時、ほんの一瞬だが、尖り気味の唇の片端が持ち上がり、冷笑が浮かぶのを、幸は見逃さなかった。

こちらを挑発し、こうした展開になるよう仕組んでいたのだ。

おそらく、結の荷の中身も検め、その用途にも気づいているに違いない。

大事なあの型紙を、六枚全てを、結自身に持ち帰らせなくては、取り返しのつかないことになる。五鈴屋七代目店主は板敷に正座すると、丹田に力を入れて、忠兵衛や男衆たちを見回した。

「奉公人は、いつ如何なる時も禍から店主を遠ざけ、守り通そうとする。咄嗟の振舞いは、商家に奉公する者の忠義の顕れです。支配人の非礼は、主の私が深くお詫びします」

この家の何処かで息を潜め、聞き耳を立てているだろう妹に届くよう、幸は明瞭に告げて、神妙に一礼する。幸の後ろに控え、佐助もまた「堪忍しとくれやす」と平伏した。

幸は音羽屋を仰ぎ見て、言葉を続ける。

「気持ちの行き違い、思い違いは世の常。じきに亡き母の月忌ですので、供養を頼んでおります菩提寺へ、姉妹揃って参りたい、と存じます。苦労を共にした者たちも皆、無事の戻りを待っています――妹に、そうお伝えくださいませ」

危ういところもある妹だけれど、決して愚かではないと信じたい。幸は思いの丈を言の葉に込めて、相手の返事を待たずに立ち上がった。

件の型紙を仕上げたあと、精魂尽きて寝付いていた梅松が漸く目覚めたのは、正月三日の昼であった。

知らせを受けた幸は、佐助とお竹に店を任せて、賢輔を伴い、力造宅へと急ぐ。

「目ぇ覚めたら四日も経ってまして、我ながら驚きました」

えらいご心配をおかけして、と梅松は白髪頭を下げてみせた。

力造宅の一番奥の座敷、普段は梅松が型彫の仕事場にしている部屋だ。手前が低くなっている作業台には、道具が納めてあると思しき、木箱が置かれていた。

作業台に向かい、まるで何かに取りつかれたように型彫をしている姿を思い出して、幸は何とも胸が詰まる。

結が件の型紙を持ち出した事実を、どう告げたものか。それに、型紙が戻らない場合に備えて、仕事を遣り遂げたばかりの梅松に、全く同じ図案の型彫を再び頼まねばならない。どう切りだしたものか、と逡巡していた時だ。

「力造さんから、事の次第を聞かせてもろうてます」

梅松の方から口火を切られて、幸は僅かに両の肩を引く。

「七代目、その方がよかろうと思って、私の口から粗方の事情を、梅松さんに話させてもらいましたぜ」

部屋の隅に控えていた力造が言い、傍らのお才もこっくりと頷いた。

眠りから目覚めたばかりの梅松には、何とも酷な話だ。まずは、ひとつ屋根の下に暮らす自分たちから伝えた方が良かろう、と考えたのだろう。

事実を予め聞かされていながら、梅松の語勢にも表情にも、怒りや憤りがない。何故だろうか、と戸惑いを隠せないまま、幸は畳に手を置いて、深々と頭を垂れた。

「梅松さん、この通りです。全て、姉である私の責任です」

母、房の月忌は八日。お家さんだった富久の月忌も同日だった。それまでに、妹は必ず型紙を持ち帰る、と自身に言い聞かせてはいても、音羽屋からも結からも、今のところ沙汰止みだった。

本当にねぇ、とお才が前掛けを引っ張って、やるせなさそうに零す。

「店を出ていったことについちゃあ、酌むべき事情もあるだろうけど、本当に、結さんも大概にしてくれないと。あと五日のうちに戻らないとなると……。あんまりですよ、こんな仕打ち」

お才の台詞は、そのまま皆の気持ちだった。妹の不始末を、姉として詫び続けるより他ない。

七代目、と型彫師は穏やかに幸を呼んだ。

「そない謝らんでください。七代目に頭を下げられたら、私は、どないしたらええか、わからんようになってしまう。五鈴屋さんは、白子で息苦しい思いをしてた私を救ってくれはった恩人ですよって」

それに、と梅松は両の太腿に手を置いて、幸、賢輔、染物師夫婦を順に眺めた。

「音羽屋か田所屋か知らんが、私の彫った型紙、あの十二支の文字散らしの型紙は、扱いきれんと思います。五鈴屋以外の店が、あれで染めた反物を売り出しでもしたら、えらい騒動になりますやろ」

梅松が何を言わんとしているのか測りかねて、幸は力造夫婦と顔を見合わせる。

力造が、梅松の方へと身を乗りだした。

「梅さん、わかるように話しちゃあ、くれまいか。あの型紙を使って小紋染めにしたものが五鈴屋以外で売られたら、何で騒動を引き起こすんだい」

型付師の問いかけに、型彫師は眉尻を下げ、賢輔を見てから視線を畳に落とした。どう話したものか、迷っている様子だった。やがて意を決した体で、梅松は手を伸ばして作業台に置かれた木箱を取った。蓋を外して、中から一枚の紙を取りだす。

畳に置かれたその紙を、四人は取り囲むようにして見入った。

子、丑、寅、卯、辰、巳、午、未、申、酉、戌、亥の十二文字が一面に散らしてある。四人には、よくよく見覚えのあるものだった。

「これは賢輔さんが描いた図案です。これを写し取って型を彫ったんやが、実は」

一旦、言葉を区切って、梅松は賢輔に視線を投げる。

「賢輔さん、堪忍したってな。私はあんたの図案を型紙に起こす時に、目立たんとこに少しだけ、手を入れさせてもろてますのや」

へぇ、と賢輔は、梅松の双眸を真っ直ぐに見返して応える。

「十二文字のはずが、三か所だけ別の字ぃが混ざってました」

手代の返事を聞いて、梅松は仰け反った。

「賢輔さん、あんた、気ぃついてたんか」

型彫師に問われて、図案を描いた手代は、ゆっくりとひとつ、頷いてみせる。

魂消た、心底魂消た、と型彫師は繰り返す。

「妙だねぇ」

納得がいかないのか、お才は低く呻いた。

「あの型紙なら、賢輔さんよりも、うちのひとや私の方が散々、見てるはずなんだよ。ほかの字が混じってるんなら、わかりそうなものだけどねぇ」

「一文字、一文字が小さいのもあるが、それにしたって皆目、気づかなかった」

力造もまた、面目なさそうに肩を落とす。いやいや、と梅松は軽く白髪頭を振った。

「型紙の状態で見つけるんは、至難の技やと思います。力造さんの手で型付してもろて、最初の一反が染め上がった時に、七代目に打ち明けてお許し願おう、と思うてました」

よもや、その前に見抜かれてるとは思わなかった、と型彫師は太い息を吐く。

型付師夫婦だけではない、幸も見落としていた、ということだ。しかし、解せない。

梅松は何故、もとの図案に手を加えたことを伏せていたのだろうか。

また、賢輔も何故、自分の描いた図案と違うところがあることに気づきながら、今まで黙っていたのか。

考え得るのは、梅松も賢輔もともに、それが五鈴屋にとって益になる、と判断したからではないか、ということだった。

「ご寮さん、堪忍しとくれやす」

幸の疑念を察したのだろう、賢輔が深々と頭を下げる。

賢輔さん、待ってや、と型彫師は手代を制し、幸の方へと向き直った。

「賢輔さんに非はあらへん。七代目、私が何をしたか、お話させて頂きまひょ」

年明けからずっと晴天続きだったが、睦月八日は、未明より雨になった。立春はとうに過ぎたはずが、身も心も凍えるほどの氷雨だった。

五鈴屋江戸店では、初荷から今日まで、不安と焦燥を押し殺し商いに励んできた。富久と房の月忌に当たるこの日、夕刻まで待ってみたものの、やはり結からも音羽屋からも、梨の礫であった。

五鈴屋の誰も口にしないが、今日のお湿りは、皆の涙雨に違いなかった。

「ご寮さん、お足もとに」

松福寺からの帰路、考え事をしていて、水溜まりに足を取られそうになるのを、お竹が素早く止めた。

ありがとう、と短く礼を言い、幸は傘を傾げて空を仰いだ。

暗天から無数の銀の矢が、幸に向かって降ってくる。暫し、じっと雨に見入ったあと、幸は吐息とともに呟いた。

「ひとの心は難しい。どれほど傍に居たところで、わからないものね」

お竹はただ黙って、幸の独り言を受け止めていた。

結に対しては、姉としての想いがある。今に至っても、「何かほかに事情があるのではないか」と考えてしまうのは確かだった。

けれど、店主としては、新しい小紋染めに関わった者たちの苦労を踏みにじる真似をされたことに、例えようのない怒りと悲しみを覚えていた。これまで、商売敵からどんな仕打ちをされても、乗り越えてきた。けれども、身内の裏切りというのがここまで応えるとは、今の今まで知らなかった。

「今になって、お家さんの胸中が、手に取るようにわかります」

四代目に明石縮を横流しされたり、誓文払いの売り上げを盗まれかけたり、と信じては裏切られて、の繰り返しだった。

三代目に生き写しの孫から受けた数々の仕打ちに、富久はどれほど打ちのめされただろう。否、打ちのめされただけでは済まない。結果として、五鈴屋の屋台骨を緩め、がたがたにしてしまった。大坂商人として、幸が誰よりも敬い、慕う富久ではあった。だが、四代目に対する姿勢に、首を傾げていたのも事実だ。

身内に甘くあっては、奉公人からの信を失う。一体、どうすべきか。考えあぐねて、幸はじっと雨を見つめている。

第二章　ふたつ道

七日後の小正月に、大きく事が動いた。

その日、五鈴屋は、店開け前に来客を得た。黒羽二重の紋付姿の男は、本町三丁目の薬種商、小西屋五兵衛。小西屋を迎えるのは、三度目だった。

「三度目の正直、という言葉がありますが、まさにその通りになりました」

会心の笑みを洩らして、小西屋は帯に挟んだ真新しい扇子を抜き、膝前に置いた。

「忠兵衛さまは、かねてより後添いに、と望んでおられた結さまを得て、まさに人生上々。ゆくゆくは、呉服商いにも進出されるお心積もりとのことです」

めでたい、実にめでたい、と仲人気取りの男は、喜色満面で繰り返す。

「昨日、久々に結さまにお目にかかりましたが、忠兵衛さまと仲睦まじくお過ごしだからでしょうなぁ、匂い立つほどに艶めいておられて驚きました」

感嘆とともに洩らされた台詞に、幸は思わず双眸を閉じた。

自らの意思で、結は音羽屋の後添いになる道を選んだということか。

激しい落胆に呑まれぬよう、幸は自らに言い聞かせる。そう、母の月忌に姿を見せなかった時から、こうした展開になることは予測がついていたはずだ。

七代目の心中を忖度することなく、客は懐から紫の袱紗包みを取りだすと、開いた扇子の上に載せて幸の方へと滑らせる。

触れることもせず、幸は冷ややかに問うた。

「これは？」

「音羽屋忠兵衛さまからですよ。結さまを正式に後添いに迎え入れることをお許し頂いた、その感謝の印に、と」

袱紗包みの大きさから見て、小判五十両の包金がひとつだろうか。

慶事に沸き立つと思いきや、五鈴屋店主があまりに静かなことを怪しみ、薬種商は大きくひとつ咳払いをした。

「忠兵衛さまより『身一つで充分と思うておりましたが、何よりの土産、いたみ入ります。音羽屋の女将としての披露目をさせて頂きますので、是非ともご列席賜りますように』との伝言をお預かりして参りました」

何よりの土産、というのは即ち件の型紙のことに違いない。あの型紙は音羽屋の手に渡ってしまったのだ。目の前の包金はその謝礼、ということか。

梅松の打ち明け話を聞かされていればこそ、冷静さを保ててはいても、賢輔の苦悩を、梅松の精進を、皆の夢を、無残に踏みにじっておいて、という激しい怒りは封じきれない。滾る思いを堪えて、幸は小西屋に鋭い視線を投げた。

五鈴屋店主の沈黙と険しい表情に、小西屋は怯んだ。一体、何が相手の機嫌を損ねたのかと、しどろもどろになりつつも、阿る口調で言った。

「何分、正式な結納という形ではないし、金額に御不満はおありだろうが、今日の所はご挨拶ということで、まずは御納めを」

「披露目は、いつでしょうか」

相手の言葉を遮って、幸は低い声で尋ねる。

音羽屋の方から列席を乞うたのだ、結も姉から逃げるわけにはいかないだろう。会って、問い質さねば。型紙を音羽屋に渡した経緯を。それが妹の本意かどうかを。

七代目の気迫に呑まれて、仲人は、「来月二日、初午に」と、答えた。

祝言は大抵、陽が落ちてからだ。幸は相手の双眸をじっと見つめる。

「では、当日の夕方に音羽屋へ伺いましょう。妹と二人きりで話せるように、取り計らって頂けますか」

七代目の訴えに気圧されたのか、小西屋は首肯してみせる。幸は短く「感謝します」と謝意を伝えて、畳に置かれた扇子を相手へと戻した。

「こちらはお骨折り代として、小西屋さんで御納めくださいませ」

「しかし、それでは」

抗ってみせる小西屋に、幸は眦を決して、

「当日、音羽屋店主の目の届かぬところで、結だけに会いたいのです。その段取りを取って頂きたい」

と、畳み込む。

大坂では、縁組を取り持った仲人は、敷銀の一割の礼をもらうのが習いだった。江戸の実情は知らないが、音羽屋から小西屋へは、相当の謝礼が流れるに相違ない。鼻薬が効く相手だと踏んで、幸は小西屋に橋渡しを頼んだのだ。

小西屋にしても、眼前の包金を音羽屋に返したところで、音羽屋の不興を買うだけ。むしろ、己の懐に仕舞い込む方が得策だろう。

僅かな逡巡ののち、仲人役の男はゆっくりと顎を引いてみせた。

「結さんは、何でそんなことになっちまったんだろうねぇ」

絶句の後、お才は堪りかねたように嘆いた。

小西屋の訪問を受けた日の夜、幸は佐助とお竹、賢輔を伴い、力造宅で事の経緯を伝えたところだった。五鈴屋の奉公人たちは、先ほどからじっと痛みを堪えて、七代目の話に聞き入っていた。

「親子ほど齢の離れた相手と添うのも、後添いに収まるのも、世間じゃあ、よくある話ですよ。けれど、あの大事な型紙を、むざむざ音羽屋に渡しちまうなんて……」

幸の心中を察してか、お才はその先を言わずに口を噤む。

重苦しい雰囲気に包まれる中、力造が唇を解いた。

「音羽屋はもともと、呉服商で奉公してた、と聞いたことがある。貸金の形に田所屋を乗っ取ったのも、いずれ呉服商いを、との魂胆に違いない。小紋染めで一山あてるつもりだろうから、あの型紙は、おそらくもう何処かの染物師のところへ運ばれてるだろう。俺の知らないところであの型紙が使われちまう、と思うと堪らねぇよ」

辛抱なんねぇ、と膝に置いた握り拳を、わなわなと震わせている。

梅松の彫る型紙に惚れ込み、己の手で型付し染められることを、無上の喜びとしていた力造だった。亭主の絶望に、お前さん、とお才が優しく呼んで寄り添った。

型付師には型付師の無念があり、商人には商人の無念がある。

音羽屋に渡った型紙六枚全てを用いて、型付と染めが行われるとして、ひと月半、否、ふた月あれば、ある程度、数も揃う。早ければ如月のうち、遅くとも弥生の半ばまでには、十二支の文字散らしの小紋染めは売りに出されるだろう。大量に引き札を撒き、新たな小紋染めの登場を吹聴し、幟まで立てて大々的に売り出す。そうした情景が、いとも容易く浮かんだ。

「あの紋様を考えだしたのは、ここに居る賢輔だす。十二支の漢字を模様に見立てるやて、誰も思いもよらんことを考え付いたんは、賢輔だすのや」

苦悶のあまり、顔を歪め、佐助が声を絞りだす。

「それやのに、五鈴屋よりも先に、あの文字散らしの小紋染めが売られるのは、身を斬られるように辛うおます」

支配人の台詞は、その場に居合わせた皆の気持ちでもあった。

それまで無言を通していた梅松が、軽く腰を浮かせて、作業台に置かれた木箱を取り上げる。何事か、と皆に見守られつつ、型彫師は蓋を外した。

「これは……」

中を覗いて、幸は瞠目する。

重ねた六枚がずれぬよう、何か所も紙縒りで綴じられた地紙。六割近くまで、錐彫りが施(ほどこ)されていた。五鈴屋が失った、件の文字散らしの図案と全く同じ紋様だ。

「七代目から頼まれていた品です。ほんまは、中途半端なもんを誰にも見せとうはない。ちゃんと仕上げてから、ご覧に入れたかったんやが」

皆の遣(や)り取(と)りを聞いて、伏せてはおけなくなった、と型彫師は打ち明ける。

「文字散らしを彫るのは二度目なので、ある程度、勘も身についてます。あと八日もあったら、仕上げてみせます。せやさかい、五鈴屋での売り出しが、そない大きいに遅れることもおまへんやろ」

失ったのと同じ型紙が、また手に入る。

型紙さえあれば、型付と染めとで小紋染めを作ることが出来る。五鈴屋の小紋染めとして扱える見通しが立って、一同は大いに胸を撫(な)で下ろした。梅松が白子ではなく、ここに居てくれたからこそ、出来ることだ。救われた、と誰もが思った。

「こないな物言いをしてええかどうか、わからんのやけれど」

予(あらかじ)め断った上で、梅松は、佐助から賢輔、お竹、染物師夫婦、幸の順に視線を移して続ける。

「音羽屋の手に渡ったんが、ほかの者やのうて私の彫った型紙で良かった、と心底思うてますのや」

「ちょ、ちょっと梅さん、一体、どうしちまったのさ。精魂込めた型紙を横取りされちまったんだよ、『良かった』はないんじゃないのかい」

声を裏返して、お才は梅松に迫った。お才ばかりではない。型彫師の思いがけない台詞に、一同は戸惑うばかりだ。

幸は掌を拳に握り、型彫師の言い分を反芻する。

「もしも、梅松さんの型紙でなければ……」

顔を上げて、幸は梅松に尋ねた。

「『十二支の文字散らし』いう案だけが盗まれて、似ても似つかぬ型紙が彫られてしまったら、ということでしょうか」

幸の問いかけに、その通りです、と梅松はにこにこと頷いてみせる。

「別の型紙を使われてしもたら、私の仕掛けも生かされへん。何より、そないな紛い物が幅を利かせるようでは、のちのちの小紋染めのためにもなりませんやろ」

「のちのちの小紋染めのために……」

型彫師の言葉を、佐助は低く繰り返した。

それまで、音羽屋に出し抜かれる口惜しさで頭が一杯になっていた支配人は、職人のひと言に憑き物が落ちたような顔つきになる。お竹と賢輔も、互いに眼差しを交わして、頷き合った。

常に本物であり続ける、という型彫師の矜持。本物の型紙こそが、小紋染めをこの江戸に根付かせ、のちの世に残していける、という信念。職人の一途な思いは、七代目が折りに触れて話していることと、ぴたりと重なる。

梅松の台詞は、今回の一件で抱いた型付師としての無念、商人としての無念、双方を包み込んで昇華させるものに違いなかった。

「力造さん」

型彫師は型付師の名を呼ぶと、

「この型紙が仕上がったら、あとは任せますで。存分に気張ってや」

と、頼んだ。

任せてくんな、と力造は大きく頷く。

「何処のどいつが、最初に型付するのか知らねぇが、梅さんの型紙に糊を置くのは、力造でなきゃなんねぇ——そう認めてもらえるような仕事をさせてもらいますぜ」

型付師が力強く言えば、「お前さん、しっかりやっとくれよ」と、お才が亭主の背をぽんと叩いてみせる。夫婦の遣り取りに、漸く座敷に笑い声が起こった。

皆の笑顔に、幸は不意に胸が詰まる。

激しい悔いが波のように押し寄せ、呑まれそうになった。

――私はあの出来損ないの孫が、やっぱり可愛いんだすなぁ。ほんに、どんならん四代目を五鈴屋から叩きだそうとして、結局は断念した富久。その苦悩を語る声が、今もなお、幸の耳の奥に生々しく残っている。

幸もまた、幼くして別れた妹が、不憫でならなかった。子どもの頃の苦労を補って余りある人生を歩かせたい、と思った。思慮の足りなさを素直さに置き換え、正すこともなかった。姉として、愚かだった。情に流されてしまえば、本質を見失う。

二度と主筋のことで奉公人たちや関わったひとたちが翻弄されることのないように。そのためにも、結が何を思い、どう考えているのか。きちんと問い質した上で、店主としてどうすべきか決めなければ。皆の朗笑を聞きながら、幸は固く誓った。

正一位稲荷大明神
正一位稲荷大明神
とんとんとん、と太鼓を叩く音に載せて、子どもらの囃し声が、五鈴屋の奥座敷にまで届く。如月二日、初午。音羽屋で結の披露目が行われる日であった。
幸は筆の手を止め、暫し、愛らしい声に聞き入った。

大坂でも、如月最初の午の日は、子どもたちが「お稲荷さんのことなら何処までも」と囃しながら、街中を駆け回っていた。場所が違っても、子どもたちが楽しむ様子は変わらない。眉間に寄っていた深い皺を、幸は左の指でそっと撫でて伸ばした。

手もとには、大坂の本店へ宛てた、書きかけの返信がある。江戸店が置かれた現状を、どう知らせたものか、と考えあぐねて、なかなか筆が進まなかった。

大坂では、睦月初めにおかみから許しを得て、無事、周助に跡目が移った。八代目の披露目の前に、色々と相談したいこともある。一度、幸に大坂へ戻ってもらえまいか、という懇願の文を鉄助から受け取っていた。

型紙騒動がなければ、幸自身も今頃は江戸を発っているはずだった。十二支の文字散らしの小紋染め、その最初の一反を周助の襲名のお祝いにしたい、と考えていた。

溜息が洩れそうになり、幸は筆を放して、背筋を伸ばした。

周助が八代目を継ぎ、鉄助が片腕となって支えている。親旦那さんの孫六に、もと番頭の治兵衛、と頼り甲斐のある人物が揃う。大坂のことは何の心配も要らない。ともかくも騒動が落ち着き、小紋染めで新たな道を拓いた時、皆に会いに戻ろう。治兵衛に孫六、お梅など、懐かしい顔が次々に浮かんで、飛んで行きたくなる。

今が踏ん張り時だ、と幸は再び、筆を手に取った。詳しい説明は避け、ただ、商いでの試みが上手くいくまで、そちらに戻るのは控えたい、とだけ認めた。

「ご寮さん」

襖の向こうから、お竹の声がする。

「そろそろ、お仕度にかからはった方が」

言われて初めて、障子に差し込む陽射しの位置が変わっていることに気づく。何時の間にか、随分と刻が経っていた。

千歳緑の地に蝙蝠の小紋染めの綿入れ。表は黒、裏は苅安地に鈴紋の五鈴帯。お竹は帯を幸の身体に巻くと、常よりも遥かに力を込めて、後ろでぎゅっと引き結びにした。

「戦国武将が、甲冑を付ける時の気分だわ」

平らかに言う幸に、

「堪忍しとくなはれ、つい、力が入ってしまいました」

と、お竹は身を縮めてみせる。

鼈甲の櫛に、富久の形見の銀平打ち簪を後ろに挿すと、お竹は少し離れて、主の仕度を確かめた。

「お家さんも仰ってましたが、ご寮さんは地味な色が、よう映らはりますなぁ」

千年ののちも変わらぬ緑、幸せを守る蝙蝠。全ての色を取り込み、他には染まらぬ黒。そして、苅安は母との思い出の色だ。

晴れがましい気持ちはない。音羽屋との縁組を寿ぐ(ことほ)気持ちも全くない。ことと次第によっては、袂(たもと)を分かつことになる。それでも、姉としての想(おも)いを込めた装いだった。

何もかも呑み込んで、お竹は「お綺麗(きれい)に仕度が出来ましたなぁ」とだけ言った。

西空に、夕映えの兆(きざ)しがあった。

陽射しは朱を帯びて、辺りを暮色の紗(しゃ)で覆う。西に富士(ふじ)の山があるはずだが、今は霞(かす)んで見えなかった。

元日に辛(つら)い思いで歩いた同じ道を、佐助と再び辿(たど)って、音羽屋を目指す。

本両替町に差し掛かると、祝い幕が張り巡らされた店が目に入る。入口の両側に「音羽屋」の屋号入りの提灯(ちょうちん)が高々と掲げられていた。暗くなれば、火が入って、宴客を迎えるのだろう。

落ち着かない様子で、戸口を出たり入ったりしていた男が、幸たちを認めて動きを止めた。紋付羽織袴(はおりはかま)姿の、小西屋五兵衛だった。

「佐助どんは、ここで待っていなさい」

「ご寮さん、けんど」

主を守るべく、付いてこようとする支配人を、幸は目で制した。

「五鈴屋さん、こちらへ」

ひとりで向かってくる幸に、急いで、という体で薬種商が手招きしている。


前回は、心の余裕もなかったから気づかなかったが、音羽屋の屋敷の中には、二つの土間が貫かれていた。

ひとつは、戸口から奥向きに抜ける大路地、今ひとつは表座敷を右手に見ながら庭へと抜ける庇下通路。静まり返った庇下通路に比して、大路地の奥からは大勢のひとの気配と、煮炊きの匂いが流れてきていた。

小西屋は幸を背後に隠すようにして、周囲を窺い、庇下通路を進む。突き当りの引戸を開けると、庭に出た。土蔵の陰に、中年の女が三人、控えていた。ひとりが抱えている道具箱から、長い櫛がのぞいている。

「あとは髪結いに案内させます。人払いも済んでいるので、ご安心を」

幸の方へ身を傾けて、薬種商は声を低めた。

戻るまでここで待つ、という男に頷いてみせて、幸は髪結いに三方を囲まれたまま、土蔵の間を抜けて歩く。裏庭に回り込めば、広縁沿いに障子を閉ざした座敷が並ぶ。人の声も姿もなかった。

髪結いたちに従い、沓脱石から広縁に上がり、廊下伝いに一番奥まで進んだ。

年配の髪結いが作法通り障子を開けると、中を幸に示す。

六畳ほどの控えの間には、衣紋掛けや長持などが置かれている。閉じられた襖の向こうに本間があり、そこが花嫁の仕度部屋として使われているらしい。

「もうお仕度は整ってございます。私どもは廊下におりますので」

「ありがとう」

短く言って、幸は部屋へと足を踏み入れる。背後で、障子が静かに閉じられた。

本間との境の襖の前で、鼻から深く息を吸い、唇を解いてそっと吐く。気持ちを平らかに保って、「入りますよ」と、襖の奥の人物に届くよう、声を張った。

西に面した障子は、陽射しの加減で退紅に染まっている。その手前に、白綸子の打掛姿の花嫁がこちらに背を向けて座していた。

畳に広げられた打掛の裾から、華やかな紅絹裏が覗く。頭には真綿を広げた綿帽子。肩越しに、こちらに向けられた手鏡が見える。

幸は無言のまま、ゆっくりと歩み寄った。

その姿を映し見ているのだろう、鏡の向きが少しずつ変わる。傍まで近づいた時、鏡の端に結の顔が映り込んでいるのを認めた。白粉を塗り込み、目もとと唇とを真紅に染めた妹は、見知らぬ女のようだった。

幸は相手の正面に回り込み、両の膝を揃えて座った。綿帽子の下、結もまた、燃え立つような双眸を姉に向ける。

姉妹は、暫く、何の言葉も発せずに、互いを見つめ合った。

徐に唇を解いて、結、と姉は妹を呼んだ。

「これが、本当にあなたの望んだことなのですか？　悔いはないの？」

「悔いやなんて」

甘い笑みを含んだ声で、結は柔らかに答える。

「これで、ようやっと（漸く）私は姉さんの呪縛から逃れられます」

呪縛、と繰り返す姉に、妹は嫋やかに顎を引いてみせた。

「美しいて、聡うて、商才も度胸もあって、皆が皆、姉さんに惹かれていく。どないに足掻いたかて、姉さんには敵わへん。そんなひとの傍で生きなあかん息苦しさ、姉さんには生涯、わからへんと思います」

「ええ、わかりません」

即座に言い切ったあと、幸は「いえ、違うわ」と、軽く頭を振る。

「正しくは、わかりたいと思い、そう努めてはきたけれど、あの型紙が音羽屋の手に渡ったと判明した時点で、あなたのことがわからなくなりました」

型紙の話題になった途端、流石に良心の呵責があったのか、結は姉から視線を外した。妹の方へ身体を傾けて、幸は続ける。

「型紙を持ちだしたのは、賢輔どんの気持ちを読み間違えて、辛くなったからではないの？　その時は後先考える余裕がなかったとしても、後日、幾らでも型紙を戻す手立てはあったはずです」

「読み間違えて？」

低く呻いて、妹は再び姉を凝視する。五鈴屋本店に引き取って八年、見慣れているはずの丸い優しい瞳に、結は激しい怒りと悲しみを滲ませていた。

「気ぃつかん、いうんは罪なことやわ。思った通り、姉さんには心がない。想うひとに顧みられへん惨めさなんぞ、姉さんには一生、縁もないですやろ」

一旦、言葉を切って、結は緩やかに立ち上がった。双眸に、うっすらと涙が膜を張っている。

「あの型紙は、私にとって賢輔どんそのものやった。ずっと傍に置いておくつもりやったけれど、段々に虚しいになってきました。もう若うもない。振り向いてももらえん相手を想うて歳月を費やすよりも、望まれて嫁ぐ方が何ぼか幸せですやろ。確かに『音羽屋のご寮さん』にしてもらうために、あの型紙を使わせてもらいました」

「渡せばどうなるか、わかっていたの？」

問いかけながら、幸はこの期に及んでもなお、妹の翻意を望んでいる己に気づく。五鈴屋の七代目としてではなく、姉として、妹を音羽屋のもとに置いておくのは忍びなかった。妹の腕を摑んで、引き摺ってでも連れ帰りたい。結の方へ向かって伸びようとする右の手を、左手で押さえて、幸は懸命に耐えていた。

姉の動揺を知ってか知らずか、妹は「勿論、わかってました」と低く答える。

「田所屋が音羽屋のものになってるんも、聞いてます。忠兵衛さんは、私に呉服商いをやらせてくれはるおつもりですのや。姉さんと同じ、この江戸で呉服商の女主人にしてくれはるて。それを聞いたからこそ、型紙を渡しました」

姉の願いを打ち砕き、妹は裾を引き回して、背中を向けた。

「想うひとの心は手に入らんかったけれど、あの型紙のお陰で、音羽屋に居場所をもらうことが出来ました。型紙の力で、これからは呉服商いにも関わらせてもらえます。生きる場所を与えてもろて、この先も忠兵衛さんの身内や、奉公人らにも、大事にしてもらえますやろ」

淡々と話したあと、結は声を落として、言い添える。

「姉さんと違うて、私には何の才もない。賢輔どんの型紙を形に取るしか、この先、生きる術もないんよ」

震え、哀切に満ちた声だった。

激昂するはずが、幸の胸一杯に広がったのは、深い悲しみだった。

兄の肩に乗り、空を呑み込む勢いで笑っていた、幼い妹。あの頃、確かに手の中に在った幸せが、指の間を抜けて零れ落ちていく。

部屋を出ていこうとする結を、ただ黙って見送ることも出来た。だが、このまま何も告げずに別れてしまえば、妹は必ずや奈落の底に突き落とされることになる。

姉としての最後の情が、幸の口を開かせた。

「待ちなさい」

姉は妹を呼び止める。

「あなたのしたことを、私は決して許さない。それでも、その不幸を願うわけではないわ」

姉の台詞に、妹は驚いたように振り返った。

幸は立ち上がって、妹と対峙する。

「音羽屋は型紙を『土産』と言ったけれど、とんでもない誤算です。あれは用い方次第で、あなたを追い詰めもすれば、『嫁資』としてその立場を守りもする。今後は自分の力で、才覚で、しっかりと生き抜きなさい」

嚙んで含めるように告げると、幸は妹の返事を待たずに、踵を返した。

母の房亡きあと、大坂天満で四年ともに暮らし、三年前、江戸へ呼び寄せた。ずっと一つ道を歩いていくものと信じていた。だが、今、その道が分かれたことを知る。もう二度と交わることのない道を、それぞれに歩いていくことになるのだ。ぎりぎりまで、主としての立場と姉としての立場との狭間で心は揺れに揺れたが、もうここまでだ。

強く在らねば。強く、強く在らねば。

自らに言い聞かせ、控えの間を抜けて襖を開ける。辺りは夕映えを受けて、黄昏色に染まっていた。

第三章　春疾風

浅蜊ぃい、むっきん！

浅蜊ぃい、剝き身よっ！

明け六つ（午前六時）過ぎ、気怠い春の朝に、浅蜊売りの声が爆ぜている。味噌汁の実に、炊き込み飯、酒蒸しに、佃煮、と江戸っ子の大好物の浅蜊は、早くも旬を迎えていた。

年明けからこちら寒い日が多く、なかなか春のありがたみを覚えない。試練続きの五鈴屋では殊更だった。しかし、ひとの悩みや迷いとは別に、季節はやはり確実に進んでいる。神棚の水を替え、祈りを終えた幸は「お竹どん」と小頭役を呼ぶ。

「へえ、ご寮さん」

前掛けで手を拭きながら、土間伝いに姿を現したお竹に、幸は、

「浅蜊を、今朝は多めに買ってきて頂戴な」

と、命じた。

初午以後、店主を慮って、奉公人たちが一段と萎れて見える。お竹も皆も好物の浅蜊で、食い力を養ってもらおうと思ったのだ。

目もとを緩めて頷くと、お竹は桶を取りに台所に戻る。

今朝は浅蜊を求める者が少ないのか、浅蜊売りの声は徐々に遠のいていく。戸口を掃除していた賢輔が、

「ご寮さん、私の方が足が速いよって、代わりに行って参じます」

と、腰を伸ばした。

賢輔が飛び出したあとの戸口を眺めて、お竹は短く息を吐いた。

結が出ていってから、賢輔が密かに悩み、苦しんでいることを、残る三人はとうに気づいていた。賢輔にしてみれば、自分さえ結の想いを受け容れていたなら、結が五鈴屋を去ることも、型紙が音羽屋へ流れることもなかった、と思うのだろう。

しかし、結の気持ちに応えなかったからといって、賢輔に非があるわけではない。

結局は、賢輔の中で気持ちが吹っ切れるのを待つしかなかった。

「ほんに、こないに美味しいもんが、何で大坂にはあらへんのだすやろなぁ」

味噌汁の中の、浅蜊の実を摘まんで、お竹がつくづくと言う。

賢輔が買い求めた浅蜊は、既に砂が抜いてあったので、すぐさま朝餉の味噌汁になった。山椒の木の芽を、ぽん、と叩いて吸口にしてある。まだ寒さの残る朝には、湯気が何よりの慰めにもなる。

「大坂の皆にも、食べさせたいわね」

このところ食の細かった幸も、珍しくお代わりをしていた。

「生や剝き身は無理でも、佃煮にすれば、お土産に出来るかも知れない」

店主のひと言に、奉公人たちの箸が止まる。今回の騒動がなければ、店主は大坂へ向けて旅立っていたはずだった。

佐助が箸を置き、居住まいを正す。

「ご寮さん、そろそろ大坂へ出かけはりますか？　近江屋さんでは来月五日に『登り』がおますよって、ご一緒させてもらわはったら、どないだすやろか」

近江屋では『登り』と言って、年に一度、江戸から近江に奉公人を帰省させる仕来りがあった。近江屋江戸店で九年以上、奉公した者に与えられる褒美の意味もある。

「賢輔もお連れになっとくなはれ。お店のことやったら、私もお竹どんも、それに長次どんも壮太どんもおりますさかい、心配おまへん」

八代目に決まった周助の嫁取りのことも、考えねばならない。鉄助から幸に大坂入りを促す文も届いていた。

「ええ折りや、て思います」

支配人の言葉に、お竹も賢輔も頷いている。

そう遠くない日に、音羽屋の息のかかった文字散らしの小紋が大々的に売り出されるに違いない。辛い現実から店主を遠ざけたい、との配慮が窺えた。

皆の気持ちをありがたく思いつつも、まさか、逃げだすわけもない、と幸はほろ苦く笑う。

八代目が跡を取ったので、自分は最早、五鈴屋の主ではない。ただ、周助や鉄助との話し合いにより、江戸店を単なる支店ではなく、大坂の本店から切り離して扱うための準備を進めている。

当面は、便宜上「七代目」なり「五鈴屋店主」なりを名乗るが、ゆくゆくはこの店を「江戸本店」として、その主におさまる心づもりであった。いずれ、大坂へ出向いて話をまとめる意向ではあるが、少なくとも、今ではない。

身内の不始末で、型紙作りに関わった皆の精進を台無しにしてしまった。その悔いは大きい。それに、梅松や力造の尽力で、五鈴屋でも件の文字散らしの小紋染めを商う目途も立った。今、何もかもを放り出して、大坂へ行ける道理もない。

「今のままでは、八代目や鉄助どん、親旦那さんたちに申し訳がなく、合わせる顔もありません。江戸を離れるのは、全てを見届けてからのことにします」

幸は言って、湯飲み茶碗に手を伸ばす。

店主の返答は薄々、わかっていたのだろう。一同は、小さく「へぇ」と声を揃えた。

折りしも、お早うございます、と長次と壮太の声が戸口から聞こえてきた。

二架の撞木に掛けられているのは、色違いの縞の反物。

それを前にして、先刻からお客が、首を捻っている。菊次郎の勧めで五鈴屋を贔屓にするようになった、若い歌舞伎役者だ。

「縞の赤いところは同じ色だと言うが、どうにもそうは見えねぇよ」

左右の縞の赤い部分を指して、役者はお竹に訴える。

へぇ、とお竹は厳かに応えた。

「仰る通り、違う色のように見えますけんど、どっちも『洗朱』いう色だす」

一反は洗朱と紅の縞、もう一反は洗朱と銀鼠の縞。どちらも同じ洗朱なのだが、紅と合わせた方は明るく鮮やかに、銀鼠と合わせた方はくすんで地味に見える。そう説明されても、役者はまだ納得しない。

ほかのお客たちも、その遣り取りが気になって、自然と二人の傍へとにじり寄った。

賢輔が敷布をぱっと広げると、お竹は撞木から反物を外して、二反の縞を重ねた。

ほう、という吐息が、お客たちの口から一斉に洩れる。

遠目には違う色に見えたはずが、つき合わせてみれば、確かに同じ色だった。

「何でそない見えるか、理由は私にもわからへんのだす。ただ、色て面白いもんで、取り合わせによって、もとの色とは違う色に見えることがおます」

お竹の話に、役者は「ううむ」と唸り声を洩らす。

「俺ぁ、色んな役柄に化けるのが商売だが、よもや色に騙されるたぁ思わなかった」

上手い、とお客の間から朗笑が湧いた。

「いやぁ、実に面白い」

「ほかの店じゃあ、こういうことまで教えてはくれないからねぇ」

見知らぬ者同士、会話が弾んでいる。

本店と高島店でもそうだったが、五鈴屋の強みは、奉公人ひとりひとりが自分たちの扱う品について、よく学び、把握していることだった。糸、織り、染めもだが、ことに色に関して、学ぶべきことは実に多い。

合わせ方によって、互いを生かし合う色もあれば、殺し合う色もある。また、例えば、黄と青の二色の糸で織られた反物が緑色に見えることや、赤と青の二色で織られたものが紫色に見えることなど、何故そうなるのか、理屈はわからない。ただ、経験として知っておけば、着物と帯の合わせ方など、的確な助言が出来る。

思い返せば、奉公人たちが日々の商いの中で互いの気づきを寄せ合い、学ぶことを始めたのは、幸の死産の時からだった。「帯地の五鈴屋」に転換できるよう、生死の境を彷徨う幸の代わりに、皆が切磋琢磨してくれた。

辛い現実も、そうやって支えられて乗り越えてきたのだ。しっかりせねば、と幸は改めて思った。

「確かに、お預かりいたしました」

五鈴屋とは馴染みの本両替商、蔵前屋の手代が、佐助から託されたお宝をしっかりと胴に括り付ける。

「こちらが、預かり証でございます」

「へぇ、頂戴します」

証文を両手で受け取って検めると、佐助は幸に手渡した。

売り買いの殷賑が、店の間から届いて、手代は恐縮している。

「今日はお忙しい刻にお邪魔して、申し訳ございません」

相変わらずのご繁盛、何よりです、と言い添えて、胴巻きを確かめ、羽織を纏う。見送りも辞退して去り際に、「ああ、しまった」と独り言を洩らし、幸を振り返った。

「手前どもの主人が『お手隙の時にでも、ご店主に森田町の方へお越し頂けませんか』と申しておりました」

うっかり忘れるところでした、と手代は幾度も頭を下げる。

蔵前屋とは四年ほどの付き合いだが、そういう申し出は初めてだった。店主の意図を測りかねて、幸は唇を結ぶ。

七代目が何か気を回しているのでは、と思ったのか、手代は慌てて続けた。

「私も詳しいことは存じませんが、先達て、『本両替仲間の寄合で面白いことがあった』と申しておりました。もしや、主人は、五鈴屋さんのお耳に入れておいた方が、と思ったやも知れません」

本両替仲間と聞いて、幸の脳裡に、惣次、否、井筒屋三代目保晴の顔が浮かんだ。だが、惣次だけではない、音羽屋忠兵衛も同じく本両替商だった。

とにもかくにも、話を聞かねばならない。

「承知しました。では、早速ですが、今日の暮れ六つ（午後六時）頃に伺わせて頂きます」

ご店主に宜しくお伝えくださいませ、と幸は蔵前屋の手代に頼んだ。

呉服太物の商いには、大きく分けて「屋敷売り」と「店前現銀売り」の二種がある。屋敷売りとは、店側が反物を担いで得意先を回る売り方で、多くは、先に見本を持っていき、あとで品を納める「見世物商い」を兼ねる。それらは掛け売りだった。客からすれば節季払いなので、懐を気にせずに買い物が出来る。他方、店前現銀売りとは、客の方から店に足を運び、その場で現銀を支払う。掛け値ではないので、安く反物を買える利点がある。大坂では前者が、江戸では後者が多い。

五鈴屋江戸店では、店前現銀売りをしているが、大坂で培った屋敷売りの長所を取り入れている。即ち、お客一人一人に出来得る限り丁寧に対応し、着物と帯の取り合わせや、手入れ方法など、様々な相談に乗っていた。

その日、佐助が受けた最後のお客は、孫のための絹織を求めに来た老女だった。着物用と帯地とを、佐助の助言に従って選ぶのだが、迷いに迷っている。

「申し訳ないけど、さっきのをもう一度、見せておくれでないか」

「へぇ、こちらに。この色の帯を合わせはっても、愛らしおます」

丁寧に根気よく接客する佐助に、老女も頼り切っているのが見て取れる。

「お客さんのお相手、私が替わって参りまひょか」

蔵前屋へ出かける刻限が迫っているのを気にして、お竹が幸に提言する。

いいえ、と幸は軽く頭を振った。

「あのまま、佐助どんに任せましょう。蔵前屋へは賢輔どんを連れていきます」

「へぇ。ほな、賢輔どんにそのように言うて参ります。今、蔵に居るようですよって、すぐに」

お竹はそう言って、蔵へと向かった。

暮れ六つの鐘が鳴るまで、あと小半刻（約三十分）ほどあるだろうか。

陽が落ちるまでに、と職人らは追い込みに精を出し、棒手振りは何とかして荷を空にしようと声を嗄らす。茶屋の女たちは客の呼び込みに余念がない。

店を出た時から、それぞれ物思いに耽り、幸も賢輔も殆ど口を利かなかった。

黒船町を過ぎた辺りで、周辺に人通りが途絶えた。昼日中とは違う様相を見せる浅草御蔵である。

それまで背後の主人を守るように歩いていた賢輔は、ふいに振り向いた。

「ご寮さん、堪忍してください」

賢輔は声を絞りだし、頭を垂れる。その苦悩は、察するに余りあった。

お止しなさいな、と幸は平らかに言った。

「そう幾度も詫びるものではありませんよ。型紙のことで許しを請うべきは私の方ですし、結が音羽屋の後添いに収まったのは、あの子自身が決めたこと。あなたに何の落ち度もありません」

「けんど」

苦痛に歪む顔を上げたものの、あとの言葉が続かない。

結の気持ちを受け容れ、夫婦になる約束を交わしてさえいれば、ああした騒ぎも起こらず、皆の平穏な暮らしを、結の人生を、守れたのではないか——口にせずとも、賢輔が悔やんでいるのはそこだった。

お竹に諭されるまで、幸自身も賢輔と妹の縁組を望んでいただけに、賢輔から詫びられれば身の置き所がない。

賢輔どん、と幸は相手を柔らかく呼んだ。

「梅松さんのお陰で、同じ型紙も用意できて、型付から染めへと力造さんたちが動いてくれています。結のことにしても」

――想うひとの心は手に入らんかったけれど、あの型紙のお陰で、音羽屋に居場所をもらうことが出来ました

披露目の日に結の発した言葉が耳の奥に蘇って、一瞬、言葉を詰まらせた。

結は、と吐息交じりに洩らして、幸は続きを口にする。

「あの子は、周りが思うほど、か弱くはないのです。これからは、自分の居場所を守るために全力を尽くすでしょう」

そう思えばこそ、幸は己の甘さを自覚しつつ、妹に「型紙を『土産』と思うのは誤算だ」と伝えたのだ。

「ひとは何時までも同じではいられない。立場やものの見方、考え方も変わっていくものです。誰かに守られたまま、一生を終えることなど出来ないのですから」

きっぱりと言い切ると、さぁ、行きましょうか、と幸は賢輔を促して歩き始める。

蔵前屋のある森田町は、じきだった。

「お待ちいたしておりました、五鈴屋さま」

幸と賢輔が戸口に立つや否や、小僧よりも先に蔵前屋の店主が迎えでた。

挨拶を交わしたあとで、蔵前屋は、幸の背後に控えている賢輔を訝しげに見る。支配人や番頭でもない限り、奉公人は外で待つのが商家の仕来りだった。

「お話を伺わせて頂くのに、私どもの手代を同席させたく存じます。ご心配には及びません。私の目に適った者ですので」

幸の台詞に、何か事情が横たわるのを察したのだろう、蔵前屋は「では、こちらへ」と五鈴屋の主従を店内へと導き入れた。

予め命じてあったらしく、下働きの者たちは誰一人として姿を現さず、店主自ら、幸たちを先導する。

商いを終えたあとにも、すべきことが残っているのだろう。閉ざされた襖の向こうに奉公人らの気配があり、算盤の珠を弾く音が重なった。

庭を跨ぐ渡り廊下の向こうに、離れが在る。

暮色に染まる離れ、その一番手前の障子に、行灯と思しき明かりが、蛍火のように点っている。あの部屋は、と幸は内心思う。一番手前の座敷は、以前、惣次と対面した部屋に違いなかった。

「離れには誰も近寄らぬよう、命じてあります。話が洩れることもございません」

上座を幸に勧めて、蔵前屋は着座した。

一体、どのような話か、と内心身構えながらも、幸は「ありがとうございます」と頭を下げる。座敷の隅に控えていた賢輔も、店主に倣って辞儀をした。

「先日、本両替仲間の寄合がございました」

呉服仲間やほかの仲間と同様、本両替仲間も、月に一度、会所で会合を開く。如月晦日はその寄合が行われる日で、駿河町の会所には、十人ほどの本両替商が集まったのだという。

「仲間のひとりである音羽屋さんが、新たに後添いを迎えられたので、寄合でその報告をなさいました。後添いのかたも、お連れになっておられました」

店主は一旦、話を区切り、相手を慮るように眺めている。

幸は眉一つ動かさず、先を促す視線を店主へと向けた。

腹を据えた相手の様子に、蔵前屋は意を決して話を続ける。

その日、寄合に出ていた者の殆どが、初午の祝言に招かれていたこともあり、親子ほどの齢の違いにも驚かなかった。音羽屋は終始、上機嫌で、仲間全員に一反ずつ絹織の反物を手土産として渡したという。

「音羽屋さんは日本橋の呉服商、田所屋を既に居抜きで譲り受けられており、後添いに呉服商いをお任せになるそうです。卯月朔日、屋号も『日本橋音羽屋』と変えて、開店なさると伺いました」

卯月朔日、と幸は低く繰り返した。思っていたよりも、刻がある。

ええ、卯月朔日です、と相手は頷いた。

「改築やら何やらで弥生一杯まで掛かる、というお話でした。寄合の日に配られた反物は、開店初日に売り出される、という新柄の小紋染めでした」

反物を開いてみれば、それまでの小紋染めとは全く違う。文字を散らしたものであること、しかも、それが十二支と判明して、座敷は驚きと興奮とで大いに沸いた。

「十二支の漢字を柄にするなど、よくもまぁ思い付いたものだ。誰しもが、必ずや十二支のうちのどれか一つに当てはまりますからねぇ。自分の干支を見つけるのに、皆が夢中になったのですよ」

情景がまざまざと目の前に浮かぶようだった。

しかし、その称賛は本来、賢輔や梅松が得るべきものなのだ。幸は唇を真一文字に結んで無念を封じ、賢輔もまた、両の手を拳に握って動揺に耐えている。

蔵前屋は、しかし、ここからが本題だと言わんばかりに、軽く身を乗りだして声を低めた。

「皆が皆、ただただ感心するばかりかと思いきや、中にお一人だけ、刻をかけて反物を具に眺め、『妙だ』と首を傾げたお方がおられました」

その人物は、「柄の中に十二支以外の字が混じっている」と、指摘した。

座敷に居たほかの者たちは誰も気づいておらず、それを機に、皆が一斉に「違う文字」を探し始めたという。

「よほど目を凝らしてみても、容易くはわからない。私も一字一字、虱潰しのように丹念に調べて、漸く『令』『金』という文字が隠れているのを見つけました。『金』は金銀のこと、『令』にはめでたいという意味がありますから、内心、何と洒落たものだ、と舌を巻いたのです」

音羽屋忠兵衛は何も知らされていなかったようで、驚きを隠さない。ただ、周囲から趣向を褒められて、まんざらでもない面持ちだった。

「ところが、先の人物は、まだもう一字、隠れていると言って、人差し指でその箇所を押さえてみせたのです」

指し示された文字に顔を寄せれば、なるほど、「丑」と紛らわしいが、確かに「五」という文字に違いない。

「型彫師の腕が未熟で、『丑』と彫り切れなかったのではないか、とも思いましたが、明らかに『五』と読み取れました」

先刻まで外の薄明かりを孕んでいた障子は色を失い、行灯の火だけが仄明るい。

蔵前屋の口調は熱を帯び、幸は自分がその場に居合わせているのか、と思うほど、話に引き込まれていく。

「なるほど、これは確かに『五』ですな」

「はて、『五』に吉祥の意味がござったか」

隠れていた三文字目が「五」と判明して、仲間たちが口々に話していた時だった。

それまでご機嫌だったはずの音羽屋の様子が、一変したのだ。

憤怒のためか、顔が朱色に染まり、首、それに頭までが、茹蛸を思わせるほど真っ赤になっていた。自身でも抑えきれないほどの激しい怒りで、巨体がわなわなと震えている。

一体、何が、温厚な音羽屋の逆鱗に触れたのかはわからない。

その表情の激変に、当初の浮き立つような雰囲気は、瞬時に消え去った。座敷は凍りつき、一同、あまりの重苦しさに耐え難くなった時だった。

それまで黙って控えていた後添いが、宜しいでしょうか、と細い声を上げた。

豪商の後添いという役回りには、正直、あまり相応（ふさわ）しくない。音羽屋から玩具（おもちゃ）扱いされているだろうことが想像に難くない、若くて可愛（かわい）らしい女だった。

後添いは、居住まいを正して一同を見渡し、徐（おもむろ）に口を開いた。

「ご指摘の通り、干支を表す十二の文字のほかに、紛れ込んでいるのは『五』『金』『令』の三つの文字です。『金』と『令』とを組み合わせれば、『鈴』となります」

細く白い人差し指で、空に「鈴」と書いてみせる。

ああ、と仲間たちの間から得心の声が洩れた。

「五と鈴……五鈴か」

「五鈴……もしや、あの店の屋号ではないのか」

本両替商という仕事柄、どの商家に勢いがあり、どれほど売り上げを伸ばしているか、皆、常に気にかけている。ことに、おかみから上納金を命じられるような店の名を、忘れるわけはなかった。

皆の表情を読み取ったのだろう、後添いは心持ち背を反らし、少し高い声で続ける。

「浅草田原町の呉服太物商『五鈴屋』、私はその七代目店主の妹です。この小紋染めに用いた型紙は、七代目である姉が、音羽屋へ嫁ぐ私に『嫁資（かし）』として持たせてくれたものなのです」

ほーう、と長い感嘆が、仲間たちの口をついて洩れた。

嫁資とは、嫁入りに際して持ち込む財産を指す。大概は、娘が嫁ぎ先で肩身の狭い思いをせぬよう、大切にされるよう、親が奮発して金銀などを持たせる。大坂でいうところの「敷銀」に近い。

十二支の文字散らしの小紋染めの登場は、必ずや、江戸っ子を狂喜乱舞させる。型染めのもとになる型紙さえあれば、幾らでも売り出せるのだ。なるほど、これは確かに、途轍もない嫁資になる。

日本橋音羽屋はおそらく、瞬く間に巨万の利を上げるに相違ない。皆の脳裡で算盤珠が弾かれ、羨望の眼差しが音羽屋忠兵衛へと向けられた。

「型染めの柄の中に『五鈴』の文字が隠れていたことを、音羽屋さんはご存じなかったのでしょう。音羽屋さんにとっては、とんだ番狂わせになったのだと思います」

事の次第を語り終えると、蔵前屋は眩しそうに幸を見た。

「あの小紋染めは売れます。間違いない。しかし、今後、日本橋音羽屋であれが売り出され、一世を風靡したところで、反物には『五鈴』の名が刻まれている。五鈴屋さまが嫁資として持たせたことが知れ渡れば、江戸っ子はその豪気に引き寄せられるかと存じます。また、それほどのものを持参して嫁いだ結さんのことを、音羽屋さんも決して軽んじることは出来ないでしょう」

　まことに大したものだ、と蔵前屋の主は感心しきりだった。

　はああっ、と嘆息とも吐息ともつかないものが幸の耳に届く。

　賢輔の方に目を遣れば、そのまま倒れ込みそうなほど前のめりになっている。蔵前屋の話で、賢輔自身、どれほど安堵したことだろうか。

　幸もまた、小さく息を吐いて目を閉じる。

　おそらく、最初の一反を手にした時、妹は姉の言葉の意味を探るべく、一文字一文字を丹念に確かめたに違いない。隠れた三文字を見つけ、それが「五鈴」を意味することに気づいた時、自分の立場を確固たるものにするために、どうすれば良いのかを、必死で考えたことだろう。

　下手をすれば、日本橋音羽屋という新店が世間の笑い物にされ、音羽屋忠兵衛の面目は丸潰れとなり、誇りを粉微塵に砕く。そうなれば、結は音羽屋には居られない。

　音羽屋の体面も守り、結自身の立場を守るには、件の型紙を「嫁資」扱いするよりほかない――姉が思い描いた通りの結論に、妹は自力で至っていた。その事実に、幸はほっと胸を撫で下ろす。

五鈴屋の主従の様子を眺めて、蔵前屋は「ちょっと失礼します」と障子を開け、音高く両の手を打ち鳴らす。

店主からの合図を待っていたかの如く、闇の中を急ぐ足音が聞こえて、男衆が二人、現れた。一人は行灯を、今一人は風呂敷包みを手にしている。行灯が据えられ、風呂敷包みが店主に渡ると、奉公人たちはすぐさま去った。

行灯が足されたため、室内は前よりもずっと明るくなった。

「これが、音羽屋さんから頂戴した反物です」

風呂敷包みの結び目を解くと、畳に置き、反物を少し開いてみせる。

賢輔どん、と幸は手代を呼んで傍に座らせ、二人して前屈みになって反物を眺めた。常盤色の縮緬地、瞳を凝らせば、「子」「丑」「寅」等々の漢字が浮かび上がる。型紙だけで見るのとは違い、柔らかな美しい絹織の上で、文字が生き生きと踊りだすようだ。

本来なら、力造の手で染められたものを、真っ先に見るはずだった。

幸にとっても、賢輔にとっても、悔しさが念頭にあった。それでも、目の前の小紋染めの美しさに心を奪われてしまう。

あった、と幸の口から声が洩れる。「金」と「令」の文字を見つけた。「五」はまだ紛れたまま現れない。

「ご寮さん、ここに」

遠慮がちに、賢輔が人差し指で示した。

言われた箇所を注視すれば、確かに「五」が在る。目立たぬように店の名を忍ばせてくれた梅松の配慮に、感じ入るばかりだ。

幸でさえ見つけるのに苦慮するものを、本両替商の仲間のなかで、難なく見つけた者がいた、という不思議。

それほどの目利きに、しかし五鈴屋の主従は、明らかな心当たりがあった。

蔵前屋さん、と幸は店主を呼ぶ。

「十二支の中に、別の三文字が隠れていることを指摘したのは、どなたでしょうか」

「井筒屋三代目、保晴さんですよ」

以前、この同じ座敷でお引き合わせしました、と蔵前屋はさらりと答えた。

風が出てきたのか、かたかたと障子の鳴る音が続いている。

店主に送られて表へ出れば、風は一層激しい。中番頭が賢輔に手渡そうとした提灯は、風に煽られて、ふっと火が消えてしまった。

「春疾風(はやて)ですかな」

蔵前屋は、幸を庇(かば)うように風上に立ち、

「提灯が無いと、足もとが危のうございます。風が少し落ち着くまで、今少し、お待ちになっては如何(いかが)でしょうか」

と、進言する。

長く厳しい冬から、暖かく麗(うら)らかな春へ――季節が完全に移る前、まるで冬と春とが鬩(せめ)ぎ合っているかの如くに、激しく天候が荒れる。強い風は「春疾風」と呼ばれて、雨を伴えば春嵐(はるあらし)となる。年明けから寒い日が続いたため、今さらながらの春疾風なのだろう。

空を仰げば、風が雲を蹴散(けち)らして、満天の星々が煌(きら)めいていた。星明りで、提灯が無くとも、さほど不自由はない。

五鈴屋では、佐助とお竹とが店主の帰りを今か今か、と待っているだろう。

「幸い、雨の気配もございませんし、このまま戻ります」

幸は蔵前屋に丁重に謝意を伝えると、賢輔を伴って店を後にする。

御蔵前を過ぎ、諏訪(すわ)町から駒形(こまがた)町へ、疾風に背中を押されて、主従は黙々と歩いた。先を行く賢輔は度々、振り向いては幸を気遣(きづか)った。

日本橋音羽屋の開業と文字散らしの小紋染めの売り出しがなされる卯月朔日は、六代目店主で、幸の夫だった智蔵の祥月命日に当たる。巡り合わせの皮肉に、幸は何とも言えない気持ちになっていた。

並木町から茶屋町まで辿り着いた時に、賢輔の足取りが緩んだ。後ろを歩いていた幸は賢輔に追い付く。

「この辺りだったわね」

おそらくは手代が思っているだろうことを、幸は口にした。

五代目徳兵衛こと惣次は、四代目ががたがたにした五鈴屋を建て直したものの、羽二重の生産地、江州波村の信頼を挫き、出奔していた。長く行方知れずだった惣次を、賢輔が茶屋町界隈で見かけたのは、三年前のことだ。

江戸に出ているに違いない、と誰もが薄々思ってはいたが、よもや、本両替商、井筒屋三代目保晴となって幸たちの前に姿を現すとは想像だにしなかった。

しかも、五鈴屋がおかみから千五百両もの上納を命じられる、という苦難に見舞われた時、惣次自身の意志で現れ、事態打開に向けての手掛かりをくれた。

今回、惣次にとっても思いがけない展開だっただろうが、彼だからこそ、柄に隠されていた「五鈴」の文字に気づくことが出来た。仲間の前で惣次から指摘されて、音羽屋は面目を失いかけたが、結は後添いとしての足場を固める機会を得たのだ。

否、それだけではない、十二支の文字散らしの小紋染めが、本来は五鈴屋のものである、との証（あかし）を立ててくれた。

五鈴屋を捨てたはずの惣次が、その危機を二度も救ったことになる。

「惣ぼんさんは」

何かを言いかけて、賢輔はふと、口を噤（つぐ）む。星影のもとでは、表情までは窺えない。

黙り込む二人の間を、風が吹き抜けていく。強風は、しかし、命を危険に晒（さら）すほどではなく、名残（なごり）の冬を吹き飛ばし、まだ咲かぬ花を起こして回る恵みの風だった。

「惣ぼんさんは」

繰り返したあと、賢輔はしみじみと続ける。

「ほんに、春疾風みたいなお方だす」

そうね、と幸は短く応じて、賢輔を促して歩き始める。眼前に、堂々たる雷門（かみなりもん）が迫っていた。

第四章　伯仲

あと二十日、もう二十日ぁ
卯月朔日、日本橋で店開き
日本橋音羽屋ぁ、何処にもない小紋染めぇ

春爛漫の光景の中、江戸の街のあちこちで、日本橋音羽屋の屋号入りの幟を手にした者たちが、謡うように口上を添えて引き札を撒いている。子どもたちは競って引き札を拾い、大人たちは派手な触れ込みに目を丸くした。

「随分と豪勢だが、店開きまで二十日もあるんだろ。あれを毎日やるつもりか」

「新柄の小紋染め一反が、銀百匁だとさ。日本橋にしちゃあ手頃じゃないかねぇ」

開店まで日数を残しながらも、引き札と口上は江戸中の耳目を集めて、「日本橋音羽屋」の名は瞬く間に広まっていく。

老若男女が呉服商の新柄の小紋染めについて、あれこれと噂をする中で、そうした喧騒とは無縁の静けさを纏う店があった。田原町三丁目の五鈴屋江戸店である。

まだ暖簾を出す前の表座敷に、主従六人と型付師夫婦が、敷布を囲む。布の上に置かれているのは、染め上がったばかりの色違いの反物、五反。

力造渾身の染め色は、江戸紫、樺茶、煤竹、木賊、墨。

いずれも、溜息が洩れそうに美しい。

「手に取っても宜しいでしょうか」

力造に断って、幸は一反を敷布に広げてみた。

佐助、お竹、賢輔、それに長次と壮太が、反物に吸い寄せられる。江戸紫の地に、十二支の文字が白抜きで散っているが、確かに、型紙で見るよりも字を探しやすい。

「ここに金、ここに令。五はどこだすやろか」

お竹が顔を近づけたり、遠ざけたりして文字を探すのを、賢輔が「そこだす、そこ」と教えている。長次と壮太も、それぞれの干支の文字を見つけて笑みを零す。

佐助は暫し、じっと反物に見入って、詠嘆の声を洩らした。

「ほんまに見事な仕上がりで、惚れ惚れしますなぁ」

大事な型紙を失った五鈴屋は、しかし、梅松の奮起により全く同じ図案の型紙を得た。力造の手で型付と染めが施されて、漸く目にすることの叶った、正真正銘、五鈴屋の小紋染めの新作だった。

出来栄えは素晴らしい。あとは在庫をきちんと確保できるか否かだ。

「力造さん、五鈴屋での売り出しは、予定通り卯月朔日で構いませんか？」

店主の問いかけに、任せておくんなさい、と胸を叩いてみせる。

「ほかの染め場で仕上げた分も、順次、蔵に納めさせて頂きます。売り出しの五日前には充分な数をご用意できます」

無論、その先も染物師たちは途切れることなく反物を仕上げてくれるという。

ありがとうございます、と店主と奉公人たちは畳に手をついて頭を下げた。大晦日から続いた翳りの日々に、漸く光明が差し込む。

卯月朔日、日本橋音羽屋の開店の日に、五鈴屋でも十二支の文字散らしの小紋染めを売り出すことに決めていた。その日は、六代目徳兵衛こと智蔵の祥月命日に当たる。

「智ぼんさんが亡うならはって五年、そのご命日にこの小紋染めの売り出しをさせてもらえるんだすなぁ」

しんみりとお竹が言えば、そうだすなぁ、と佐助も頷いた。

「日本橋音羽屋に遅れを取ることなしに済むんも、何や、智ぼんさんが守ってくれてはるみたいだす」

二人の遣り取りを耳にしながら、幸は考え込む。

何故、結は、日本橋音羽屋の開店を卯月朔日にしたのだろうか。

当初は、巡り合わせの皮肉が胸に刺さるばかりだった。しかし、五鈴屋を出し抜くつもりなら、もっと早められたはずだ。もしかすると、嫁資という逃げ道を与えられたことに対して、結は結なりに筋目を通したのではないか。そうであってほしい、との願望かも知れないが、日に日に、その思いは強くなっていた。

「そうは言ってもねぇ」

それまで黙っていたお才が、憤懣やるかたなし、といった風情で言い募る。

「同じ日に同じ値で売り出すのに、向こうの触れ込みの派手なことと言ったら……。今朝もここに来る途中で、引き札を撒いてるところに出くわしちまってねぇ。何も五鈴屋の目と鼻の先でやらなくたって良いじゃないか。大体、屋号からして、嫌らしいほど思わせぶりですよ。後ろに大店の両替商が控えてるからって、やりたい放題だもの。そもそもは、結さんさえあんなことを」

「おい、よさねぇか」

女房の言葉を一喝で封じて、力造は身体ごと幸の方へと向き直る。

「七代目、売り出しについちゃあ、私も気になっておりました。日本橋音羽屋があれだけ派手な仕掛けをしてる。五鈴屋さんは、どうなさるおつもりですかい？」

　染物師に問われて、七代目は「今少し、考えようと思っています」と、答えた。

　売り出しを巡って、何が出来るか、何をすべきか、連日、皆で知恵を寄せ合った。日本橋音羽屋の金銀に糸目をつけない遣り方と競い合っても意味がない。今のところ決まっているのは、ひとつだけだった。

「字ぃの読めんかたに向けて、こういうのをお配りしようと思うてます」

　佐助が懐(ふところ)から一枚の刷(す)り物を取りだした。

「どなたも自分の干支はご存じですやろけど、どんな字か知らんおかたのために、これを横に置いて柄(がら)の中の字を探して頂けたら、と」

　十二支の漢字に、それぞれの干支の絵が添えてある。いずれも賢輔が描いたものを版木に彫って刷りだしたものだ。ひと目見て、力造は相好を崩す。

「こいつぁ良い」

「まぁまぁ、何て可愛(かわい)らしいこと」

　脇(わき)から亭主の手もとを覗(のぞ)き見て、お才も笑みを零した。

「お前さん、うちの小紋見本帖(みほんちょう)にも、こういうのを添えたら楽しんでもらえるんじゃないかねぇ」

　小紋見本帖、というのは、注文主に好きな柄を選んでもらえるよう、小紋染めの端切れを貼り付けた帳面のことだった。五鈴屋にも、白雲屋から譲り受けた「縞帖」があるが、小紋見本帖にしろ縞帖にしろ、端切れとはいえ生地そのものを見て確かめられるので、非常に重宝する。

　女房の発案に、確かにそうだ、と亭主も相槌を打った。

「七代目、もしも余りが出るようなら、何枚か譲って頂けませんか」

　力造に乞われ、もちろんです、と答えかけて、幸はふと口ごもった。何かが、心に引っかかっていた。

　黙り込む店主の代わりに、佐助が賢輔に刷り出しを持って来させる。

「あの、力造さん、ちょっとお尋ねしても宜しおますやろか」

　一枚刷りを差しだしながら、賢輔は控えめに問う。

「小紋見本帖に使う生地は、どないしはるんだすか」

「そうさな、型付、糊置き、染め、水元、とどれほど細心の注意を払ったところで、地直しで染めむらを直せない時がある。そういうのは売り物にはならねぇから、端切れにするしかない。うちじゃあ、その一部を見本に回してるのさ」

　なるほど、染め損じの反物も、そうした使い道ならば生かされる。それだけではない、と幸は思わず前のめりになった。

もしも、もしも、小さな端切れが刷り出しに貼ってあったらどうだろうか。十二支全ては収まりきらないかも知れないが、「こういう柄の小紋染めです」というのは如実に伝わるのではないか。

「ちょっと宜しいか」

お竹が力造から一枚刷りを受け取って、眺めながら言った。

「この端に、文字散らしの小紋染めの端切れを貼りつけたらどないだすやろか」

幸と同じ知恵に、お竹も辿り着いていた。否、お竹だけではない。

「配り方も考えなあきまへんな。引き札みたいにばら撒くんやのうて」

佐助が言えば、賢輔が、

「暖簾を潜ってくれはったひと全員に、お渡しししたらどないだすやろ」

と、提案する。

「一寸四方やと一反で四百枚以上は取れますな。もう少し大きい方が宜しいやろか」

「近江屋では端切れを『えびす布』と呼んでますのや。縁起がええですよって」

長次と壮太も口々に言う。

実子箒で煮繭の表面を撫でた時のように、知恵の糸口が見つかり、するりするりと解けていく。そうした場面に出くわしたのが初めてなのだろう、力造お才夫婦はただただ目を見張って、皆の様子を眺めていた。


「この結び方も粋だわ。簡単に解けそうで、解けないのも良い」

「ちょいと私のを見とくれよ、ちゃんと結べてるかい？」

今年に入って三度目の「帯結び指南」も大盛況で、五鈴屋の次の間では、近隣のおかみさんや娘たちがわいわいと喧しい。

結び目は表に出ない。代わりに、柔らかく膨らませた帯の左右から、角のように帯裏が覗く。五鈴帯のように裏表で色と柄の違う帯を用いると、何とも味わい深い。

「女将さんが手本だろ。よく見せておくれな」

結がしていた見本役を、今は幸が引き受けている。身体を捻ったり、後ろを向いたりして、帯の形が見易いように工夫するのだが、なかなかに難しい。

「このところ結さんを見ないけれど、嫁にでも行ったのかねぇ」

「めでたい話なら、耳に入ると思うんだけどね。店の誰も、何も言わないのさ」

そんな囁き声も耳に届く。皆の間を回りながら、お竹は、

「角の位置を高うしたら若いひと向き、下の方に持っていったら年配のお方にもよう

似合いますよって」

と、一際、大きな声を発した。

殊更に説明しようとは思わない。結の不在に店の内も外も、徐々に慣れるだろう。

「おや、女将さん、手に豆が出来てますよ」

馴染みの老女に、ふいに手首を摑まれた。右の掌、指の付け根の辺りが赤く腫れている。

「痛そうですねぇ。もしや、裁ち包丁の使い過ぎではありませんか」

老女に指摘されて、幸は「まぁ」と驚いた。

「その通りです。よくおわかりになりましたね」

「昔は私も、同じ場所によく豆を拵えてましたから」

身に覚えがあるんですよ、と老女は笑う。その台詞を聞いて、ああ、と幸は思い出した。以前、老女から「御物師をしていた」という話を聞いたことがあった。身分の高い武家に、裁縫を専らとして仕えており、分厚い呉服を仕立てていた、と。

二人の遣り取りが皆の気を引いたのだろう、おかみさんたちが幸の手を覗き込む。

「そんな場所に豆が出来るなんざ、よっぽどだよ」

「女将さん、一体、どんな仕立物をしたんだい。お店には縮緬みたいな薄い生地が多いように思うのだけどねぇ」

皆に問われて、どう答えたものか、と思っていたところへ、お竹が小声で、

「ご寮さん、ええ折りやと思います」

と、囁いた。

表座敷では、今日から店を訪れたひとに、例の「えびす布」を貼った一枚刷りを手渡している。

七代目が頷くや否や、小頭役は次の間から表座敷を覗いて、賢輔を呼んだ。

並幅の反物を無駄なく裁てば、一枚の大きさは鯨尺で一寸（約三・八センチメートル）強四方。苦心して裁った端切れを、糊で刷り物に貼りつけてある。賢輔の手で配られたものに、皆は一斉に見入った。

「可愛らしい絵だねぇ、この端切れは何だろうか」

「江戸紫だね、五鈴屋の色だ。ああ、これ、模様が文字になってるんじゃないかい」

「本当だ、十二支になってる。ほら、これ、『寅』だよ、私の干支さ」

目を凝らして十二支の柄に気づいたところで、おかみさんたちは夢中になる。その様子を目の当たりにして、幸とお竹、それに賢輔はにこやかに眼差しを交わし合う。

「卯月朔日に、うちの店で売り出す新柄の小紋染めの見本です。この端切れを裁つの

に、豆が出来てしまいました」

幸の台詞に、「ああ、道理で」と皆が頷いた。

口々に「良いものを拝ませてもらったよ」と言って一枚刷りを返そうとするおかみさんたちを、賢輔が柔らかに押し留めた。

「端切れは『えびす布』いうて縁起が宜しいさかい、どうぞそのまま、お持ちになっておくれやす」

手代のひと言に、おかみさんたちの笑顔の花が咲いていく。

開店前の日本橋音羽屋が金銀に糸目をつけず、連日、引き札を撒いて名を広め、新柄の小紋染めへの興味を煽ったのに比して、五鈴屋の披露目は暖簾を潜った者に限られた。

しかし、文字を読めない者にも楽しんでもらえるように、と絵を添えた刷り物に、「えびす布」と呼ばれる小紋染めの見本を貼ったものは、強くひとの心を引き寄せた。ことに、帯結び指南に通っていたおかみさんたちは、今こそ恩を返そうと、自ら盛大に噂を広げてくれた。

また、刷り物を受け取った者の中には役者も多く、僅か半月ほどの間に、堺町の役者たちの間でも、五鈴屋の新柄は大層な評判になっていたのだった。

そうして迎えた、卯月朔日。

早朝に菩提寺に出向いて、智蔵の法要を終えたあと、五鈴屋はいつも通りに暖簾を出して、商いを始めた。派手に呼び込むことをしなくとも、一枚刷りを手にした常客らが次々と暖簾を潜り、楽しげに文字散らしの小紋染めを選ぶ。

「会いたかったぜ」

買い求めるなり、反物を広げて自分の干支を探す者あり。

「ふた親に送りたいから」

と、色違いの二反を刷り出しとともに胸に抱えて帰る者あり。あるいは、倹しい身形の者が一枚刷りのえびす布を示して、

「生まれて初めて、絹織を手にしました。ありがとう」

と、礼を伝えて去ったりもした。

きわめて順調な売り出し初日で、五鈴屋の主従は「買うての幸い、売っての幸せ」を嚙み締めた。日本橋音羽屋のことも、脳裡を掠めはしても気にする暇はなかった。

お客を送って表へ出れば、辺りは朱色に染まり始めていた。見送りを終えて、暖簾に手をかけた時だ。

「五鈴屋さん」

後ろから声をかけられて、幸は振り返った。

四十を三つ四つ過ぎた女が、風呂敷包みを手に佇んでいる。

先笄に結い上げた髪には、揃いの鼈甲の櫛と笄、長着は桜花を散らした珍しい後染めの紬。大店の女房と言った風情の女は、幸と目が合うと、丁寧にお辞儀をした。見覚えのあるそのひとは、駒形町の紙問屋、千代友屋店主の妻だった。

「お忙しい時にお邪魔してしまい、申し訳ございません。どうしても、お耳に入れておこうと思うことがございまして」

奥座敷に通されると、千代友屋の女将は、挨拶もそこそこに風呂敷包みを開いた。現れたものを見て、幸は瞠目する。

梅鼠色の、十二支の文字散らしの小紋染めだった。

「今日、店開きをした日本橋音羽屋という呉服商で買い求めたものです。店前で反物を選んでいた時、ちょっとした騒動がありました」

新柄のはずが、十二支の文字を散らした小紋染めを知っている、と言い出した者があった。さらにもうひとり、染め抜かれている文字が十二支だけではない、と騒ぎ立てる客が現れた。居合わせた者たちが、買った傍から思い思いに眺めてみれば、確かに他の文字が混じっている。

「金、令、それに少しわかりにくいのですが、ここに五の文字がありますでしょう?」

女将は幸の眼前で、一文字、一文字、指で押さえてみせた。

「謎解きを求めて、お客たちが店の者に詰め寄ったのです。店の者の話では、日本橋音羽屋の女店主は五鈴屋の主の妹で、嫁入りの際に嫁資として型紙を持参した、と。その型紙を用いて染めたものだ、と言うのです。この耳で聞いたので、確かです」

五と金と令とで、五鈴。

二年前の麻疹禍の時に、江戸紫の反物の切り売りをしたことで名を馳せた五鈴屋のことを、覚えている者も多い。それが女主人の里の屋号と知った客たちは、その趣向を大いに面白がったという。

「けれど、考えれば考えるほど、奇妙な話です。小紋染めの柄に文字を用いるなど、今まで誰も思いつきもしない。必ずや一世を風靡するものです。五鈴屋さんが考案されたのなら、おそらく、今後の五鈴屋さんの商いの基になるはずでしょうに。いくら身内が可愛かろうと、その大事な型紙を嫁資として持たせるものでしょうか」

日本橋音羽屋は、作り話をしているのではないか。

女将はそれを疑い、まずは五鈴屋に知らせておこうと馳せ参じたのだという。

千代友屋の女将の指摘が的を射ていることに、幸は先ず驚く。また、興味本位などではなく、五鈴屋を案じる気持ちが滲むことにも、胸を打たれた。

千代友屋の末娘が賢輔に片恋をし、ちょっとした騒ぎになったことがある。千代友屋の暖簾を傷つけてはならない、と幸たちは一切を外に洩らさなかった。今回の知らせは、五鈴屋に対して、恩義を抱いてのことだろう。

「ご心配頂き、ありがとうございます」

丁重に謝意を口にしたあと、幸は部屋の隅にあった敷布の包みを手に取り、前に置き直した。敷布を開き、仕立て途中の袷の着物を広げてみせる。

江戸紫、十二支の文字散らしの小紋染め。千代友屋の持ち込んだ反物と同じく、十二文字の他に「五」「金」「令」が混じる。難所の背縫いを終えたところで、衿付けや裾合わせなど、仕上げまでにはまだ少しかかりそうだった。

「これは、日本橋音羽屋の」

ぱっと目を見張ったものの、女将はすぐさま顔を上げ、強く頭を振る。

「いいえ、違う。あの店にあったのは茶と鼠ばかりで、この色はなかったはずです」

「ええ、これは五鈴屋が扱っている小紋染めです」

幸もまた、袷から女将へと視線を移して続けた。

「私どもでも、今日からこの干支の文字散らしの小紋染めを売り出しました」

事情があって、同じものを同じ値で商うことになりました、と言い添える。

「そうですか、事情が」

女将は暫し、じっと考え込んでいたが、幸の口から真実が語られる道理もない、と踏んだのだろう。

「ともかくも五鈴屋さんに何かお考えがあってのことと知り、安堵いたしました」

と、話を結んで暇を告げた。

店の表まで見送りに出て、別れ際、幸は千代友屋の女将に、

「昨年の師走十四日、当方の開店三年の祝いの日に、見事な樽酒を頂戴しました。お名前を伏せておいででしたので、謝意をお伝えせず、大変失礼をいたしました。心から感謝しております」

と、懇ろに頭を下げる。

女将は、千代友屋が祝い酒の送り主であるとも、違うとも明言はしない。ただ、

「これからは、開店祝いに樽酒が重なることもございましょう。田原町一丁目の先に、商売繁盛で知られる、小さな稲荷神社がございます。もしも、余るようでしたら、そ

ちらにご寄進なさいませ。千代友屋では、そうさせて頂いております」

と、優しく伝えて、静かにお辞儀を返した。

広小路の方へと遠ざかる背を眺めて、この世には色々なひとが居る、と改めて思う。他人を踏みにじることに躊躇いのないひとも居れば、あの女将のように、以前に受けた微かな恩を忘れず、心に留めて機会があれば報いようとするひとも居る。

自分自身も、千代友屋の女将のようでありたい、と幸は強く思った。


花の命は短いが、藤から躑躅、杜若へと盛りは移り、気づけば江戸の街は新緑で覆われていた。緩風に若葉が香る。あと半月ほどもすれば、袷から単衣へと切り替わる。早めに夏物の用意を、と思うのか、その日も、五鈴屋は多くの客を迎えていた。

大方の目当ては、件の文字散らしの小紋染めであった。売り出しから二十日ほど、丁度、富五郎が江戸紫の小紋染めをお練りの装束に選んでくれた時のような活況を呈していた。

「菊次郎さま」

そろそろ九つ（正午）の鐘が鳴る、という刻限、暖簾を捲って現れた男を認めて、幸は駆け寄る。

「久しいのぅ、七代目」

歌舞伎役者菊次郎は、表座敷の賑わいに眼を止めると、にこにこと相好を崩した。

「繁盛で何よりや」

練色の長着に深藍の羽織、という常よりは控えめな装いながら、華やいだ雰囲気の役者の登場に、買い物客の視線が集まる。さり気なく、菊次郎の盾になる位置へ移って、こちらへ、と幸は相手を奥座敷に誘った。


亡き夫、智蔵が懇意にしていた筑後座の人形遣い、亀三。その亀三の縁で知己を得たのが菊次郎だった。

兄は菊瀬吉之丞、「三都一の女形」として名を馳せていたが、六年前に他界している。その養子の吉次を、菊次郎が引き取り、兄に代わって厳しく芸を仕込んでいた。

「相変わらず、上手な仕立てや。着物の色も、干支の文字散らしも、粋ななぁ」

お茶を勧める幸の姿を愛でて、菊次郎はすっと目を細める。

丁寧に仕立てた江戸紫の袷を褒められて、ありがとうございます、と幸は笑みを零す。湯飲み茶碗に手を伸ばして、菊次郎は口もとを緩めた。

「世間は狭いよってなぁ、色々と耳に入ってますで」

よう気張らはった、と柔らかに言い添えて、女形は美味しそうにお茶を啜る。

芝居小屋のある堺町と、日本橋は近い。おまけに、薬種商、小西屋五兵衛は菊次郎の贔屓筋だ。結のことも、十二支の小紋染めのことも、おそらく筒抜けになっているのだろう。自身の至らなさを恥じ、苦しい思いで幸は目を伏せる。

幸の煩悶に気づかぬ振りで、菊次郎はふと、茶碗から唇を外した。

「五日ほど前、私も日本橋音羽屋を覗いてきたんやが、反物が撞木に掛けられて、縦に見られるようになってててなぁ。店の作りも何もかも、五鈴屋そっくりや。まるで五鈴屋が場所を移して、間口を三倍に広げただけみたいやった。ただし、看板やら幟やらはえらい派手で、こっちが恥ずかしいなるほどや」

開店初日の出来事については、千代友屋の女房より聞き及んでいる。しかし、店の中の作りや設えを知るのは、初めてだった。菊次郎からもたらされた日本橋音羽屋の店内の様子は、幸の胸を塞ぐ。

つまりは、店の作りから撞木に至るまで、五鈴屋をそっくり真似たからこそ、店開けが卯月朔日まで延びた、ということだ。「嫁資」を恩義に思った結の配慮などではなかった。己の甘さを嚙み締める幸に、菊次郎は温かな眼差しを向けた。

「近頃、江戸では一風変わった句合わせが、えらい人気でしてなぁ。先般、こないな句が披露されてましたで。『本家より　分家が出張る　文字散らし』」

　驚いて背を反らした七代目を前に、歌舞伎役者はくっくっと肩を揺らして笑う。

「連日、派手に引き札を撒いたさかいになぁ、そない誹(そし)られてますのや。その点、五鈴屋の披露目方は洒落(しゃれ)てたよってに。えびす布を貼りつけた刷り出しを、まるで宝のように持ってる役者を、私は何人も知ってますで」

　五鈴屋と同じ干支の文字散らしの小紋染めを、同じ日に、同じ値で日本橋音羽屋が売り出したと知った時、菊次郎は随分と気を揉(も)んだという。

「何せ、後ろについてるんは、あの音羽屋の大蛸(おおだこ)やさかいにな。盗んだ方が『盗まれた』とでも騒ぎだしたら厄介なことになる。けんど、柄の中の『五』『金』『令』が身の証(あかし)を立てて、今は江戸中の者が五鈴屋が本家やと認めてる」

　何よりのことや、と菊次郎は鷹揚(おうよう)に言った。

　それだけではない、日本橋音羽屋の弁明に尾ひれがついて、今や、「嫁いだ妹を守るために、五鈴屋が型紙を持たせた」「双方の店を盛り立てるための、姉妹による企て」等々と美談に仕立てた噂が立っていることも、幸の耳に入っていた。

「姉として、もっと毅然(きぜん)とすべきでした。妹の訴える哀(かな)しみが胸に迫り、身動きが取れなくなってしまったのです。妹を音羽屋の手から取り戻せる機会はあったはずが、それをしなかった。既に行く道は分かれてしまったというのに、今になって、悔いが胸を去りません。勝手に期待しては覆され、思いは堂々巡りをするばかりです」

相手が菊次郎だからこそ洩らせる、本音だった。情けなさに、視界が滲む。

「血を分けた者同士いうんは、厄介や。いっそ赤の他人なら割り切れるのになぁ」

しんみりと言ったあと、女形は口調を違えた。

「良い知らせか、悪い知らせになるんか、判断はつかんけれど、あんたの妹は日本橋音羽屋の女主人として、帯結び指南を始めるそうや。毎月朔日に、只で帯結びを教えるんやそうな。今からえらい評判や」

淡々と、菊次郎は告げた。

「それは……」

五鈴屋で培ってきた「帯結び指南」の遣り方を、そのまま日本橋音羽屋に持ち込んだ、ということか。

「おまけに、どないな着物に、どないな帯を合わせたら似合うか、そんな助言もして、えらい重宝がられてるそうな」

気の毒そうに幸を見て、菊次郎はこう続けた。

「あんさんの妹は、音羽屋で自分の居場所を作ろうと必死なんやろう。生き残るためやさかい、五鈴屋のことを慮(おもんぱか)る余裕もない。あんさん、情に溺(おぼ)れて悔いてばかりなら、足を掬(すく)われますで」

可愛い妹、守るべき妹、というのではない。商いを競う相手として対等に扱わねば深手を負うだろう、と世慣れた役者は諭(さと)した。

大坂の八代目徳兵衛こと周助より文(ふみ)が届いたのは、菊次郎の訪問から三日ほどが経(た)った昼のことであった。

「随分と心配をかけてしまって」

一読した文を佐助に渡して、幸は申し訳なさに唇を引き結ぶ。

八代目の襲名披露までには大坂へ戻ってほしい、との鉄助からの再々の懇願にも、短い断りの文を出しただけだった。詳細を書き綴(つづ)れば、かえって心配をかけてしまう。否、身内の不始末を文字にすることが、どうしても出来なかった。

幸と五鈴屋江戸店に災難が降りかかったのではないか、と周助は随分と気を揉んでいる様子だった。七代目という中途半端な立場では、商いに差し障(さわ)りがあるかも知れない、と考えたのだろう。文には「かねてより話し合っている通り、今後は大坂本店(ほんだな)、江戸本店の両本店制を取りたい。幸には五鈴屋江戸本店の店主を務めてほしい。その方向で既にことを進めている」旨（むね）が認（したた）めてあった。

そして、もうひとつ。

長く五鈴屋の仕入れ店としての役回りを担っていた巴屋（ともえや）の店主から、高齢のため隠居したいとの申し出があったとのこと。ならば、と五鈴屋で店ごと買い上げて、名実ともに五鈴屋の仕入れ店とした報告が認めてあった。

「いよいよ、京に仕入れ店を持つことになったんだすなぁ」

離縁する嫁の敷銀さえ工面できなかった往時の五鈴屋を知る佐助は、しみじみと感じ入った声を洩らしたあと、二度、三度、と文に目を通した。

「ご寮さん、私も頃合いやと思います」

丁寧に文を畳んで幸に戻してから、佐助は懇篤（こんとく）に告げる。

「結さんが日本橋音羽屋の女主人とならはったのに、うちのご寮さんが七代目で済まされるんは、私ら奉公人にとっても辛（つろ）うおます。細かい決め事は大坂へ戻らはった際にお詰め頂くとして、今後は『五鈴屋江戸本店』店主をお名乗りになっとくなはれ」

そこまで話して、佐助はふと口を噤（つぐ）み、耳を欹（そばだ）てた。幸もそれに倣（なら）う。

何やら、土間の方が騒々しい。

「お客さん、そこから先は奥向きだす。お話なら店の方で伺わせて頂きますよって」

周囲を慮ってか、押し殺した声が板の間に届く。あれは賢輔のものだ。昼餉時で、丁度、客足が落ち着いていた頃だった。

気になって佐助とともに上り口から覗いてみれば、旅姿の小柄な男が、賢輔と揉み合っている。

「私が用件を伺わせて頂きますよって」

「あんたじゃ駄目だぁ。この店の主と話をさせてもらえねぇべか」

長い距離を歩いてきたのだろう、男の顔にも語調にも疲れが滲んでいた。因縁をつけているようでもない。長旅の苦労は、佐助も幸も身に沁みている。

幸が佐助に頷いて見せると、佐助は賢輔に、

「賢輔どん、構わへん、話を聞かせてもらいまひょ」

と、声をかけた。

板の間に通された男は、この店の主が女だと知って大層驚きつつ、縮緬の反物を十反、買いたい、と打ち明けた。値引きを乞うわけでもない。

「四十匁ほどの染めの縮緬を十反、ですか」

相手の要望を繰り返して、佐助は首を傾げている。店にとっても結構な商いで、何も奥向きまで押しかけて話すことでもなかろうに、と思ったのだろう。

よくよく聞けば、下野国、日光街道の小金井宿でもとは古手売りをしていたのだが、呉服の小商いを始めるという。

「都の縮緬があれば、と思うて仕入れのため江戸に来たものの、何軒か回った呉服問屋では、まるで相手にしてもらえません。この風体だからか、話も聞かずに門前払いする店まであって……」

日本橋から浅草まで来たところで、この店の前を通りかかった。掃除は行き届き、打ち水までされている。きちんとした店だ、とぼんやり見ていると、買い物を終えた客が、風呂敷包みを胸に抱くようにして現れた。意外に慎ましい身形をしている。それを見て、思いきって頼んでみる気になったという。

「仕入れやったら、問屋を通すのが決まりだすのやけれど、呉服は……」

応えつつ、佐助は困ったように幸を見る。

大抵の品は、生産者から時に仲買を挟み、問屋、そして小売を経てお客のもとへと渡る。問屋が小売を通さず直にお客に売ることはないし、お客もまた、小売を飛び越えて問屋と遣り取りすることはない。ただし、呉服だけは、随分と事情が異なった。関わる人があまりに多く高値になりがちな呉服を、何とかして安く仕入れるため、小売でありながら問屋を兼ねる店がある。逆に、問屋を名乗りながら小売に頼らず、自ら客に売る店も散見される。さらに、呉服仲間では、安定して呉服を供給するべく、市場から商品が途切れぬように、仲間同士、互いの品を融通し合うことが認められていた。

同じ仲間なら、小売同士、反物を売買することが許される。目の前の男は、呉服仲間ではないが、店は下野国。江戸の呉服商と競合するはずもない。

「仮に五鈴屋から縮緬を買い入れたとして、それを江戸で売る、ということはなさらないのですね」

店主に念を押されて、男は「勿論です」と首肯した。幸はさらに畳みかける。

「もうひとつ、売値はどうなさるおつもりでしょうか」

五鈴屋では上乗せする利を出来る限り抑えて、上質のものを手頃な値段で商うよう心掛けている。仮に、五鈴屋から四十匁で買った品が、下野国で倍の値で売られていては、店の信用にかかわってしまう。

店主の意図を正しく受け止めたのだろう、男は一反につき一匁の上乗せをするつもりだ、と答え、両者の間で証文を交わすことになった。

「下野国でも、綿の栽培が始まりました」

遣り取りを終えて、暇を告げる時、男は店前に並ぶ太物に眼を止めた。

「もし、近くで木綿が作られるようになれば、助かる者も多い」

楽しみだっぺ、と国訛りで言って、男は反物の入った風呂敷を背に担ぐ。古手から呉服商いへと転身する男は、弾む足取りで郷里を目指す。その姿は、五鈴屋二代目店主を想起させた。

「これからは、ああした地方からの買い付けも、増えてくるかも知れまへんなぁ」

佐助の台詞に、そうね、と幸は相槌を打った。

呉服商いには色々な縛りもあるが、解釈の仕方次第で許されることも多い。誠実な商いを志す者には、出来る限り添いたい、と五鈴屋江戸本店の店主は思った。

大文字屋の大かぼちゃ

その名は市兵衛と申します

よいわな　よいわな

戯歌を唄いながら、子どもたちが楓川沿いを駆けていく。幸の傍らをすり抜けて、子どもらは元気一杯に海賊橋を渡って消えた。

文字散らしの小紋染めを今月朔日に売り出して、今日は末日。月に一度の、坂本町呉服仲間の寄合に出た帰りだった。久々にここまで足を運んだこともあり、日本橋音羽屋のことが頭を過る。

商いが盛況なことは耳に入っているが、果たして、五鈴屋にそっくりだという店の様子はどうか、やはり気になった。日本橋に行くか、近江屋に挨拶に寄るか、悩んでいた幸は、よし、と心を決めた。

この度の会合で、「五鈴屋江戸店」から「五鈴屋江戸本店」を名乗ることの承諾を得た。さらに、幸は下野国の小売に縮緬を十反売ったことを打ち明けたが、数が少ないこともあって、特には咎められなかった。それよりも、仲間の関心は、日本橋音羽屋と五鈴屋、両店で文字散らしの小紋染めを売り出したことにあった。

噂の真偽を問われたが、無論、本当のことなど口が裂けても言えない。結が忠兵衛の後添いになったことは既に周知の事実だし、幸としては噂に乗るしか手立てはない。

口数の少ない七代目に、仲間に入ったばかりの新参者が、

「何もこんな小さな呉服仲間に身を寄せずとも、日本橋の呉服商の縁者になったのなら、伝手を使ってそちらの呉服仲間へ移ってはどうか」

と、揶揄してみせた。

古参の仲間たちは、苦々しそうに新参者を眺めたが、取り立てて意見もしなかった。

思い返せば、気が滅入（めい）る。振り切るように、幸は海賊橋を渡った。

一丁目から三丁目まである日本橋通りは、江戸における商いの中心であった。通りの両側には伊勢、近江、京坂に本店を持つ大店が軒を連ねる。中でも一際、目を引くのが呉服太物商の白木屋（しろきや）であった。

大坂から江戸に着いて、初めて白木屋を見た時に、あまりの繁盛ぶりに驚いたことが懐かしい。その白木屋の前を通り過ぎ、二丁目に差し掛かる。正しくは、日本橋通南二丁目、小間物問屋とお茶問屋に挟まれて、目指す店は在った。向かい側に佇（たたず）んで、幸はしげしげと眺める。

間口は五鈴屋の三倍ほどか、しかし、居並ぶ大店の中ではこぢんまりと見える。長暖簾には井桁（いげた）に音の字、翻る（ひるがえ）幟に「文字散らし小紋染め」と染め抜かれていた。

驚いたことに、店の表に、件の小紋染め目当てか、十人ほどの列が出来ている。

「両替商の音羽屋が、後添いにやらせてる店なんだろ？　お手並み拝見だな」

「それにしても、待たせ過ぎなんじゃないのかねぇ」

「女主人は若いのに中々の遣り手で、小紋染めにどんな帯を合わせたら良いか、色々と相談に乗ってくれるんですって。だから、刻（とき）がかかるんですよ」

見知らぬ者同士が、そんな会話を交わして大人しく並んでいる。

あの黒紅色の長暖簾の奥に、結が居る。

しかし、結界でもあるかの如く、幸はその場を動けない。

暖簾の奥から、母娘らしい二人連れが現れた。娘の方は、大事そうに胸に風呂敷包みを抱えている。

「どんな具合だい」

並んで待つ者に声をかけられて、母親と思しき女が、にこやかに応える。

「あれは女将さんだと思うんですけどね、そりゃあもう熱心に相談に乗ってくれたんですよ。おまけに、娘の帯が緩んでたら、結び直してくれてねぇ。ほら、こんな可愛らしい結び方で」

母の言葉に、娘は頰を上気させて、皆に見え易いよう背を見せた。羽を開いた蝶が止まっているように見える帯結びだった。

ああ、あれはお竹どんが吉次に結んでみせた帯の形だ、と幸は唇を引き結ぶ。

五鈴屋で身につけた全てを、結は日本橋音羽屋での商いに生かしている。

ふいに、後ろから襟を摑まれた気がして、冷えた襟足に掌をあてがった。双眸に黒紅の暖簾を映して、じっと沈思する。

可愛い妹、守るべき妹、というのではない。商いを競う相手として対等に扱わねば深手を負う――菊次郎の助言が胸に響いていた。

それならば、そのように。

幸は自身に言い聞かせて、その場を離れようとした。

「本家か分家か、悩むところだねぇ」

日本橋音羽屋の行列を尻目に、通行人が声高に話している。

「ものは一緒で、値も一緒。色目は本家の方が好みなんだけど、浅草は遠いよ。行き帰りで一刻（約二時間）、気安く行けやしない」

「けど、本家の方は絵の刷り物をつけてくれるって聞いてるよ。手近な分家と、遠い本家。ほんと、悩ましいねぇ」

悩ましい、悩ましい、と繰り返して、二人の中年女は幸の前を通り過ぎていく。

第五章　罠

一昨年、卯月に始まり長月一杯まで、江戸を麻疹禍が襲ったことは記憶に新しい。一転して、今年は卯月から妙なものが流行りだした。

下総の古河に思案橋という、ゆかしい名の橋がある。遥か昔、京から彼の地に辿り着いた静御前が、源義経の訃報を聞き、行こうか戻ろうかと思案した橋、との伝承が残る。その思案橋の辺りで、弘法大師のご利益によって薬水が湧き出た、という噂が立った。

二年前に麻疹で多くの命を失ったこともあり、ご利益を求める者が、江戸から群を成して訪れるようになった。噂が噂を呼び、旅人は増え続け、旅籠が次々と建てられた。長月の声を聴く頃には、ついに千軒を超えたという。

賢輔が図案を描き、梅松が彫り上げた十二支の漢字を散らした型紙。その型紙を用いた小紋染めは、五鈴屋でも日本橋音羽屋でも、卯月朔日の売り出し初日から、老若男女を問わず夢中にさせた。ことに、それまで小紋染めにあまり興味を示さなかった男をも虜(とりこ)にしたのだ。

　奇(く)しくも弘法大師の薬水と同じく、卯月、皐月(さつき)、水無月(みなづき)、文月(ふみづき)、葉月(はづき)、と売れに売れ、長月も好調かと思いきや、半ばを過ぎた辺りから、売り上げが徐々に落ち始めた。

「今少し、伸びると思うたんだすが」

申し訳なさそうに、佐助は帳簿を店主に差しだした。

暖簾(のれん)を下ろしたあとの、表座敷。算盤(そろばん)の珠(たま)を弾(はじ)いて数字を検(あらた)める幸を、佐助とお竹、それに賢輔がじっと見守っている。

「綿入れ用に着物を新調したあとなので、売れ行きも落ち着いてきたのでしょう。霜(しも)月(つき)になれば、迎春用でまた伸びると思います」

　平らかに応じて、幸は帳簿を閉じた。

　今のところ、干支(えと)の文字散らしを真似(まね)た品を売り出している店を知らない。技量のある型彫師(かたほりし)を探し出して、型紙を彫らせたとしても、二番煎(せん)じの酷評は免れないだろう。また十二支のほかに「五」「金」「令」の三文字を紛れさせた洒落(しゃれ)っ気(け)は江戸っ子の心をぎゅっと摑(つか)んだが、他店が己の屋号を混ぜたら、それは「野暮」になる。この土地で、野暮ほど忌み嫌われるものはない。

そういう意味で、今回、五鈴屋は江戸っ子の気質に救われていた。

それに、と幸は自身の綿入れに視線を落とす。干支の文字散らしの小紋染めで仕立てたものだ。

「この柄を求める人のもとに行き渡ったなら、売り上げは横ばいになる。それは流行りものの定めでしょう」

かつて「石畳」と呼ばれていた柄が、佐野川市松が舞台で纏ったことから「市松」と呼ばれ、勢いよく広まり、急激に竦んだ。しかし、消えたわけではなく、例えば万筋や棒縞のように、市松模様は馴染みのある柄として今も好まれている。

武家のための小紋染めを町人の手に、という五鈴屋の願いは叶えられた。干支の文字散らしも、市松同様に、好ましい柄のひとつとして、受け継がれていってほしい。

「つくづく、『商い』て、似たことの繰り返しだすなぁ」

吐息交じりに佐助が洩らせば、お竹もほんまになぁ、と切なく零す。

「売れなんだら難儀するし、売れたら売れたで、おかみに目ぇ付けられて、それはそれで難儀しますよってになぁ」

昨年、おかみから命じられた上納金は、千五百両。知恵を絞って交渉し、三年の分割にしてもらったが、毎年の五百両はやはり大きな負担ではあった。

確かにそうね、と幸はほろりと笑う。

一難去って、また一難。皆で知恵を寄せ合って難儀を乗り越えたかと思えば、新たな問題が生じる。ことに結によって引き起こされた難儀については、目の前の三人に対して、申し開きが出来なかった。

文字散らしの小紋染めの売り上げが伸び悩んでいるのは、おそらく日本橋音羽屋でも同じだろう。ただ、朔日の帯結び指南や、着物と帯の見立て等々、五鈴屋をそのまま真似た手法は、日本橋では斬新らしく、今なお行列が絶えない、と聞く。

同じことを考えたのか、主従は暫し、押し黙った。

沈黙を破ったのは、意外にも賢輔だった。

「ここに店を開いてから、色んなことがおました。ことに……ことに結さんの一件は、乗り越えるんが難しい、と思うてました。嫌でも耳に入ってくる日本橋音羽屋の話に、その商いの遣り様に、この辺りを抉られるようで、ほんに辛うてならへんのだす」

胸を押さえて、ただ、と手代は続ける。

「私は綿も蚕もよう育てしまへん。糸を紡ぐことも機を織ることも、染めることも何も出来しません。けんど、最後の最後、お代と引き換えに、反物をお客さんに手渡す役目を引き受けさせて頂いています」

　悩みに悩んだ末に一反を選ぶお客も居れば、端から目当てを決めているお客も居る。懐豊かな者も居れば、手間賃を貯めてやっと、という者も居る。だが、買い物を終えると、皆、反物を胸に抱くようにして、幸せそうに帰っていく。

「そうした姿は、反物作りに関わったひとらは、じかに目にすることがおまへん。商い、いう場に居る私らしか、見届けることが出来へんのだす。ほんまにありがとうて、ありがとうて。『買うての幸い』を間近に見て、『売っての幸せ』を噛み締めることが出来るさかい、どないなことも乗り越えられるように思うんだす」

　手代の思いを聞き終えて、残る三人は暫くの間、黙り込む。皆の無言を重く受け止めて、賢輔は「差し出口、堪忍してください」と身を縮めた。

　火鉢を出す目安の神無月の初亥まで、まだ少し日があった。

　行灯の橙色の明かりが、寒々しい座敷を仄かに照らしている。幸はお竹と眼差しを交わす。ふっ、とお竹の鼻が甘く鳴った。それを受けて、佐助も微かに肩を揺らす。

「五鈴屋に奉公に上がった時は、あんなに、小さかったのに」

　感慨深く幸が言えば、佐助とお竹が揃って頷いた。

「ほんの八つ、童女でも通りそうなほど、可愛らしおました。なぁ、佐助どん」

お竹に水を向けられて、へぇ、と佐助は笑いながら応じる。

「そらもう、豆粒かと思うほど小さうて、物言うのに、えらい屈まなならんかったよって、もう苦しいて苦しいて」

五鈴屋の中で一番長身だった佐助と、奉公に上がったばかりの幼い賢輔とが並んだ姿を思い返して、幸とお竹は堪らず声を立てて笑った。

佐助どん、と眉尻を下げて、賢輔が訴える。

「豆粒は酷うおます」

堪忍、堪忍、とひとしきり笑ったあと、佐助は顔つきを改めた。

「いっぱしのことを言うようになったんだすなぁ。あないに小さかった子ぉが」

「私らが年取るはずだす」

お竹が白髪交じりの頭を左右に振っている。

お家さん、と幸は胸のうちで富久を呼ぶ。

いずれ五鈴屋を背負って立つだろう賢輔の言葉を、富久に届けたかった。

上野山の桜樹が緋色の衣を纏い始め、日に日に燃え立つほどに鮮やかになる。

花売りの老女は、筵に包んだ菊花を抱え、かちかちと鋏を鳴らして通りを行く。老女の頭に被った手拭いに、群れに逸れた赤蜻蛉が羽を休めていた。

そうした情景の広がる朝、五鈴屋江戸本店に、ひとりの中年の侍が現れた。

裃姿の侍は、表座敷にほかの客の姿を認めると、佐助に「人払いを」と命じた。裃に用いられているのは、菊菱の紋様。それはさる家中の定小紋であった。

五鈴屋では、身分に関わらず、全てのお客を等しく扱う、ということを信条としている。どう伝えようか、と逡巡する佐助に代わって、幸が丁重にお辞儀をして、

「相済みませんが、奥の座敷で、ゆっくりとお話を伺わせて頂けませんでしょうか」

と、眼差しで奥を示した。

武士は格段、不服を口にするわけでもなく、黙って幸と佐助について奥座敷へと向かった。

同じ菊菱の定小紋を、以前、目にしたことがある。

そう、確か、暑気あたりの若侍が身に着けていた袴がそれだった。偶然だろうか、と思いつつ、幸は相手の言葉を待った。

「家名は伏せるが、我が藩の納戸役から頼まれて、縮緬の白生地を求めに参った。極上縮緬の白生地、この店では一反がこの値だと聞いたが、間違いないか」

侍は懐から書きつけたものを取りだして、幸と佐助に示す。予め、誰かを寄越して調べさせていたのだろう。

「はい、間違いございません」

幸が答え、傍らから佐助が問いかける。

「縮緬の白生地を、何反ほどご用意させて頂きまひょ」

「百反、買い上げたい」

百反、と幸は繰り返す。小紋染めのために、白生地の大半は力造のもとへ運んでいるが、遅くとも、今月のうちには大坂から荷が届くことになっていた。佐助が頷くのを認めて、幸は「お引き受けいたします」と応じた。

引き渡しの日付と、支払いの目安を聞いて、相手はほっと緩んだ息を吐き、初めて目の前の湯飲み茶碗を手に取った。

「霜月末日と申したが、染めに出すため、今少し早いとありがたい。遣いを寄越すので、目安を教えてほしい」

畏まりました、と幸は首肯して、

「荷が届きましたら、お屋敷の方へお運びせずとも宜しいのでしょうか」

と、尋ねた。幸の口振りから思う所があったのか、侍は「おや」と怪訝そうな表情を示して、自らの袴に眼を落とした。

「そうか、呉服商なら定小紋もよく知っておろうな。然すれば、私がどの家中かも気づいておるのだな」

気づいているとも、いないとも、明瞭には答えずに、ただ笑みを湛える。

幸の口の堅さを思ったのか、侍はほろりと笑った。

「私は呉服の値には明るくないが、他店の縮緬生地のあまりの高値に肝をつぶしておったのだ。過日、暑気あたりで世話をかけた若侍が居たであろう。あの者より、この店を推挙された。浅草田原町に、実に良い店がある、と。それで内々にひとを遣り、調べさせたのだ」

佐助も二年前の夏の出来事を思い出したらしく、ああ、あの時の、と声を洩らした。

武家を相手に百反の商いをするのは、五鈴屋でも初めてのこと。自然、油断するまい、と身構えるのだが、以前の関わりを知って、主従はともに安堵する。また、掛け売りではなく、現物と引き換えの現銀売りなので、まず間違いがない。

「大きな商いになりましたなぁ」

侍を見送ったあと、佐助が謝意の滲む声で言った。

周助と鉄助からの文を添えて、大坂からの船荷が届いたのは、霜月半ばのこと。折りよく、本郷の屋敷から遣いが来たので、品を検めた上で引き渡し、代銀も確かに受け取った。全てが終わった時は、肩の荷が下りた気分だった。

「ご寮さん、文を読ませて頂きました」

夕餉のあと、皆で周助たちの文を回し読みして、最後、お竹が幸に戻した。

「この間のご寮さんからの文で、二人とも、えらい安心してはりますなぁ」

そうね、と幸は文を受け取って、文箱に収める。

結の一件のあと、ろくな説明もせずに、心配させるだけさせてしまった。十二支の文字散らしの小紋染めが売れに売れ、一段落した頃、二人に宛てて長い便りを書き送っていた。ただ、結の不始末については詳細を書き綴ることが憚られて、軽く触れることしか出来なかった。

勘の良い二人のことだから、あれこれ考えただろうが、文面は極めて平らかで穏やかだ。巴屋を買い上げてから、本店、高島店ともに順調に売り上げが伸びていること。天満組呉服仲間の月行事を任されていること。お梅が相変わらず婿探しをしていることや、孫六が周助と鉄助の嫁探しで奔走して少々迷惑していることなどは、読んでいて思わず噴きだしてしまう。

「ご寮さん、大坂行きはどないしはりますか」

柱暦に眼をやって、佐助が問うた。

周助の八代目の披露目に間に合わせるはずが、結の一件で江戸を離れるわけにいかなくなった。今、事態は落ち着き、状況も明るい。何時でも行ける状態ではあるのだが、跡目の披露目を逃した今、急ぐ必要もないかも知れない。

「今期の上納金の支払いが済んでから、考えようかと思います」

「承知しました。あと二回、払い終わるまでは、おかみに借金があるようで、気持ちも重たいことでおますなぁ」

支配人はそう言って、切なげに吐息をついた。

擂鉢で糊を練っていた賢輔の手が、ふと止まった。残る三人の、どうしたのか、との視線を受けて、手代は迷いつつも唇を開く。

「五鈴屋よりも身代の大きい呉服商は、日本橋には仰山おます。けど、そうした呉服商が満遍のう上納金を命じられた、いう話は聞きまへん。五鈴屋が、小紋染めや麻疹禍での江戸紫の切り売りで目立ったのは確かだす。けんど、言葉は悪うおますが『狙い撃ちに遭った』いう気持ちが、どないしても拭いきれへんのだす」

確かにそうね、と幸は頷いた。

「同じ呉服仲間の遠州屋（えんしゅうや）さんもそうだったけれど、何かひとつで抜きんでると、おかみから目を付けられる。大きな声では言えないけれど、まさに『狙い撃ち』されたのでしょう」

しかし、この江戸で商いを続けていく以上は、おかみの意向には逆らえない。

ほんに難しおます、と吐息をつきかけて、佐助は首を左右に振った。

「暗うなるのは止（や）めまひょ。今日はせっかく大きな商いが叶（かの）うたさかいに」

「例の、菊菱の定小紋のお屋敷だすな。今後もおそらく、ご贔屓（ひいき）頂けますやろ。これも『ご縁』だすなぁ」

火鉢に炭を足しながら、お竹がにこやかに応じた。

霜月晦日（みそか）、坂本町の呉服仲間の寄合（よりあい）に、幸は佐助の同行を求めた。

何故（なぜ）そうしたのか、やはり何か虫の知らせがあったのか、とあとになって思う。佐助も特段、何も言わずに幸とともに坂本町へと向かった。

寄合の始まる四つ（午前十時）よりも、小半刻（こはんとき）（約三十分）ばかり早く着いたはずが、会所の下足棚（げそくだな）にはぎっしりと草履（ぞうり）が並んでいる。十五人ほどの仲間が既に全員、集まっている様子だった。

佐助とともに座敷に姿を現した幸を認めて、一同の視線が集まる。室内は刺々しい雰囲気に満ちていた。

「五鈴屋さん、こちらへ」

傍らを示して、月行事が抑えた声で幸を呼んだ。語勢に怒りが滲む。

皆の憤りの理由がわかりかねて、幸は佐助と視線を交える。ともかくも、幸は月行事の横に座り、佐助は座敷の隅に控えた。

月行事を間に挟んだ位置に、黒松屋という老舗の呉服商の店主が座っているのだが、よほど腹を立てているのだろう、腿に置いた両の握り拳がわなわなと震えていた。

「よくもまあ、ぬけぬけと現れたものだ」

「恥知らずにもほどがある」

聞こえよがしの独り言を口にする者あり、あるいは忌々しげに舌打ちをする者あり。旦那衆の中に遠州屋の姿を見つけたが、幸から目を逸らして、難しい顔つきで腕を組んでいる。

そうまでされる心当たりが全くない。佐助はおろおろと腰を浮かし、幸は幸で入念に周囲を見回した。

ごほん、と月行事が咳払いをして、

「皆、落ち着きましょう。まずは月行事として、事実を検めさせて頂きます」

と、前置きの上で、幸の方へ身体ごと向き直った。

「五鈴屋さん、ひとつ、お尋ねしますが、加賀藩に縮緬をお売りになりましたか？」

菊菱の定小紋は、確かに加賀前田家のものだ。はい、と幸は率直に応えた。

「ただし、先様は御家名を伏せておられましたので、私どもも、そのように対応させて頂きました」

「しかし、取引の相手が加賀前田家であることに気づいておられましたね」

念を押されて、幸は頷く。

「はい。菊菱紋様の小紋染めの裃を付けておられましたので」

「この恥知らずが」

黒松屋の老店主が、激昂して声を上げる。

まぁまぁ、と月行事は懸命に黒松屋を宥めた。

「どういうことでしょうか」

幸は丁重に、しかし、毅然と月行事と黒松屋のふたりに問いかける。

「私どもに、何か落ち度がございましたでしょうか。ご教示頂けませんか」

「おわかりにならないのですか」

呆れ果てた、という語調で反問して、月行事はやれやれ、と頭を振った。

「宜しいか、我々呉服仲間は互いを尊重し合い、助け合い、律し合って、間違いのない商いをするために、こうして寄合を開いて様々なことを詰めているのです。相手を尊重する、というのは、その顧客を奪うことがあってはならない、ということだ」

加賀前田家は名家中の名家で、黒松屋は長年、その呉服所としての役割を果たしてきた。加賀藩と言えば黒松屋、黒松屋と言えば加賀藩、というように強い結びつきで知られていたのだ。ところが今回、五鈴屋の縮緬の値が黒松屋のそれよりも安価なことを理由に、取引を打ち切られてしまったという。

要するに、五鈴屋は黒松屋の長年の大事な顧客を奪い取った、ということになっているのだ。幸は漸く、一同の憤怒を理解した。

「思わぬことで、申し訳ございません。まず、お詫び申します」

黒松屋に向かって深く頭を垂れてから、幸は顔を上げて、座敷を見渡した。

「屋敷売りであるなら、他店の顧客として配慮できます。けれど、店前現銀売りの場合、お店に来られたかたは、どなたであろうと、私どもの大事なお客さまです。望まれた品をご用意するのが、こちらの務めと考えております。また、値についても、予め仲間で定められた値幅内に留めており、決して法外な安値ではございません」

「盗人猛々しい、とはこのことだ」

新参者の店主が、声を荒らげる。この春から坂本町の呉服仲間に加わった新入りは、確か、前回、持って回った嫌味を口にした男だった。

「顧客ノ横奪ハ厳ニ慎ムベシ――仲間定法の中に、はっきりとそう書かれている。どのような理由があろうと、五鈴屋のしたことは顧客の横取りで、約定に背いたことに違いはない。こんな勝手を許しては、呉服仲間の名が廃りますよ」

最後の台詞は、一同に向かって発せられた。

仲間を外される、ということか。

思いがけない事態に、幸は血の気がすっと引いていくのを覚えた。

「五鈴屋さん、聞いての通りです」

口調を改めて、月行事は続ける。

「本来ならば問答無用で、仲間から外れて頂くところです。ただ、大坂では、武家を相手に商いをする機会が少ないと聞き及んでもいる。酌むべき事情がないかどうか、ひと月、私どもも考えて、師走の寄合で決を採ることとしましょう」

今日のところはここまでで、と月行事は一同を見回した。

「そないなこと」

狼狽えて叫び、佐助は畳を這って月行事に迫る。

「仲間を外されたら、私らは呉服を商うことが出来んようになってしまう。あんまりだす、そない殺生なこと」

「佐助どん」

咄嗟に割って入り、幸は辛うじて佐助を押し留めた。

火鉢の中で、炭が爆ぜている。

五鈴屋の板の間では、ほかに物音がしないせいもあって、ぱちぱちという音がやたら大きく響く。

先刻から、誰も口を利かない。否、利けない。

富久が存命の頃、最も恐れたのが、天満組呉服仲間を外されることだった。

呉服仲間の一員として名を連ねるのは、真っ当な商いをしている証でもある。そこから外れれば、仲間同士の交わりは全て絶たれ、一切の取引を拒まれて、商いをする上での信用を悉く失う。もしも勝手に商いをすれば、おかみに訴えられ、厳しい咎めを受けることになる。つまり、その土地で商いをする者にとって、仲間外れは、死を告げられるに近い。大坂に比して仲間同士の結びつきの緩やかな江戸であっても、仲間外れの厳しさは大坂と変わらず、商いは忽ち立ち行かなくなる。

五鈴屋は、その「まさか」の危機に、今、まさに瀕していた。

「菊菱の定小紋のおかたは、五鈴屋を陥れるために、黒松屋とのことを言わはらなかったんだすやろか」

眉間に皺を寄せて、お竹は首を捻っている。もしそうならば随分とやりきれないことだった。

「おそらく、そうではないでしょう」

あの日の中年の侍の様子を思い返して、幸は首を左右に振った。

屋敷売りや見世物商いのような掛け売りならば、売り手と買い手の信頼が何より大切ゆえ、細かな事情も伝え合う。しかし、店前現銀売りでは、その場で受け渡しが済んでしまう。件の侍にしても、わざわざ黒松屋から乗り換えたことを打ち明ける義理もない。少しでも値が手頃な方を求めるのは、ごく当たり前のこと。当日の遣り取りを顧みても、先方に、こちらを陥れる意図があったとは考えにくい。

「五鈴屋と先方との商いの話が、何処から洩れたのかは、定かではありません。けれど、罠にかける機会を、虎視眈々と窺っていた者にとって、まさしく『渡りに船』の出来事だった、ということでしょう」

ただ、こちらは、その定小紋から相手が加賀前田家であることに気づいていたのだ。そうした名家ならば出入りの呉服商があるに違いないし、のちのち「顧客を奪った」という誹（そし）りを受けかねない、という視点が抜け落ちていた。

「そこを落ち度と責められれば、厳しい事態になります」

「そんな」

思い余ったように、賢輔が声を上げる。

「店前現銀売りでは、身分のあるかた、そうでないかた、どないなおひとであったかて、等しい『お客さん』だす。いちいち、出入りの呉服商の有る無しを、教えて頂くわけに参りません」

「それはその通りです。ただし、今回は極上の縮緬の白生地が百反。大きな商いゆえ、今少し慎重になるべきでした」

全て、店主としての私の落ち度です、と幸は目を伏せた。

話を終えても、重苦しい雰囲気は残る。帰り仕度を整えた長次と壮太を戸口まで送って、幸は遅くまで引き止めたことを詫びた。

「明朝、近江屋さんにご相談に伺わせて頂きます。その旨（むね）、お伝え頂けますか？」

近江屋からの助っ人二人は揃って首肯し、長次が丁重に答えた。

「ほな、私らの方から、支配人に予め、あらましを話しておきます」

四年前、五鈴屋が江戸に進出した当初は、近江屋のほかに伝手を持たなかった。居抜きで店を売ってくれた白雲屋も近江屋つながりであり、坂本町の呉服仲間に加わることが叶ったのも、近江屋支配人の口利きがあればこそだった。

翌朝、幸から詳細を聞いた支配人は、その足で、幸を伴い、弁明のために黒松屋へ向かったが、門前払いをされてしまった。そののちは、単身、仲間の重鎮のもとを訪ねて回り、文字通り、五鈴屋存命のために東奔西走してくれている。

「それじゃあ、近江屋さんからはまだ何も？」

師走七日、店開け前の板の間で、力造が険しい表情で尋ねた。

ええ、と幸は短く答える。

動きがあれば必ず知らせが入るはずが、未だ何の連絡もなかった。

無論、近江屋任せにせず、幸自身も佐助とともに、仲間の店へ一軒、一軒と足を運んで釈明に勤しんでいるのだが、誰もまともに耳を貸そうとはしない。

老舗呉服商としての面目を潰された黒松屋の怒りもさることながら、坂本町の呉服仲間の殆どが、前々から五鈴屋を快く思っていなかったことも露わになった。上納金の問題の時に、助言をくれた遠州屋にしても、今回は関わりを避けている。

　状況は、五鈴屋には極めて不利だった。

「職人にも仲間ってのはあるんですよ。うちのひとも染物師の仲間に入ってます」

　幸たちを案じて、亭主とともに訪ねてきたお才が、話を聞き終えて、首を傾げる。

「けど、端から仲間に入っていない職人も居ますからね。呉服商だって、そういう店はあるでしょうよ。仲間から抜けたとしても、勝手に商いをする道だって、あるんじゃないんですか？　五鈴屋さんだってそうすりゃ」

「滅相な」

　佐助が悲鳴に近い声を上げ、お才の言葉を遮った。

「仲間に入ってへん店を、一体、誰が信用するんだすか」

　買い手からすれば、求める品が、真っ当な値をつけられ、常に途切れないよう市場に出回ることが望ましい。それを担保するのが、売り手の属する「仲間」という存在だった。即ち、仲間に入っている、ということは、買い手にとって「その店にも、そこで扱う品にも、信用が置ける」という大きな目安になる。仲間を外れる、ということは、買い手から寄せられる信用を失う、ということでもある。

「売り手にしたかて、仲間から外れて勝手に商いをしたら、どないな目ぇに遭わされるか。おかみに訴えられでもしたら、それこそ、重い罰を受けかねへんのだす」

佐助にそこまで説かれて、お才は事の重大さを理解したのか、萎れてしまった。

商いに支障が出ぬよう振る舞ってはいても、寄合からこちら、五鈴屋の主従は、眠ることも食べることも、ろくに出来ていない。

上納金を命じられた時。

型紙とともに消えた結が、日本橋音羽屋として台頭してきた時。

これまで谷底へ突き落とされる思いは度々したけれど、よもや、呉服商いそのものが出来なくなるとは、思いもよらない。底知れぬ淵に沈められたようだった。

「杞憂なんて言葉もある。あんまり思い詰めない方が良い」

皆の気鬱を祓うように、去り際、染物師は力強く言った。

そうともさ、と染物師の女房は、持参した風呂敷包みを差しだした。

「里芋の煮つけを持ってきたんですよ。食い力って大事ですからね。しっかり食べて、しっかり寝る。気持ちから先にやられちまったら、元も子もありゃしません」

夫婦の気遣いが、主従の胸に沁みる。一同は辛うじて頬の強張りを解き、ありがとうございます、と声を揃えた。

「ああ、えらい雪だすなぁ」

翌朝、引戸を開けた途端、お竹が声を洩らした。

未明に降りだした雪は、辺りを純白の真綿で包み、なおも止みそうにない。牡丹雪(ぼたんゆき)、という名が相応(ふさわ)しい大きな雪の欠片(かけら)を、幸はお竹と並んで見上げる。

師走八日、富久の祥月命日(しょうつきめいにち)であった。仲間の件では、まだ動きがない。

「松福寺には、私とお竹どんだけでお参りさせて頂きます。あなたたちは、店の方をお願いね」

朝餉(あさげ)を終えたあと、幸は佐助と賢輔に告げた。

師走に入ってから、年始用に、と十二支の文字散らしの小紋染めを買い求めるお客が格段に増えていた。それに、近江屋の支配人から知らせが入るかも知れない。

店主の気持ちを汲(く)んで、二人は「へぇ」と頭を下げた。

長次と壮太が現れて、商いの仕度が始まる。四つ前、雪が小止みになったのを折りに、幸とお竹が身仕度を整えて、店を出ようとした。

「お竹どん、ちょっと待っとくれやす」

賢輔が小頭役(こがしらやく)を呼び止めて、下駄を脱がせた。

下駄をひっくり返すと、二枚の歯の間が随分とささくれ立っている。幸の履物には充分に気を使うお竹だが、己のことは疎かになるのだろう。

「このままやと、歯の間に雪が詰まって、足を取られてしまいますよって」

そう言って賢輔は器用に小刀でささくれを取り、仕上げに歯の間に蠟を引いた。お竹が感謝して、下駄に足を入れる。

「賢輔どん、どこで覚えたの？」

感心して幸が問えば、賢輔は、

「近江屋にお世話になってる時に覚えました。お客さんの履物のお世話は、小僧の役目でしたさかいに。古手を買い求めに来はるんは、雪国のひとも多いよって、教えてもらいました。雪で難儀するひとらの知恵です」

と、慎ましく答えた。

傘を手に、お竹とふたり、松福寺を目指す。お竹の足もとが軽い。

「ご寮さん、これ、ほんに塩梅宜しおます」

お竹はそう言って、控えめに片足を持ち上げ、下駄の裏を覗かせた。

積雪の日に下駄で難儀するのは、歯と歯の間に雪が詰まってしまうことだ。蠟を塗ったことで雪を弾いて、目詰まりが避けられる。ささやかなようで、とても大事な知恵だ、と思う。仲間外れの危機、という重い現実に押し潰されそうになっているのだが、そうした知恵に僅かな慰めを得る。

ああ、とお竹が呟き、ふと足を止めた。

その視線を辿れば、松福寺の寺門に多くの人影がある。

常は、ひと気の少ない静かな寺なのだが、珍しい。羽織袴姿が多いことから、葬儀が営まれていたことがわかった。故人は大店の主だったのか、商家の主人と思しき風格の弔問客が目立っていた。

邪魔にならぬよう暫く待って、弔問を終えたひとびとが去ったあと、ふたりは寺門を潜った。積雪の境内は、既に静寂を取り戻している。

境内から本堂へと続く石段で、黒羽織に袴姿の男と、遺族らしき白装束の老人、それに副住職が立ち話をしていた。華奢で小柄な老人と副住職に比して、こちらに羽織の背を見せている男は、随分と頑丈そうな体軀だ。

副住職が幸たちを目ざとく見つけて、男たちに中座を詫びたようだった。会話の止まぬ二人を残し、僧侶は軽やかに石段を下りてくる。

「五鈴屋さま」

副住職が、幸に呼びかけた時だった。

話し込んでいたはずの羽織姿の男が、咄嗟にこちらを振り返った。

椎の実に似た大きな眼、特徴のある獅子鼻、堂々と自信に満ちた面構え。

ひっ、と息を呑み込む音とともに、お竹の手から数珠袋が落ちる。

今は井筒屋三代目保晴を名乗る男、五鈴屋五代目徳兵衛こと惣次に相違なかった。

惣次と対面するのが二度目の幸はともかく、お竹は棒の如く立ち尽くして、身動ぎひとつ出来ない。

幸は腰を屈めて数珠袋を拾い上げると、副住職に呼びかける。

「かねてよりお伝えしております通り、本日は、五鈴屋二代目徳兵衛の女房、富久の祥月命日でございます。お参りさせて頂いても宜しゅうございますか」

石段の上に佇む男の耳にも届くような、よく通る声だった。

彼仏国土　成就如是　功徳荘厳
又舎利弗　極楽国土　衆生生者

多くの弔問者で温められていた本堂も、今は寒々しい。僧侶らの阿弥陀経に誘われたか、向拝越し、再び、大きな雪が舞っていた。

幸とお竹は数珠を手に、一心に手を合わせている。二人きりの法要のはずが、続きの広縁に人影があった。黒羽織に袴姿の男がそこに居ることを、咎める者はいない。

富久が亡くなって、十年。この十年を想う。

生前、呉服仲間から外れることを最も恐れていた富久に、今、どう声をかけて良いかわからない。ただ、如何なる時も必ず知恵を絞り、道を拓いていくことを誓うよりなかった。

同発菩提心
往生安楽国

慈しみを込めた経文が、緩やかに閉じられる。副住職は幸たちに一礼すると、「井筒屋さま」と広縁の男を呼んだ。

「そちらはお寒うございましょう。中へお入りくださいませ」

ただ今お茶をお持ちします、と声をかけて、墨染の衣を翻した。

みし、みし、と板を鳴らして、男は本堂の中に入り、幸たちの前に座る。

お竹はすっと立ち上がり、少し離れて座り直した。背筋を伸ばして、半眼の仏像と化している。久しぶりにその姿を見た、と幸は妙な懐かしさを覚えた。

同じことを思ったのか、惣次の口もとが緩んでいる。

「今日が祥月命日やったんやな。亡うなって、どれくらいになる？」

平らかに、惣次は問うた。

「十年です」

亡くなる間際まで、惣次の消息を気にしていたことを、しかし、幸は口にしなかった。ひとから言われるまでもなく、惣次自身が充分にわかっているに違いなかった。

ほうか、と頷いたあと、惣次は両の手を腿に置いて、声を低める。

「坂本町の呉服仲間から外されそうになってるんやて」

もう知っているのか、と幸は思わず両の肩を引いた。

本両替商というものは、坂本町の呉服仲間のことまでも把握しているのだろうか。

幸の疑念を察してか、惣次はふっと鼻を鳴らす。

「今から七十年ほど前に、全く同じ目ぇに遭うた店がおます。顧客を取り上げた、て因縁を付けられて、仲間外れになった呉服商がなぁ」

「仲間外れに？」

初めて聞く話だった。幸は思わず惣次の方へ身を傾ける。

そうだす、と惣次は皮肉な笑みを湛えて、幸の顔を覗き込んだ。

「仲間外れに遭うて潰れるかと思いきや、却って商いを広げて、店が大きいになりましたんや。ほれ、あんたも知ってなはるやろ、駿河町の大店、越後屋だすがな」

越後屋、と幸は呻いた。

年およそ銀一万貫を売り上げると聞く、江戸屈指の呉服商だった。

「一体、どういうことなのでしょうか、仲間外れに遭っても、呉服商いを続けられる、ということですか？」

「まぁ、落ち着きなはれ」

幸の顔の前で掌を開いてみせて、惣次は続ける。

「呉服仲間で居る利点は、まずは『仲間事』いうて、仲間内の金銭の揉め事を、おかみが決して取り上げげんことや。訴えたり訴えられたりがない。あとは、仲間同士で呉服の売り買いをすることだす。仲間を外れてしもたら、他の店から呉服を買うことも売ることも出来ん。さて、五鈴屋は、仲間相手に呉服の売り買いをしてなはるんか？」

惣次の問いかけに、いいえ、と幸は頭を振る。

これまで、小紋染めを融通するよう言われても、聞き入れたことはない。また、仲間から呉服を買わずとも、大坂から望む品が運ばれるので、何の差し障りもない。さらには、例えば呉服問屋に手を回されて江戸での仕入れ取引を中止されたとしても、京に仕入れ店を持つ五鈴屋には、別段、困ることもない。

「けれど、買う側から信用されなくなります」

幸のひと言が、笑壺に入ったのか、惣次はからからと高笑する。

「客かて、そこまで阿呆と違いますで。五鈴屋は、ええ品を、ほど良い値ぇで売る店として知られてる。仲間を外されたから言うて、素通りしますかいな。仲間からは、えげつない嫌がらせをされるかも知れんが、それに負けるあんさんと違いますやろ」

仲間外れという五鈴屋にとって最大の危機も、惣次にかかれば、大した問題ではないように聞こえてしまう。しかし、そんなわけはあるまい。幸は眩暈を覚えて、開いた掌を額にあてがった。

惣次は、五鈴屋江戸本店店主を、試しているのではないか。

事態を軽んずる言葉に騙されて、店主が本質を見失うことがないかどうか。おそらく、惣次は見定めようとしているのだ。

幸は深く息を吸い、一心に考えて、唇を解いた。

「商いにとって最も大切なのは、商道を外さないことです。商道とは、自利のみならず利他。良質の品が手頃な値で充分に市場に出回ること、と言い換えても良い。それはひとつの店だけで出来ることではありません。仲間という繋がりがあればこそ、商道は保たれ、おかみにも要望を伝えられます。仲間を外れるということは、即ち、無法を生きるに近いことになってしまう」

幸の言い分をにやにやと聞き終えると、惣次は事も無げに告げる。

「ほな、あんさんが作らはったら宜しいがな。あの界隈にはまだ『呉服太物仲間』はないよって、何軒か店が集まったら考えなはれ」

がたん、と大きな音がした。振り返ると、仏像と化していたはずのお竹が、両の手をついて、目を剝いている。その姿に、惣次は辛抱堪らず腹を抱えて笑った。

ひとしきり笑うと、顔つきも改めて、幸の方へと僅かに膝を乗りだした。それまでと一転、惣次の双眸には真摯な光が宿っている。

「あんたの言う通り、仲間を外れるんは、商道を外れることや。五鈴屋の暖簾を守って真っ当な小売であり続けるためには、呉服太物仲間を作るのが一番やろ。ただ、五鈴屋のほかは、駒形町の丸屋一軒しかないさかい、何軒か揃うまで刻はかかる」

声を落として、惣次は続ける。

「それまでは、呉服の商いは控えるしかない。あの越後屋でさえ、店を移したり、おかみの御用達になったり、とえらい苦労してはった。五鈴屋がいずれ自ら仲間を作るまでは、ほかの者に付け入る隙を与えんよう、暫くは呉服商いを諦めることや」

揶揄する語調ではない、極めて真摯に、惣次は五鈴屋江戸本店店主に伝えた。

――ゆくゆくは呉服太物仲間、いうのを作っても良いかも知れませんよ

白雲屋の店主から、最初にそう助言されていたことを、幸は思い起こしていた。

風が出て、雪が本堂の中に降り込む。

黒羽二重の綿入れ羽織に付いた雪を払いながら、惣次はゆっくりと立ち上がった。

「上納金のことも、今回の仲間外れのことも、偶然と違いますで。早う気ぃついた方がええ」

惣次の台詞に、幸は双眸を見開いた。

どうして、開業してまだ三年しか経っていない五鈴屋が、上納金のことで狙い撃ちされたのか。

どうして、仲間外れの危機に晒されねばならないのか。

その二点を繋げて考えたことはなかった。裏で糸を引く者が居る、ということか。

寄合で口を極めて五鈴屋を攻め立てた新参者が居たが、あれだろうか。否、違う。

あれはおそらく、手先に過ぎない。

幸の脳裡一杯に、蛸に似た風貌の男の姿が浮かぶ。

「……音羽屋忠兵衛」

幸の呟きに、惣次はただ、口の端を持ち上げただけだった。

商人貸しで次々と商家の乗っ取りを図ってきた音羽屋が、五鈴屋に狙いを定めていた、ということか。

恵比須講で偶然に見かけた結が五鈴屋の身内と知った時から、蜘蛛が巣を張るのに似て、巧妙に罠を張り巡らせていたということか。

結を取り込んだだけでは済まず、仲間から外れるように仕組み、商いが立ちいかなくなるよう追い詰めて、ゆくゆくは身代ごと乗っ取るつもりなのか――激しい怒りが、幸の身体を貫いた。

怒りの焔を双眸に宿したもと女房をじっと眺めて、惣次は軽く頭を振った。

「柄にもない、よう喋ってしもた。まぁ、今日はお家さんの祥月命日やさかい、しゃないな」

ゆったりとした足取りで立ち去りかけて、ふと、お竹どん、とその名を呼ぶ。

「久々に、あんたの仏像姿を拝ませてもろた。おおきに」

そう言うと、呵々大笑を残して、井筒屋三代目保晴は本堂を後にした。

雪は止むことを知らず、辺りから色を奪う。広縁を行く男の羽二重の黒が、五鈴屋の主従の眼の底に、何時までも残った。

第六章 菜根譚

「五鈴屋さん、この通りです」

近江屋の支配人は、座敷に上がるなり、畳に手をつき、深々と頭を下げた。

坂本町の呉服仲間のもとを一軒ずつ、幾度となく訪ねて五鈴屋を仲間から外すことだけは思い止まってほしい、と説得を続けた近江屋だった。しかし、皆の意思は覆りそうになく、二十日に予定されている寄合で、正式に五鈴屋を仲間から外すことが言い渡されるという。支配人の傍で、長次と壮太も項垂れている。

ううっ、と低く呻き声を洩らすと、佐助は頭を抱え込んだ。賢輔は両の手を拳に握り、じっと動揺に耐えている。お竹は畳に目を落としたままだ。

おそらくそうなるだろう、と覚悟はしていたが、「仲間外れ」という言葉の、何と重いことか。幸は唇を真一文字に引き結び、天井を仰いだ。

――暫くは呉服商いを諦めることや

幸の耳の底に、一昨日の、松福寺での惣次の助言が響く。

五鈴屋の主従の沈黙があまりに長いからか、支配人は辛そうに顔を上げた。

「たとえ仲間外れが決まってしまったとしても、呉服を商う手はあるかと存じます。世の中には、端から仲間に加わらない呉服商もありますから」

「それは……」

佐助が悲愴な表情で、相手を見た。

一同の戸惑う眼差しを受け、近江屋支配人は懸命に言葉を探している。

「私は……私は悔しいのです。せっかく小紋染めで名を広めて、これから大店へと育っていくに違いない五鈴屋さんが、こんな目に……悔しいてならんのです」

自分の何気ない一言をきっかけに、五鈴屋が町人のための小紋染めを生みだしたことを、支配人はよくよく胸に刻んでいたのだろう。五鈴屋の身に起きようとしていることを我に重ねて、悲嘆に暮れている。

江戸紫の鈴紋の小紋染めを纏った、富五郎の晴れ姿。

麻疹禍の折り、鉢巻き用の切り売りを手に、安堵する母親たち。

十二支の文字散らしのえびす布を、宝のように扱うひとびと。

やっとのことで買い求めた絹織を、胸に抱いて帰るお客たち。

いずれの縁も、五鈴屋が呉服商いをしていればこそだった。開店から大切に培ってきたものを、根こそぎ失ってしまう——闇に呑み込まれそうになる幸を、眼前の支配人の姿が、引き留める。

近江屋さん、と幸は支配人を静かに呼んだ。

「お気持ち、とてもありがたく存じます。ただ、仲間を外れてなお呉服を商えば、五鈴屋は信用を失い、おそらくはもう二度と、どこの呉服仲間に加わることも難しくなるでしょう。そうなれば、大事な暖簾に大きな傷をつけてしまいます」

初代が古手商として創業し、二代目で呉服商へと転身した。以後、何代にも亘って呉服商いを続けてきたのだ。江戸での呉服商いを手放さねばならない、と思えば、身を斬られるようだった。それでも店主として、何とか耐えねばならない。

暖簾に傷を、と口の中で小さく繰り返して、近江屋は、

「確かに仰る通りです。浅はかな物言いでした」

と、心から詫びた。

年明けから呉服商いを控えるため、長次と壮太を近江屋へ戻すことが話し合われた。二人にとっても、幸たちにとっても、辛い選択ではあったが、客足が落ちることは必至であろうし、やむを得ないことだった。

近江屋支配人を見送ったあと、主従は店の表でじっと立ち尽くした。あと十日ほどで呉服仲間の年内最後の寄合がある。仲間外れになれば、この店は呉服商いを手放さねばならなくなるのだ。

不安と焦燥で心が捩れそうになる中で、お竹がしんみりと言った。

「お家さんの祥月命日に、惣ぼんさんに逢うてなかったなら、もっとしんどい思いをしてますやろなぁ」

ほんまだすなぁ、と佐助がぽつりと賛意を示した。


師走十四日、五鈴屋江戸本店は開店から丸四年を迎えた。

仲間外れが正式に決まれば、来年から、呉服を扱えなくなる。開店祝いの日に呉服を商えるのは、これが最後になるかも知れない――誰も口にしないが、そうした思いがふと、心を過る。辛うじて不安を封じ、主従は一層、店開けの用意に勤しんだ。

昨年同様に、贈り主を伏せた樽酒が届けられ、店の表を豪奢に飾った。近江屋や蔵前屋などから祝いの品が送られ、暖簾を出した途端、馴染みのお客がご祝儀代わりに買い物に訪れる。正月が近いこともあって、干支の文字散らしの小紋染めが終日、飛ぶように売れた。

開店祝いのこの日だけ、反物を買えば、手作りの鼻緒がついてくる。もう四度目になる試みだが、お客の間では評判がよく、楽しみにしているひとも多い。この度は、深藍色の縮緬を用い、お竹と幸とで作り上げた。

「去年に続いて、今年もまた、残り福を頂戴できるだなんて」

「何と縁起の良い。お陰で来年も良い年になりそうだ」

年に一度、この日に五鈴屋を訪れる夫婦連れは、最後のひとつだった鈴紋の鼻緒を愛でて和んでいる。

いつも決まって、子ども用の友禅染めを半反、切り売りで買うので、五鈴屋の主従もよく覚えていた。今回は干支の文字散らしの反物が一反、買い足されていた。

「こういう柄のものが欲しかったんですよ。流行りに飛びつくのは恥ずかしいし、齢を取っても着られるので、慌てて買わずとも、と思って。日本橋音羽屋が人気のようだけれど、買うならここで、と決めていました」

結局、今になってしまいました、と一式を包んだ風呂敷を胸に抱き、女房は幸せそうに笑む。

あの紋様が一時の流行りで終わるのではなく、長く好まれるものであるように、と願っていた幸にとって、女房の言葉は何よりありがたかった。

「商いには浮き沈みが付き物だが、この一年、五鈴屋さんの残り福に守ってもらいましたよ」

紙入れを懐に納めて、亭主は穏やかに笑った。

夫婦を表まで見送って、幸は思う。

去年の今頃は、まだ件の文字散らしの小紋染めは産声を上げていなかった。型彫師の梅松は一心に型を彫り、支配人の佐助は懸命に売り方を考え、結は賢輔への思いを募らせた。五鈴屋は翌年の商いへと夢を膨らませていた。大晦日から一転、試練の年になるとは、あの頃は思いもしない。

修徳の掛け軸の言葉、「衰颯的景象　就在盛満中」、衰えていく兆しというのは、最も盛りの時に在る、というのはその通りだった。

音羽屋が何故、五鈴屋に執着するのか。その連れ合いとなった結もまた、この店を手中にすることを望んでいるのか。考えれば考えるほど、息が詰まりそうになる。深く鼻から息を吸い、胸を満たしたあと、そっと口から吐きだす。波だった心が凪いでいく。

仲間を外されたとしても、商いを諦めない。決して、諦めない。

幸は自身に言い聞かせて、蒼天を仰いだ。

そうして迎えた、師走二十日。

坂本町の寄合で、五鈴屋は弁明の余地を与えられることなく、仲間を外れるよう言い渡された。遠州屋だけがその裁定を渋ったが、結局は全会一致だった。

五鈴屋は以後、仲間と交わることは一切許されず、仲間外れという不名誉を背負ったまま、全ての加護を奪われることとなる。

結果、年明けからの呉服商いを諦める道を、五鈴屋は選ばざるを得なかった。

明けて、宝暦六年（一七五六年）、元日。

初空は昨年同様に一点の曇りもなく晴れ渡り、遍く新春を寿ぐ。

大晦日までの節季払いの攻防に疲れ果てたのか、表通りに大人の姿はない。真新しい綿入れ姿の童女らが表に出て、羽子板の腕を振るっていた。かん、かん、と軽やかな音のする度、無患子に四枚の羽を付けたものが蒼天に舞う。

仲間外れとなって迎える新年、幸は店の前に佇んで、街並みを眺めていた。

この一年の商いを思えば、胸が塞ぐ。店主である自分がそんなことでどうするのか、と幸は頭を振り、胸に宿った影を追い払った。

ふと、広小路の方からこちらへと、緩やかな足取りで歩いて来る者に気づいた。年始の挨拶回りの途中か、黒羽二重の長着に羽織を身に纏っている。そのひとの正体を知って、幸は「あっ」と声を洩らした。

「富五郎さま」

大きな声で名を呼ばれて、相手は嬉しそうに破顔する。

亡き夫の朋友で、歌舞伎界きっての名優と謳われる、中村富五郎そのひとだった。

互いに新年の挨拶を交わしたあと、幸は相手を招き入れ、奥に向かって「富五郎さまがお見えですよ」と、声を張った。

鬱々とした心持ちで過ごしていたのだろう三人の奉公人が、板の間から飛び出してきた。土間の客人を認めた途端、皆の表情が明るくなる。

美丈夫の富五郎が五鈴屋の暗い土間に立っているだけで、辺りの光が集まり、福が舞い込むようだった。お竹が嬉しそうに、表座敷へと客を誘った。

「京坂へ？」

手にしていた湯飲み茶碗を置いて、幸は相手に問いかける。

「明日には、京坂に向けて旅立たれる、と仰るのですか？」

ええ、と富五郎は大らかに頷いた。

「夏に大坂、冬に京で、それぞれ舞台を踏むことが決まっているのです。当分は江戸には帰れないでしょう」

今回は、中村座と市村座、両座の顔見世を見るためだけに戻っていた、とのこと。

「顔見世をご覧になられたのですね、如何でしたか？」

幸から尋ねられて、そうですね、と富五郎は思案しつつ答える。

「市村座の『晒し三番叟』は、実に見応えがありました。中村座は、今一つ勢いがありません。ただ、吉次は良かった」

富五郎は、端整な顔を柔らかに綻ばせた。

「あれは、菊次郎兄の教えをよく守り、着実に成長しています。天賦の才に甘えることなく、精進しているのがよくわかります。いずれ、歌舞伎界を背負う立女形に育つでしょう」

吉次のことを語るその口振りに、親のような情が滲んでいた。

暫し、四方山話を愉しんだあと、富五郎はすっと畳に両の手を移した。

「今日は商いがお休みのところ、申し訳ないのですが、昨年より話題の十二支の文字散らしの小紋染め、江戸紫のものを一反、買わせて頂きたいのです」

大坂への手土産としたい、と懇願されて、幸は唇を固く結んだ。

年明け最初の商いの相手が富五郎で、文字散らしの江戸紫の小紋染めを所望されているというのに、受けることが出来ない。

黙り込む店主を、役者が訝しげに眺めている。

賢輔がそっと表座敷を出て、じきに戻った。鬱金染めの風呂敷包みを、手にしている。それを幸の側へ、すっと差しだした。

中身は、富五郎に所望された品に違いなかった。

富五郎さま、と幸は呼び、

「この品、五鈴屋から富五郎さまへのお餞別、とさせて頂けませんでしょうか」

と、提案した。

餞別、と繰り返し、富五郎は整った眉根を寄せる。

「お代を取らない、ということでしょうか。私の知る限り、五鈴屋さんはそのようなけじめのないことは、なさらないはずです」

相手の物言いに、幸は双眸を閉じ、意を決して見開いた。

「五鈴屋は暫くの間、呉服商いを控えることになりました。十日ほど前に、呉服仲間から外れてしまったのです」

何と、と富五郎は呻いて、考え込んだ。

大店の呉服商は、歌舞伎役者の贔屓筋となっている場合が多い。富五郎にしても、舞台装束などを任せているのは、そうした大店だった。もしかすると、七十年ほど前の越後屋の一件なども、長く語り伝えられているのかも知れない。

富五郎は手を伸ばして風呂敷包みを取り上げ、そっと開いた。江戸紫の小紋染め、十二支の文字散らしの柄。五鈴屋自慢の一反が現れた。当代随一の名優は反物にじっと見入ったあと、では、こうしましょう、と徐に形の良い唇を解いた。

「この反物を私に貸してください。五鈴屋さんは貸すだけ、私は借りるだけです。いずれ、五鈴屋さんが呉服商いを再開された時に、改めて代銀を払わせて頂きたい」

多くを問わず、語らず、花形役者は五鈴屋の行く末に夢を託して、話をまとめる。主従は胸を熱くして、深く頭を垂れた。

次は何時会えるとも知れない富五郎を見送るため、幸はともに広小路を目指す。羽根つきに飽いた子どもらが、今は凧売りに群がっていた。

「聞くところによれば、昨夏、東北はかつてないほどの冷害に見舞われたそうです。秋の実りもほぼなかった、と」

富五郎は声を落として続ける。

「前年が豊作だったそうなので、年内はまだ何とかなったとして、この年明けからは大変なことになるでしょう」

真夏でも袷でなければ過ごせなかったり、季節外れの雪に見舞われたりしたことは、茂作から五鈴屋本店、そして鉄助の文を通じて幸のもとにも届いていた。

津門村での飢饉のことが思い返される。幼い妹とともに、小石を舐めて飢えを凌いだ遠い日のことが。

あの時と同じ思いをする者が、今年、北の国で溢れるということか。

頰を強張らせる幸のことを、富五郎はやるせなさそうに見ている。

「麻疹禍の時にも思いましたが、歌舞伎や芝居、人形浄瑠璃、それに浮世草子などは、生死が左右される状況になってしまえば、ひとから顧みられることがない」

今年は歌舞伎にとって何かと厳しい一年になるかも知れません、と話したあと、役者は初空を振り仰いだ。

「それでも、誰に強いられたわけでもない、己で選んだ道なのです。ただ邁進するしかありません。悪いことばかりが、永遠に続くわけではないのですから」

それは呉服商いを外れた五鈴屋店主への、富五郎からの餞の言葉でもあった。

二日、初荷。

呉服商いを止め、太物商いに絞った初めての店開けである。

撞木に掛けられたのは、伊勢木綿を始め、江戸っ子の好みに合う粋な縞柄が多い。

それまでは友禅染めや小紋染めなどの並ぶ店前だったから、まるで違う店に見えた。

絹織はたとえ地味な色目であっても、滑らかさや光沢など独特の風合いがあり、場を華やかにする。呉服を商えなくなる、というのは即ちこういうことなのだ、と幸はぐっと奥歯を噛み締めた。

「お年始に、文字散らしの小紋染めをお望みのお客さんには、どない対応させて頂いたら宜しおますか」

暖簾を出す前に支配人から問われて、店主は平らかに答える。

「日本橋音羽屋を、案内して差し上げて」

そうした返答を覚悟していたのだろう、佐助は一瞬、顔を歪めたものの、観念した体で「へぇ、そないさせて頂きます」と応じた。

賢輔の手で暖簾が掲げられて、初売りを待ちかねていたお客らが、次々と暖簾を潜る。だが、どのお客も座敷を見るなり、「店を間違えたのではないか」と戸惑いの色を隠さない。

文字散らしの小紋染めを買い求めるために足を運んだ者たちは、五鈴屋が呉服商いを控える、と聞かされて一様に驚いた。「呉服仲間から外されたため」との理由を正直に明かされたものの、嘆くお客、怒りだすお客、と反応は様々だった。

「文字散らしの小紋染めを、年始の挨拶で持って行こうと決めていたんだよ」

「あの小紋染めが買えないと困るのさ」

そうしたお客には、打ち合わせ通りに、日本橋音羽屋で売られていることを伝える。幸にせよ、佐助たち奉公人にせよ、その店の名を口にする時、心中は決して穏やかではない。中には「いっそ、店の表に日本橋音羽屋への行き方でも、書いて貼っておけ」だの「もう表の看板から『呉服』の字は消しておく方が親切だろうよ」だのと、吐き捨てる者もいる。

どのように罵られても、主従はあくまで腰低く対応した。商う太物はいずれも吟味した品ゆえに、喜んで買い求めるお客もいる。しかし、五鈴屋ならではの小紋染めを期待していた者には不評で、散々な初荷となった。

歌舞伎に対する富五郎の懸念が、別の形で現実のものとなったのは、思った以上に早かった。

睦月十四日の深夜、否、十五日の未明と言うべきか、新材木町より出火。年明けから連日、晴天続きだったこともあり、火は新乗物町、岩代町を舐めて、堺町に至った。東堀留川傍だったことと、無風なのが幸いして、辛うじて消火できたが、この火災により中村座と市村座、双方とも焼失してしまった。

「賢輔どん」

戸口を出たり入ったりして、しきりに表を気にしていたお竹が、大きな声を上げる。堺町へと様子を見に行った賢輔が戻ったのだ。

客足が途切れていた店内、幸たちは土間へと急ぐ。刹那、賢輔が駆け込んできた。

「賢輔どん、中村座は、菊次郎さまと吉次さんはどないやった」

二つ折れになって息を吐いている賢輔に、佐助が取り縋って尋ねる。

駆け通してきたのだろう、激しい息遣いの間を縫って、賢輔は切れ切れに答える。

「両座とも、焼けてしもて、けんど、皆さんご無事で、怪我人も、居てまへん」

「菊次郎さまと吉次さんは、ご無事なんだすな」

柄杓に汲んだ水を差しだして、お竹が念を押す。

受け取って、へぇ、と賢輔は答えた。

「菊次郎さまの家は、残ってました」

安堵の吐息が、全員の口から洩れる。

すぐにも見舞いに飛んで行きたいが、今、駆け付けてはむしろ迷惑になるかも知れない。どうしたものか、と思案顔の幸に、佐助が提案した。

「贔屓筋には、日本橋の大店が仰山居ってだす。それに、芝居小屋は近江屋さんにとっても大事なお客さんだすよって、とうに動いてはると思います。食べるもん着るもん、寝るとこはもう何とかなってると思いますよって、お見舞いは、少し経ってからの方が宜しいのと違いますか」


亡くなった富久から、度々聞かされていたことのひとつに、妙知焼け、と呼ばれる大火があった。

享保九年（一七二四年）、幸が五鈴屋に奉公に上がる九年前に、大坂を大火が襲い、町数にして四百八町、大坂三郷のうち実に三分の二を焼き尽くした。天満菅原町にあった五鈴屋も、全焼を免れなかった。

罹災で何もかも失ったあと、商いを立て直すまでに、どれほどの苦労があったか。富久から繰り返し聞いていた話が、思い起こされてならない。しかも、中村座の楽屋に上がった身、あの造作がごっそり全て焼失したかと思うと、何とも辛かった。

　火事から十日ほど待って、幸はお竹を伴い、胸塞ぐ思いで、菊次郎宅へと向かった。高砂町に入るとあらゆる路地が通り抜け出来なくなっている。荷車やひとでごった返す表通りを、難儀しつつも進まねばならなかった。

　堺町が近づくにつれて、喧騒とは明らかに異なる音が大きくなっていく。槌音に違いない、と幸が思った時、お竹が「あっ」と声を上げた。

　焦土と化しているはずの場所に、材木が積み上げられている。しかも、驚くべきことに、中村座と市村座と思しきところには、早くも柱が立てられ、足場が組まれていた。浴衣を重ね着した役者たちが何名か、熱心に大工の作業を見守っている。

　これはどうしたことか、と主従は呆気に取られた。

「どないしはったんや、あんさんら、狐につままれたみたいな顔してからに」

　普請中の小屋の脇を通り、呆然と歩く主従に、声がかかる。

　焦げ臭い匂いの漂う中、二階家の前で菊次郎がこちらを見ていた。何処かに出かけるところだったらしく、後ろに吉次も控えている。

「えらい心配かけてましたんやなぁ」

　五鈴屋の二人を座敷に通すと、菊次郎は穏やかに言った。少し疲れが滲んではいるが、思ったよりも遥かに活力に満ちている。

幸は見舞いの口上を伝えたものの、どうにも戸惑いを隠せなかった。隅に控えているお竹も同様らしい。そんな二人を前にして、菊次郎はほろりと笑う。

「江戸は火事が多い。今回は十年ぶりやったが、中村座も市村座も、これまで何遍も焼けてますのんや。こないなことで負けてられますかいな」

強がっている風でも、気負っている風でもない。

「私ら役者に出来るんは、ええ芝居を見せることだけ。夢見せることで、生きる力にしてもらえるさかいにな」

――生死が左右される状況になってしまえば、ひとから顧みられることがない

菊次郎の言葉に、富五郎の台詞が重なる。禍の最中には見向きもされなくとも、それが去ったあと、いち早く立ち上がる。なるほど、役者の心ばえとはこうしたものなのか、と幸は少なからず胸を打たれた。

「七代目、余計なお世話とは思うんやが」

幸の双眸を見据えて、菊次郎は続ける。

「市村屋の再建に、音羽屋がえらい尽力してるそうや。座主は義理堅いよって、今後、日本橋音羽屋に舞台装束の注文が増えることは間違いない。あんさんとこは、呉服仲間から外された、と聞いてますで。取り返しのならんほど、差をつけられへんか。私

らを心配してる場合やないのと違うか、大丈夫かいな」

五鈴屋の商いを慮るがゆえの真っ直ぐな物言いに、幸は「ご心配頂き、ありがとうございます」と前置きの上で、徐に告げる。

「仰る通り、仲間外れとなったため、暫くは太物商いに専心いたします。もとより、ほかの店と売り上げだけを競うような商いを、五鈴屋はしておりません。今後も五鈴屋は五鈴屋なりの精進を重ねていくつもりです」

ほう、と菊次郎は両の眼を細めた。

「もっと萎れてるかと思うてましたで。それだけ言えたら充分や」

まぁ、盛大にお気張りやす、と女形は声に力を込めた。

長居は無用ゆえ、主従は暇を告げ、吉次に送られて菊次郎宅をあとにする。別れ際、幸は吉次にさり気なく、富五郎が顔見世での吉次の芝居を褒めていたことを伝えた。

「いずれ、歌舞伎界を背負う立女形に育つ——そう仰っていましたよ」

吉次は何か応えようとして、しかし果たせない。潤んだ瞳を瞬き、唇を掌で覆って、幸とお竹に頭を下げた。

両座が焼けたのは睦月半ば、どう見積もっても半年は芝居見物は無理だろう、と誰もが思っていた。

だが、驚いたことに、市村座はひと月半ほどで再建を果たし、弥生十一日には「梅若菜二葉曽我」を上演して、江戸中の度肝を抜いた。おまけに芝居は好評を博し、水無月まで同じ演目が続けられた。日本橋音羽屋は舞台装束を任されただけでなく、再建祝いと称して、役者と揃いの反物の売り出しを水無月まで行った。

五鈴屋が呉服商いを控えたため、文字散らしの小紋染めは、日本橋音羽屋だけが専ら商う。その上、只の帯結び指南、帯と着物の合わせ方の助言等々、これまで日本橋の店前現銀売りにはなかった商いの手法で、次々と客の心と懐を摑んだ。若くて愛嬌のある女主人の評判も上々だった。

我が世の春を謳歌する日本橋音羽屋に比して、五鈴屋は「商いが危うい」「店が潰れそうだ」と噂されるようになった。何者かが故意に事実を歪め、繰り返し、執拗に、五鈴屋を貶める噂をばら撒いていた。

四万六千日を過ぎ、盂蘭盆会を過ぎても、酷暑は去らなかった。

照り返しの強い表通りを、涼しげな日傘が行き交う。今夏の流行りか、青紙を貼った日傘が目立っていた。

その店の前は綺麗(きれい)に掃き清められ、丁寧に打ち水が打たれている。涼に慰めを得て、青みがかった緑色の暖簾を潜る者がいるかと思えば、そうでもない。朝から一組の客が訪れたきり、極めて静かだった。

「文月(ふみづき)でこれなら、物の売れん葉月(はづき)は、一体どないなるのやろか」

お客の姿のない表座敷で、佐助は溜息(ためいき)とともに独り言(ひとりごと)ちる。

店主の幸は、大伝馬(おおでんま)町へ出かけて不在だった。つい、支配人の口から洩れた愚痴であった。

撞木に掛かる反物は、木綿と麻の太物ばかり。大坂本店に事情を文に綴(つづ)り、船荷を止めてもらっている。代わりに太物をふんだんに仕入れたため、蔵の品も、呉服と太物の割合が大きく変わった。今ある呉服も、いずれ、近江屋に古手扱いで引き取ってもらうことになる。長年、呉服商いに携わってきた佐助にとって、現状は辛いばかりだった。

反物を検(あらた)めていた賢輔が項垂れた。さいはらいのために、お竹が古絹を裂(さ)く、ぴー、ぴー、という音だけが、途切れることなく続いている。

呉服と異なり、太物は値が遥(はる)かに安い分、売り上げも驚くほど少ない。年明けから今日までの売り上げは、昨年のひと月分にも満たなかった。

店主は、物事に動じず、常に毅然としていた。だが、表向きはそうであっても、食が細くなり、日に日に痩せていく様子を、奉公人らは目の当たりにしている。夜もあまり眠れていないことや、算盤珠を弾く音にまるで元気がないことにも、皆、気づかぬ振りを通していた。

否、消沈は、店主だけではない。

主筋でありながら心に近しく思っていた結の裏切りが、奉公人たちにとっても、酷く応える。型紙を持ちだされたばかりか、これまで五鈴屋が築いてきた商いの手法をごっそり盗用されたことも、相当な痛手になっていた。

風の噂で、日本橋音羽屋でも、漢字の横に干支の絵を描いた一枚刷りを、十二支の文字散らしの反物に付けるようになった、と聞く。こうした手口が繰り返されることに、三人とも内心「よくここまでのことが出来るものだ」と暗澹たる思いを抱いていた。店主が不在なればこそ、支配人も小頭役も手代も、暗い表情を取り繕おうともしなかった。

暖簾の外にひとの立つ気配がして、お竹は膝を伸ばす。それを機に、淀んでいた雰囲気は一掃され、皆、お客を迎えるべく居住まいを正した。

お竹が手を伸ばすより早く、向こう側から暖簾が捲られて、

「宜しいやろか」

と、男が姿を現した。

年の頃、五十半ばか、総髪に黄八丈(きはちじょう)がよく映る。医師か学者か、濃い眉(まゆ)の下、聡明(そうめい)そうな双眸が和(なご)んでいる。

「おいでやす」

腰低く出迎えるお竹を認めて、相手は嬉しそうに両の掌をぱん、と打ち鳴らした。

「ああ、せや、あんさんや。確かに、あんさんでした」

以前、迎えたお客だろうか、とお竹は失礼にならない程度に、相手を見つめる。ああ、と低い声が自然に口から洩れた。

「もしや、お連れのかたが暑気あたりで」

「そうです、その通りです」

お竹の台詞(せりふ)に被(かぶ)せるように、相手は勢い込んで答える。

「三年前の、えらい暑い日ぃでした。連れの気分が優れず、途方に暮れていた時、あんさんが声をかけてくださった。ご店主にも親切にして頂きました」

その節はほんにありがとうございました、と男は慇懃(いんぎん)に頭を下げた。

例の菊菱(きくびし)の定小紋(さだめこもん)の若侍の連れだと気づいて、佐助の表情が強張(こわば)る。五鈴屋と加賀前田家との商いについて、誰が何処へ洩らしたのか、今も定かではなく、ついつい、色々なことを疑ってしまうのだ。事情を知る賢輔も、自然と身構えた。

「お連れのお侍さまは、お健（すこ）やかでいらっしゃいますやろか」

お竹がさり気なく探りを入れれば、男は、いや、と頭を振る。

「藩の蔵書を読ませてもらう時に立ち会（お）うてもろてましたが、あれ以後は会うてないのです。私は郷里に舞い戻り、学（まな）び舎（や）を建てるため東奔西走しておりました」

取り立てて何かを隠している風でも、嘘（うそ）をついているようでもなかった。仲間外れの原因となった件について、関（かか）わりがないことが読み取れる。

「今回、三年ぶりの東下（あずまくだ）りになります。この界隈（かいわい）を歩くうち、ふとあの折りのことを思い出しまして」

そない言うたら、掛け軸の文字を読ませて頂きましたなあ、と儒学者（じゅがくしゃ）は懐かしそうに目を細めた。

木綿の手拭（てぬぐ）いを広げて頭上に翳（かざ）すと、容赦のない陽射（ひざ）しを遮（さえぎ）ることが出来る。意外なほど涼を得られるので、日傘を持たない者にはありがたい。手拭いの下に憂い顔を隠して、幸は大伝馬町からの帰路を急いだ。

富久の祥月命日からこちら、ずっと太物商いで活路を見出せないか、もがき苦しんでいた。大伝馬町には太物商が軒を連ねている。一軒、一軒、品揃えを見て回っているのだが、これと言って目を引くものもない。

木綿は先染めが大半で、染め糸を使って縞などの紋様を織りだしている。江戸っ子は地味好み、それに縞も多種多様であるから、商いの裾野は広がるだろう。だが、どうにも求めるものとは違うのだ。

暦の上では既に秋だというのに、まだ何の手立ても得ていない。江戸本店店主を任されながら、あまりの不甲斐なさに、情けなくてならなかった。

沈んだ様子を、奉公人たちには見せたくない。

五鈴屋の表に立って、幸は深く息を吸った。暖簾に手をかけたところで、ふと動きを止める。店の中から、思いがけず朗笑が聞こえたのだ。

「ご寮さん」

暖簾を捲って現れた店主を、賢輔が目ざとく見つけて、お帰りやす、と駆け寄った。

座敷に、総髪のお客の姿がある。背を向けているため、常客か否かはわからない。

「おいでなさいませ」

幸は座敷に上がると、丁重に挨拶をし、その顔を見た。

学者と思しき、総髪で理知的な面差し。何処かで、と思った時、お竹が声低く「修徳先生の掛け軸の」と囁いた。

ああ、あの時の、と幸は思わず笑みを零す。

学者は「その節は、お世話になりました」と、店主に負けぬほど懇篤に謝意を伝えた。反物を風呂敷に包みつつ、佐助が、

「伊勢木綿を一反、お買い上げ頂きました」

と、店主に告げる。

「明後日には江戸を発ちますよって、良い土産が出来ました」

大坂の言葉とも少し違う。男の話し方の抑揚に、妙に心惹かれる。

幸は畳に両の手を置いた。

「改めまして、ご挨拶させて頂きとう存じます。私は五鈴屋七代目、今は江戸本店店主を務めさせて頂いております、幸と申します」

天満に五鈴屋大坂本店があり、今は八代目が跡を継いでいることを、慎ましやかに相手に伝える。

「こちらこそ、挨拶が遅れました」

男もまた、姿勢を正して幸に向かう。

「弥右衛門と申します。摂津国今津村という地で、儒学を教えております」

「まぁ、今津、今津なのですね」

今津は津門川沿いの隣村だった。津門村出身の幸には何よりも身近で、知らず知らず、声が弾む。

「亡き母は、今津村の百姓の出です。私は津門村の生まれで、九つまで育ちました」

ああ、それは、と弥右衛門は破顔する。

「綿作が盛んなところですね」

「ええ。今津村から綿を買い付けに来られるかたもおいでです」

綿買いの文次郎の顔を思い浮かべて、幸もにこにこと応じる。

兄の雅由も足繁く通っていたが、酒造で栄える今津村には豪商や豪農が多く、昔から学問が盛んで、優れた学者を多く輩出していると聞いていた。

「弥右衛門先生のお家は代々酒蔵だ、と仰っていましたね」

三年前、別れ際に弥右衛門の口からきいたことを、幸は思い返す。

「あの時、『郷里に学び舎を建てようとしている』と伺いました」

よう覚えておいでですなぁ、と弥右衛門は唸った。

「昨年、今津浦に面した見晴らしのええ場所に建てました。津門村から通う生徒も居ます。以前、あの辺りには優れた私塾があったのですが、人手に渡った後、絶えてしまいましたから」

最後のひと言に、幸は吸った息を吐き出せなくなった。

幸が学者の娘だったことを知る佐助やお竹、それに賢輔が笑みを消して固唾を呑んでいる。

「もしや、その私塾と言うのは、凌雲堂というのではありませんか？」

発した声が、震えている。幸の問いかけに、相手は大きく頷いた。

「よくご存じだ。その通り、凌雲堂です。重辰先生は、当時には珍しく、女にも読み書きを教えておいでででしたなぁ。漢詩に精通した若先生は、大事な学友でした」

残念なことに早世しましたが、と儒学者は声を落とした。

──今津村には、素晴らしい学者が揃っており、私など足元にも及びません。中でも、弥右衛門先生は実に凄い

──ゆくゆくは私財を投じて今津に郷学の学び舎を建てたい、と話しておられます

ああ、と幸は低く呻く。

記憶の底に沈んでいた、兄の台詞が蘇る。凌雲堂の出居で、父と兄が弥右衛門について話していた。よもや、こんなところで繋がろうとは、知る由もない。

「どうかしましたか」

唇を引き結んで俯(うつむ)いたままの幸を気にして、弥右衛門は尋ねる眼差しを奉公人たちに向けた。賢輔を促すように、佐助が頷いてみせた。

「凌雲堂は、ご寮さんの里だす」

儒学者の方へと身を傾けて、賢輔は打ち明ける。

「重辰先生はお父上、若先生はお兄上だす」

今度は、弥右衛門が絶句する番だった。

「何と……。では、雅由殿は……」

「私の兄です」

掠(かす)れた声で、幸は辛うじて応えた。

白地に紺の縦縞(たてじま)の単衣(ひとえ)、懐に書を終い、縁側で微笑(ほほえ)む雅由の姿が、ありありと浮かぶ。小さな幸を小脇に抱え込む、優しい仕草が懐かしい。

学問の道は遠く人生は短い、と言っていた兄は、十八歳で逝ってしまった。ひとびとの記憶からいずれ消えてしまうのが定めだった。よもや、江戸で兄を知る人と巡り合うなど思いもしない。

幸と弥右衛門の心中を察してか、奉公人たちも黙り込む。やがて、お竹がぽつんと

「ご縁だすなぁ」と呟(つぶや)いた。

「修徳先生から頂いた掛け軸、あの文字を読み解いて教えてくれはったおかたが、ご寮さんの里と繋がってはったとは」

　そうだすなぁ、と佐助も感に堪(た)えない表情で相槌(あいづち)を打つ。

「衰颯(すいさつ)の景象(けいしょう)は、すなわち盛満(せいまん)の中に在り——今の行き詰まりは、実はあの時から兆しが在った、いうことだすのやな。改めて骨身に沁(し)みる言葉だす」

　佐助の語調から察するものがあったのか、弥右衛門は店の間をぐるりと見回した。呉服太物商のはずが、絹織が一点もない。撞木に掛かるのは木綿と麻ばかり、先ほど薦められて買い求めたのも木綿だった。また、店主の身に着けるものが、絹織ではなく、慎ましい木綿なのも気にかかる。

　儒学者は主従に視線を移して、じっと考え込んだ。やがて、徐に唇を解く。

「あれは、あの言葉は、傲慢(ごうまん)を戒(いまし)めるためだけのものではありません。軸には書かれておりませんが、あれには続きがあるのです」

　続きが、と五鈴屋の主従は小さく繰り返して、そっと顔を見合わせた。

　ええ、と深く頷き、学者はお竹を見た。

「書くものをお借り出来ますやろか。それと、前回に私が書き記したものがまだ残っているなら、それも一緒に」

「今、すぐに」

お竹が次の間へと急ぎ、賢輔たちは撞木を移して学者の周りを空ける。

「もとになったのは、遠い昔、明という国で刊行された『菜根譚』という書です。菜根とは大根や牛蒡、蓮根など根のもののことです」

お竹から硯を受け取り、自ら墨を磨りながら、学者は続ける。

「固く筋張った菜根は、よくよく噛まねばならない。ひとは不遇や逆境を噛み締め、乗り越えることで真の人生を味わい、多くのことを成し得る――『菜根譚』はそう教えてくれます。百年以上も前に書かれた書に、これほど励まされるのか、と」

和刻本になっていないため、殆ど知られていない。だが、人生の荒波を乗り切ろうとする時、心に留めておきたい言葉が、数多く記されている、と弥右衛門は語った。

筆にたっぷりと墨を含ませると、紙に向かい、一文字、一文字、丁寧に書き進めていく。二枚の紙に認められたのは「發生的機緘　即在零落内」の十文字だった。

「発生の機緘は、即ち零落の内に在り、と読みます。葉が落ち尽くして何もかもが無くなったように見えても、新たな芽生えはその時もう既に在る、という意味だと、私は解釈しています」

弥右衛門は前に書いたものと合わせて、四枚の紙を並べる。

衰颯的景象　就在盛満中

發生的機緘　即在零落内

「衰える兆しは最も盛んな時に生まれ、新たな盛運の芽生えは何もかも失った時、既に在る。『菜根譚』ではこのあと、『だからこそ、君子たる者は、安らかな時には油断せずに一心を堅く守って次に来る災難に備え、また、異変に際した時にはあらゆる忍耐をして、物事が成るように図(はか)るべきである』という内容に続くのです」

弥右衛門の言葉は、五鈴屋の主従の胸を打った。

佐助は前のめりになって、まだ乾ききっていない墨書を凝視する。

「新たな盛運の芽生えは、何もかも失った時、既に在る……」

儒学者の言葉を繰り返す、支配人の声が揺れている。

手酷(てひど)い目に遭(あ)って、まさに零落の心持ちだった。どう足掻(あが)いても沈むばかりで浮上できそうもない、と思っていた。だが、新たな芽生えは既に在る、と学者は言う。

お竹と賢輔も、新たに書き足された十文字を、食い入るように見つめていた。

否、奉公人ばかりではない。

弥右衛門の言葉は、君子ならぬ江戸本店店主の心の眼を、見開かせるのに充分であった。

平時に油断せず、異変に際してはあらゆる忍耐をし、物事が成るように図る――真にその通りだ。結、日本橋音羽屋、そして呉服仲間。難儀は次から次に押し寄せるが、潰されてはならない。

五鈴屋の座敷の雰囲気が、明らかに変わっていた。弥右衛門は、主従の心に光が宿り始めたことを察したのか、穏やかに笑んでいる。


極楽の余り風か、緩やかな風が頬を撫でて広小路の方へと抜けていく。陽射しが傾き、幾分、凌ぎ易いことにほっとする。

「学ぶことに誰よりも熱心で、努力家だった。故山に郷学を開いた今、雅由殿が居てくれたなら、と思わん日ぃはないのです。よもや、その妹御と巡り合うとは……」

これも雅由殿の導きかも知れない、と弥右衛門は目を細めて天を仰いだ。

兄が泉下の客となって、二十四年。十八歳に過ぎなかった兄の、その存在の何と大きなことだろう。

弥右衛門は「もうこの辺りで」と手を伸ばし、幸から風呂敷を受け取った。

話したいことは沢山あったけれど、幸はその場に佇んで、亡き兄の朋友を見送る。

「雅由殿が結んでくれたご縁だ、大切にしたい。もし、悩みが生じた時は、私を思い出してください。今津村の郷学におります。文をくれても良い」

儒学者はそう言い残して、最後に一礼すると背中を向けた。

ひと波に呑み込まれていく後ろ姿を見守るうち、彼方に甲山の幻が浮かんだ。はにかんだ笑みを湛える兄の姿が映る。

――知恵は、生きる力になる。知恵を絞れば、無駄な争いをせずに、道を拓くことも出来る

兄さん、と幸は呼ぶ。

何もかもがままならない今、うちに芽生えたものを見出し、育て、必ず物事が成るように図る。そのために、あらゆる知恵を絞ろう。兄の幻影に、幸は静かに誓った。

第七章　帰郷

八月朔日。

八朔、と呼ばれる今日は、徳川家康公が江戸に入府した日とされる。

城中では盛大に祝賀が行われて、公方さまも大名諸侯も、白帷子に長袴を身に着けるのが決まりだった。吉原でも、この日を紋日として重んじ、遊女らは白無垢を纏う。

そうした行事とは無縁の庶民たちも、何となく晴れがましい一日を過ごす。

佐助たちと話し合って、或る決心を固めた幸は、八朔に、そのことを近しきひとたちに告げて回ろうと決めていた。

「大坂へ？」

力造は驚いたように湯飲みから口を外して、まじまじと幸を見た。

「よもや行きっ放しってわけじゃないでしょうね、七代目」

染物師の座敷で、女房のお才と型彫師の梅松が二人の遣り取りを見守っている。

「もちろんです。今月のうちに江戸を発って、十日ほど向こうで過ごしたら、戻って参ります。これまで幾度か女手形を無駄にしてきましたが、今度こそと思って」

引き延ばし続けてきた大坂行きだった。

今年に入ってからの売り上げは悲惨な上に、木綿商いについての知恵の糸口も見つけられずにいる。正直、大坂へ戻っている場合か、との思いもあった。けれど、弥右衛門の訪問がきっかけになり、色々と考えて心を決めた。鉄助からの文で、茂作が葉月のうちに江戸に来ることを知ったのも大きい。

「そりゃあ良いですよ、よく決心されましたね、女将さん」

幸の湯飲みにお茶を注ぎ足して、うん、うん、とお才は自身の言葉に頷いている。

「江戸と大坂の往復は大変でしょうけれど、何より気休めになりますよ。去年、今年と大変でしたから、少しは息抜きをしないと」

「そんなお気楽な話じゃねぇんだ。お前は黙ってろ」

女房を一喝して、力造は幸に視線を戻す。

「江戸と大坂の行き来だけで四十日はかかりますぜ。茂作さんは旅慣れちゃあいるが、何かあった時、七代目を守りきれるかどうか。帰りのことだってある。誰かもうひとり、連れてった方が良い」

力造が提言した時だ。それまで黙って話を聞くだけだった梅松が身を乗りだした。

「それやったら、私を連れていってください。腕っぷしの方は自信はおませんし、勝手な物言いやけれど」

郷里の白子に足を踏み入れることは出来なくとも、せめて近くまで行ってみたい、親切にしてくれた五鈴屋の皆にも挨拶がしたい、と梅松は打ち明け、畳に額を擦り付ける。幸にとっても、願ってもない申し出だった。

話し合いを終えて、染物師の家を出たところで、お才が追い駆けてきた。胸に大きな風呂敷包みを抱えている。

「女将さん、このあと、何処かへ寄られますか？」

「ええ、坂本町の近江屋さんと、堺町の菊次郎さまのところに伺うつもりです」

幸の返答を聞いて、「ああ、それじゃあ」とお才は風呂敷包みに眼を落とした。

「荷物になりますから、あとで、お店の方へ届けておきますね」

「それは？」

何だろう、と訝しげに風呂敷包みを見る幸に、お才は左手で隙間を作って、中を少し覗かせた。藍染めの木綿らしきものが見える。

「ああ、それはもしや……」

確かに以前、同じものをもらったことがあった。

小紋染めは、布に糊を置いたあと、反物をぴんと張って刷毛で染める「引き染め」という手法が用いられる。力造はそれを、布を丸ごと染料に浸けて染める「浸け染め」で出来ないか、と試行錯誤を続けていた。以前、どうしても上手くいかずに、失敗したものを「手拭いにでも使って」とお才から渡されたのだ。

「あれは麻疹禍の時からだから、もう三年になりますかね。茂作さんに言われたのをきっかけに始めて……。同じ染料でも、引き染めより、浸け染めの方が色もちが良いんですよ。木綿に小紋を浸け染め出来れば、とずっと試し続けているんです。うちのひとは諦めが悪くてねぇ」

やれやれ、とでも言いたげに、お才は柔らかく頭を振っている。

暇を見つけては、紺屋の知り合いを頼って浸け染めを試すのだが、思うようにはいかないのだとのこと。

「前に頂戴したものも、やっぱり藍染めでしたね。どうして藍染めなのでしょうか」

力造はずっと墨染めを手がけていたので、そちらの方が慣れているだろうに。

「浸け染めにするなら、藍染めの方が染め易いのでしょうか」

幸が問えば、染物師の女房は弱ったように眉尻を下げた。

「浸け染めだからどうこう、というんじゃないんですよ。絹と違って、木綿は染めるのが厄介なんです。墨染めも、絹なら良いんですが……。いえ、墨色だけじゃない、紫や赤なんかも、大抵の染物師にとって、木綿が相手だと、難儀するんです。だからこそ、腕の見せ所ではあるけれど」

お才の返答に、まぁ、と幸は呻いた。絹と木綿の違いなら、熟知していると思い込んでいた。染めに際して、そんなに大きな違いがあるとは、思いもよらない。

幸の戸惑いに気づかないのか、お才は「ところがねぇ」と声を低める。

「どういうわけか、藍染めだけは別なんですよ。藍建てした染めってのは、絹だろうが、木綿だろうが、区別なく綺麗に染めてくれるんです」

本当にもう、感心するくらい綺麗にねぇ、とお才は打ち明けた。

知らなかった。全く、知らなかった。初めて知る事実に、幸は胸を突かれる。

しかし、顧みれば、力造と初めて話した時、江戸で最も多いのは藍染めを行う職人だ、と確かに聞いていた。藍染めは常に求められるから、注文も途切れずにある、と。

何故、それほどまでに藍染めが人気なのか、深く考えていなかった。江戸っ子の地味好み、という一事で片付けてしまっていた。だが、藍染めが求められるには、ちゃんと理由があったのだ。

「五鈴屋でもそうですが、奉公人のお仕着せは、大抵、藍染め木綿です。藍で染めれば、丈夫で虫よけになるからだと思っていたのですが、それだけが理由ではなかったのですね」

大伝馬町などの太物商を回り、数多くの木綿を眺めているだけでは、気づかぬことばかりだった。まだまだ知識が足りないことを、幸は思い知った。

おオと別れて近江屋に寄ったのち、菊次郎宅へと向かう。

陽は真上から少しずれたものの、照り返しが強く、拭っても拭っても汗は噴いて、ぽたぽたと滴り落ちた。

睦月の火事により、この界隈も一旦は焦土になったはずが、もう何事もなかったかの如く、日常を取り戻していた。ことに、いち早く再建を果たした市村座では、「梅若菜二葉曽我」が弥生から水無月まで大評判を取ったあとでもあり、大層な賑わいを見せている。

だが、表通りから路地に入れば、先の喧騒が嘘のように静かだった。

菊次郎宅の前に立つと、行水でもしているのか、ざばん、ざばん、と水を使う音が響いていた。

「おお、七代目やないか」

風を通すために開け放たれた戸口から、菊次郎がひょいと顔を覗かせた。白帷子が如何にも涼しげで、相変わらず何とも言えない艶があった。

「半年ほどのご無沙汰やったなぁ。ここ暫くは田原町まで足を運ぶ役者も減ったさかい、あんさんとこの様子も知らんままやった。けど、元気そうで何よりや」

座敷に通すなり、菊次郎はそう言って幸を労う。

呉服の扱いを止めているため、稽古着の裏に付ける浜羽二重も商うことが出来ず、役者たちの足もすっかり五鈴屋から遠のいていた。

幸から帰郷の意思を聞き、菊次郎は「そらぁ、ええことや」とにこにこと頷く。

「ひとつところに留まっていては見えんもんでも、ちょっと離れるとよう見えるよってになぁ」

そう言うと、菊次郎は幸に団扇を勧めた。なかなか汗が止まらない幸は、手拭いで顔を拭ったあと、遠慮なく、団扇を使わせてもらう。ふと庭に目を向けると、葦簀を立てたその奥に、ひとの気配があった。吉次が行水をしているのだろう。

「あんさんの耳には入れておこうと思う」

実は、と菊次郎は幸の方へ身を乗りだして、声を低めた。

「霜月の市村座の顔見世興行で、吉次に吉之丞を襲名させるつもりや」

まぁ、と幸は団扇を動かす手を止める。

菊次郎の兄、菊瀬吉之丞は、三都随一の名女形で知られた歌舞伎役者だった。吉次はその養子で、吉之丞亡き後は、菊次郎が師となっていた。

歌舞伎役者は大抵、霜月から翌年の神無月まで、一年の約束で芝居小屋の舞台に立つ。吉次が中村座で演じるのも、今年の神無月まで。そこで、火事の後、いち早く復興して、今も勢いの衰えない市村座が襲名の興行を決めたのだろう。

「おめでとうございます」

幸の心からの寿ぎを受けて、菊次郎は「おおきに」と鷹揚に頷いた。

「兄が亡うなって、七年。吉次も十六歳になった。ええ頃合いやと思います。ほんまやったら、あんさんとこに、装束のことで何ぞ頼みたいとこなんやが……」

あとは言わずに、菊次郎は幸の手から団扇を取り上げて、客に風を送る。

市村座再建の際に、音羽屋が随分と肩入れしたことを聞いていた。舞台装束は全て日本橋音羽屋で用意するのだろう。もしもお練りがあるなら、と思うものの、五鈴屋は今、呉服を扱っていない。幸はただ、唇を真一文字に結んだ。

「お師匠さま」

縁側にきちんと座って、吉次がこちらを覗いている。

行水を終えてさっぱりとした身に、有松絞り(ありまつしぼ)の浴衣(ゆかた)を纏う。半年ほど見ない間に、頬(ほお)から顎(あご)にかけての肉が落ちて、幼さがすっきりと抜けている。何よりも眼を引くのは、長い睫毛(まつげ)に縁取(ふちど)られた、黒々と艶(つや)やかな双眸(そうぼう)だった。

素顔でこれなら、化粧を施(ほどこ)せばさぞや、と幸は詠嘆する。

「吉次さん、さらにお美しくなられましたねぇ」

出会った時は、十一歳。童女そのものだった吉次を思い返せば、何とも感慨深い。

霜月の襲名に触れて祝いの言葉をかけられると、吉次は頬を朱に染めて恥じらいつつも、「ありがとうございます」と、丁重にお辞儀をした。

「五鈴屋は今は太物商いやさかい、何ぞ頼めるもんがないか、あんさんが大坂へ帰っている間に考えときまひょ」

菊次郎はそう言って、団扇を畳に置いた。

葉月二十日。

外はまだ暗いが、五鈴屋の台所では竈(かまど)の火が赤々と燃え、味噌(みそ)の匂(にお)いが漂っている。

「お結びには、梅干しを多めに入れてありますよって。お荷物になりますけんど、陀羅尼助も、持っていっとくれやす」

竹皮に入れた握り飯を風呂敷に包んで、お竹が念を押す。

「ええ、そうするわ」

智蔵の形見の守り袋を懐に納めて、幸は小頭役に「ありがとう」と伝えた。

三日前に江戸に着いた茂作を伴い、佐助と賢輔は旅の無事を祈りに、浅草寺に参っている。

「ほんまは、私も」

その先を言わないお竹に、幸は頷いてみせた。同行したい気持ちを封じているのは、重々承知していた。江戸に来るより、江戸を出る方が、女は何かと難しい。

潤み始めた目を瞬き、お竹は話題を転じる。

「茂作さんの話では、北の方は飢饉で大変なそうだしたな。何万人も亡うならはった、て聞きました」

吐息とともに、お竹は頭を振った。

「麻疹禍もあれば、火事もある。江戸は難儀やと思うてましたけど、江戸だけやない、何処も大変だすのやなぁ」

幸が相槌を打とうとした時、戸口から、「お早うございます」と聞き慣れた声がした。力造がお才を伴い、梅松を送りがてら現れたのだ。

茂作たちが戻るのを待って、皆でわいわいと朝餉を取る。旅の道中、何が起こるか知れない。留守を守る側にしても、必ずしも平らかに日々を送れるかはわからない。双方ともに「今生の別れ」を意識せずにはいられなかった。

次第に口数が少なくなる中で、茂作がふと、力造に問う。

「いつぞやの、小紋染めを浸け染めで試してみる話、どないなりました」

「それが……」

力造は顔を歪め、俯いた。

亭主の気持ちを慮って、お才が代わりに答える。

「うちのひと、色々と試しているんですが、難しいみたいで」

三年かけても儘ならない、と聞いて、茂作は痛ましげに力造を見た。

「あの折りにも話しましたが、北国では木綿がほんまに好まれます。温うて丈夫な木綿の小紋染めやったら、よう売れるんやないかと」

「絹織より木綿の方が、値も抑えられる。しかも、小紋染めなら洒落てますからね。ただ、着る者からすりゃあ、木綿は扱い易いんだが、染物師からすると、木綿は絹より扱いが難しいんでさぁ」

擦れると毛羽立ち、湿気に弱いが、絹は染め易い。丈夫で湿気に強いが、木綿は染まり難い。ともに一長一短、難しいものだ。

「それでも、前以て大豆の絞り汁に浸けておくとか、木綿を染めるための方法は色々あるし、染物師の腕の見せ所でもある。うちは親父の代には、武家の定小紋を染めてましたが、裃は麻なんですよ。麻ってのも、絹より遥かに染まり難いんです。だから、木綿だって、手強くはあるが、工夫次第で染め甲斐もある。それに、絹織じゃなくて木綿だったら、五鈴屋さんでも商えますからね」

そこまで話して、力造は大きくひとつ、溜息をついた。

「何とか、と踏ん張っちゃいるんですが、思うようにはならねぇんで。糊が決め手だと思うし、狙いは間違っちゃいないはずなんですがねぇ」

間違っちゃいないはずなんだが、と力造は自身に言い聞かせるように繰り返す。

会話が途切れたのを折りに、佐助が「ご寮さん、そろそろ」と促した。

南天にはまだ半身の月が浮かぶが、東の空、明けの明星が輝く辺りに、少しずつ紅が差されていく。旅姿の幸と茂作、そして梅松を見送るべく、店の表に染物師夫婦と奉公人たちが並んだ。

「あとを頼みます」

幾度も口にしたことを、幸はまた繰り返す。

奉公人らは「へぇ」と声を揃えて応じた。

背中を向けたところへ、お才が火打石を打ち鳴らして、切り火を切る。橙色の火花が、薄闇の中にぱっと開いて散った。

残暑は厳しいが、中秋を過ぎ、旅には良い季節だった。

川崎、小田原、と朝早くに宿を発ち、四刻（約八時間）かけて七里（約二十七キロメートル）ほどを歩き通して、陽のあるうちに草鞋を脱ぐ。小田原から箱根、三島に至る最大の難所「箱根八里」も、関所で手間取りはしたが、何とかやり過ごすことが出来た。川止めにも遭わず、神仏の加護を得て、旅路はすこぶる順調だった。

「五年前、大坂から江戸へ向かったのは皐月の末でした。梅雨から夏の旅だったので、今回の方が随分と楽に思います」

大暑は避けたものの、雨に打たれて歩き、陽射しに焼かれて歩き通した。そんな前回とは、随分違う。

「暑い中での旅は、さぞかし辛いですやろなあ。私の時は霜月やったよって」

幸と梅松の遣り取りを聞いて、旅慣れた茂作は大らかに笑う。

「大坂からの帰りは、紅葉狩りが出来る頃やろから、もっと楽になりますで」

掛川の葛布、遠州木綿、三河木綿、尾張起絹、とその土地土地の織物との再会を喜びつつ、三人旅は続いた。茂作の話は機知に富んで面白く、道中、幸も梅松も疲れを忘れることが出来た。

江戸を発って十二日、長月三日に、一行は四日市に到着した。

茂作の定宿で、五鈴屋の者たちも利用させてもらっている旅籠だった。白子に近いこともあり、万が一にも梅松の顔を知る型商に鉢合わせすることがないよう、気遣いつつ草鞋を脱ぐ。

「白子からここまで四里（約十六キロメートル）と離れておりませんし、羽振りの良い型商が、うちみたいな小さな旅籠に泊まることはないですよ」

茂作と顔馴染みの宿主は、白子の現状をよく知っており、幸たちに問われるまま、色々と話してくれた。

曰く、三年前に株仲間として認められてから、白子の型商たちはそれまでの「絵符」「駄賃帳」に加えて「鑑札」と「通り切手」をもらい、全国、好きな所へ行商に行けるようになった。だが、その一方で、型彫師たちは自分で注文を取ることも売ることも許されず、安い手間賃で苦しむばかりだとのこと。

まさに、そうした事情で白子を飛び出した梅松は、宿主の話に、両の掌（てのひら）を拳（こぶし）に握って必死に耐えていた。

「もちろん、真っ当な型商もおります。けれど、結局、長い物には巻かれてしまう。白子を出ていこうとする型彫師はあとを絶ちません。そうはさせまい、と型商たちは目を光らせていますが」

話し終えると、主（あるじ）は「どうぞごゆっくり」と退いた。

生まれ故郷の傍（そば）まで辿（たど）り着いていながら、足を向けることが出来ない。両親の位牌（いはい）も残したままの梅松の気持ちを思えば、何とも切なかった。

それぞれがあまり眠れずに夜を過ごし、翌朝、まだ薄暗いうちに旅籠を発った。東（とう）海道（かいどう）を黙々と歩いて、日永（ひなが）の追分（おいわけ）まで辿り着いた時、梅松がぴたりと足を止めた。

日永の追分で、東海道と伊勢街道は分岐（ぶんき）する。東海道はそのまま西へ、伊勢街道は伊勢湾をなぞるように南へと続き、白子、津（つ）、そして伊勢へと至る。その道は、早朝から「お伊勢さん」を目指す旅人で賑わっていた。

白子に生まれ、五十まで暮らした梅松だった。追い詰められて、故郷を捨てた。こんなに近くまで来ているのに、戻れぬ郷里だった。

風の匂いにも空の色にも、白子の片鱗（へんりん）を認めるのか、梅松は双眸を潤ませる。その気持ちを慮り、幸と茂作も暫く並んで南天を仰ぎ見ていた。

「私ら型彫師は、型商の言いなりで、職人同士、親しくすることもなかった。けど、たったひとり、ひとりだけ、気がかりでならん型彫師が居てます」

笠の縁に指をかけて、梅松はくぐもった声を発した。

「誠二、いう名ぁの、私の半分ほどの齢の職人です。私は錐彫り、誠二は道具彫り、向こうから『仕事を見せてくれ』と訪ねてきたんが最初でした」

殊更に深く交わったわけではない。ただ、数回、互いの仕事を見せ合った。それでも、型彫に傾ける熱意に心を打たれた。

「私はもう五十を過ぎました。けど、若い誠二があの白子で、これから何十年も飼い殺しのような目ぇに遭わされるんは、あまりに気の毒で」

江戸に出て、力造一家と家族同然に暮らし、五鈴屋に頼まれて存分に型彫が出来る、郷里の白子では思い描くことのなかった幸せに浸っている。だからこそ、若い誠二のことが、今さらながら気がかりで仕方がない、と梅松は苦しげに打ち明けた。

幸はふと、白雲屋の店主のことを思う。梅松を賢輔に引き合わせてくれたのも、白雲屋だった。五鈴屋江戸本店が呉服仲間を外れてからは、伊勢木綿を多く仕入れるため、白雲屋と幾度も文を交わすようになっていた。

「型商が株仲間になって以後は、白雲屋さんでさえも、気軽に型彫師と会えない、と聞いています。でも、何か手立てを探して、誠二さんというひとに繋いでもらいましょう」

「それやったら、五鈴屋の場所を伝えてもろたらどやろか」

苦労人の茂作が、思慮深く提案する。

「江戸に出てくるなら、身を寄せる場所がある、と伝えてもろた方がええ」

気休めに過ぎないかも知れない。白子を一歩も出たことのない者が、手引きなしに白子を離れ、江戸へ出てくることは相当に難しい。だが、江戸に頼れる場所があれば、気持ちの支えにはなるだろう、と近江商人は言った。

東海道を大津まで進み、大津から京街道へ入って、枚方、そして大坂へ。江戸を発って十九日、予定より少し早く、一行は無事に大坂の土を踏んだ。

重陽の翌日、天神橋を渡るひとびとの着物に、綿が入っていた。

眼下、南瓜や冬瓜、茄子を山と積んだ船が大川に白波を立てる。八軒家を出た三十石船が、櫂や棹で懸命に流れを遡り、天満橋の下を今まさに潜ろうとしていた。

「ああ、無事にここまで来ましたなぁ」

天神橋の中ほどに達した時、茂作が安堵の声を洩らした。

傍らで、梅松も周囲を愛で、

「大坂は二度目やが、ほんに懐かしい」

と、目を細めている。

幸は、すっと鼻から深く息を吸い込む。懐かしい水の匂い、大坂の匂いがした。生まれて初めて、この橋を渡ったのは、富久の供をした時だ。お家さんの、葦に水鳥をあしらった染めの着物をよく覚えている。

大坂三郷のうち、大川より北側の天満組は、大坂に加えられたのも遅く、町数も少ないため、南組や北組に引け目がある。天満で生まれ育った富久が天神橋を渡るにも「えいっ」と気合が要る、と話していたのも、その時だった。

富久との思い出ばかりではない。肝試しと称して、明石縮を手に入れるため、水無月の頃、惣次とこの橋を渡った。十三夜の月を、ともに橋の袂で眺めたこともある。

――幸、私の大事な、大事な幸

ふいに、智蔵の声が、温かな手の温もりが蘇る。天神橋を巡る思い出の中で、もっとも切なく、愛しく、胸が苦しくなるものだ。

江戸に戻る賢輔を送った帰り、夫に手を取られ、一緒に江戸へ行こう、と言われた。

──私と一緒に江戸へ行きまひょ、ふたりで力を合わせて、売り手も買い手も幸せにする「この国一」の商いを目指しまひょ

旦那さん、と幸は手を懐に置く。

日本橋音羽屋のことがあり、呉服仲間を外され、呉服商いを控えざるを得なくなった。「売り手も買い手も幸せにする『この国一』」まで、いまだ遥かな道のりだ。

発生の機縁は、即ち零落の内に在り──必ず、その芽生えを見つけ、大事に育てて大輪の花と咲かせよう。

「鉄助どんらも、待ちかねてますやろ」

「お梅どんは達者やろか」

幸の思索を邪魔せぬよう、茂作と梅松が小声で話していた。

昨夜の風の置き土産か、菅原町の表通りに、萩の花弁が零れ落ちている。七つ八つほどの丁稚が、せっせと竹箒で掃き清めていた。その前掛けに「五鈴屋」の屋号を認めて、幸はふっと目もとを緩める。五鈴屋大坂本店で預かった、新しい奉公人だった。

風に翻る青みがかった緑の暖簾を、少し離れたところから愛でている旅姿の三人に

気づいて、丁稚は箒を置いた。

「おいでやす」

幸たちのことを見知らぬ丁稚は、甲高い声で言って、額が膝につくほど深くお辞儀をする。鉄助どんの仕込みだわ、と幸は微笑む。

大股で丁稚のもとへと歩み寄ると、茂作は、ぐっと腰を落として、相手の顔を覗き込んだ。そして、何とも優しい口調で告げる。

「鉄助どんにな、七代目が、否、江戸本店の店主がお戻りや、て伝えてんか」

幼い丁稚は一瞬、きょとんとしたものの、茂作の台詞の意味を理解して、「あ」の形の口のまま、表戸から中へと飛び込んでいった。

入れ違いに、かたかたと幾つもの下駄の音が重なり、奉公人たちが、団子のように固まって現れた。

三十代と思しき男が三人、それに、女がひとり。

「ご寮さん、ほんまに、ご寮さんだすか」

女が、声を震わせながら尋ねた。髪に白いものが混じる。

顎の紐を外して菅笠を取ると、幸は晴れ晴れと答えた。

「お梅どん、ただ今」

お梅の両の眼から涙が噴きだす。

「ご寮さんや、ほんまにご寮さんや。ちゃんと足もある」

子どものように声を上げて泣く女衆に、梅松がおろおろと「お梅さん、そない泣かんで」と駆け寄った。

「七代目、お帰りやす」

膝頭に両の手を置いて声を揃える手代たちに、幸は優しく応じる。

「広七どん、安七どん、それに辰七どん、皆、立派になって」

三人とも、幸が九つで女衆奉公に上がった時から互いによく知る身。ことに一つ違いの辰七は思い出も多いからか、幸から名を呼ばれて双眸を潤ませている。

手代の中では一番の古株だった末七の姿が見えないが、名を「末助」と改めて、今は高島店の支配人となっていた。

七代目到着の知らせを受けて、次々に奉公人たちが現れた。新しい顔も多い。中に、狸に似た面影を留める者を見つけて、幸は呼びかける。

「もしかして、豆吉どんかしら」

二十歳ほどの男は嬉しそうに、へぇ、と頷き、顔をくしゃつかせた。

「お陰さんで、今は『豆七』だす」

背も伸びて、声変わりも済ませている。その成長ぶりに、確かな時の流れを思う。

「七代目、茂作さん、梅松さん」

皆を掻き分けて、奥から鉄助が現れた。

「長の旅路、お疲れ様でございました」

お待ち申しておりました、と忠義の番頭は深々と頭を下げる。

番頭に倣い、遠来の三名に、全員が恭しく一礼した。


表戸から台所の裏戸までを貫く通り庭。間に中戸。通り庭の左側に店の間、次の間、広々とした板敷がある。箱段を上がれば、奉公人たちの休む部屋と物置とが並ぶ。板敷から続く鉤形の廊下を進めば、広縁。よく磨かれた広縁に、前栽の楓の姿が映り込んでいた。五年ぶりの五鈴屋本店、何もかもが懐かしく、愛おしい。

前栽を挟んで向かい側に在る離れで、茂作と梅松には、荷を解いて休んでもらっている。その間に色々とすべきことがあった。まずは、奥座敷の仏壇に手を合わせて、無事の戻りを伝える。

長い長い祈りを終えて、合掌を解く。目を転じれば、庭の楓が幹も枝も太く、逞しい。紅葉の兆しで、緑の葉の縁が、ほんのりと赤く染まっていた。

背負い商いの者たちが土蔵から現れて、前庭越し、入れ替わり立ち替わり、幸に丁重にお辞儀をする。

「天満大根の香々を忘れたらあきまへんで。ご寮さんの好物やさかい」

女衆頭のお梅の、下の者たちに命じる声が、台所からここまで届く。

幸の居ない間に奉公人が増え、顔ぶれも随分と変わった。八代目に跡目を譲ってから、大坂の両店は任せきりだが、巴屋を正式に買い上げて仕入れ店として以後、一層、商いが広がったことが察せられる。

泉下の富久と智蔵も、どれほどほっとしていることだろうか、と安堵の胸を撫で下ろした時だった。

広縁に控えていた鉄助が、ご寮さん、と幸を呼んだ。

「高島店に使いをやりましたよって、じきに、八代目もこちらにお見えになります」

番頭の言葉が終わらぬうちに、板敷を強く踏む音が響いて、広縁に姿を現した者がある。

おそらくは親旦那の孫六の見立てだろう、羽織、長着とも茶縞の上田紬、帯は黒の龍文。如何にも呉服店の主らしい出で立ちであった。

「八代目」

惚れ惚れと相手を眺めて、幸は畳に両手をついた。

「ご無沙汰いたしております。また、八代目襲名、真におめでとうございます。ご挨拶が今になりましたこと、お許しくださいませ」

懇篤に言って、深く頭を下げる。

「七代目、お待ち申しておりました」

幸の挨拶を受けて、周助あらため八代目徳兵衛も、また丁重に返す。

「手前の方こそ、文ばかりで、襲名ののちは江戸へご挨拶にも伺いませなんだ。ほんに、申し訳ございません」

堅苦しい挨拶のあと、ふたりは顔を見合わせて、柔らかな笑みを交わした。

「つい、『周助どん』と呼んでしまいそうになります」

「私も『ご寮さん』と。ほんまは『ご寮さん』でも『七代目』でもなく『江戸本店店主、幸さま』とお呼びすべきなんだすが」

ふたりの遣り取りに、鉄助は「確かに」と眉根をぎゅっと寄せる。番頭の様子がおかしくて、幸は笑いを堪える。

「呼び名にはこだわりません。ただ、皆の前では、お互いに『七代目』『八代目』で通してはどうかしら。その方が、けじめが良いと思います」

七代目の提言に、周助と鉄助は互いに頷き合って、「へぇ」と声を揃えた。

江戸本店が呉服仲間を外れたことなど、この二人や孫六、それに治兵衛にも多大な心労をかけている。幸自身の口から、きちんと話しておかねばならない。

「親旦那さんに、今からご挨拶に伺います。あなたたちも同席してくださいな」

旅路の疲れも見せずに、幸は軽やかに立ち上がる。

二人とともに板敷に現れた幸を認めて、お梅が濡れた手を拭いながら駆け寄った。

「ご寮さん、お出かけだすか」

「ええ。夕餉までに戻ります。茂作さんと梅松さんにゆっくり休んで頂いて。お風呂も用意して、汚れ物も洗って差し上げて」

「へぇ、お任せください」

胸を叩いてみせるお梅に、幸は、

「そうそう、洗濯物の糊付けは、しないでおいてね」

と、伝えるのを忘れなかった。

幸の背後で、周助と鉄助が揃って噴きだしている。

菅原町の本店から、高島町にある支店までは、およそ四町（約四百四十メートル）。

高島店は、もとは同業の桔梗屋（ききょうや）で、間口も部屋数も本店の倍。八代目を継いだ周助は、手狭な本店ではなく、この高島店で、親旦那さんの孫六と暮らしている。

先に天満天神社に参ってから、その東側の高島町へと足を向ける。幸を守るように前を歩いていた周助が、「ああ」と声を洩らした。

周助が示す方を見れば、本店と同じ色の暖簾の前で、年寄りがふたり、佇（たたず）んでいる。お揃いの杖（つえ）をひとりは右手に、今ひとりは左手にしていた。

右に杖を持った背の高い方の男が、こちらを認めて杖を持ち上げ、合図を送る。

幸は周助と鉄助を追い越し、駆けだした。裾（すそ）が乱れるのも厭（いと）わない。

すぐ傍まで辿り着いたところで、幸は足を止めた。荒い息を吐いて、老い二人を交互に見る。息切れのためばかりではない、胸が詰まってなかなか声が出ない幸に、年嵩（としかさ）の小柄な老人が、杖を頼りによろよろと歩み寄った。

七代目、と呼ぶ声が潤んでいる。

「よう戻らはった。ほんに、よう」

齢、七十九。暫く見ぬ間に、一回り小さく、一層涙もろくなったようだ。

「親旦那さん、それに治兵衛さん」

幸は孫六と、その後ろに控えていた「五鈴屋の要石（かなめいし）」のもと番頭を優しく呼んだ。

「ただ今、戻りました。色々とご心配をおかけしてしまって」

あとは言葉にならなかった。

六十七を迎えた治兵衛が、うん、うん、とばかりに頷いている。

「親旦那さんも治兵衛どんも、風が冷たいし、お身体に障りますよって」

早う中へ、と鉄助が老い二人に声をかけた。


人払いをした奥座敷、広縁越しに、前栽の桂の樹が覗いている。丸い優しい葉は少しずつ黄色に染まり始め、甘やかな匂いを放つ。その薫りが、緊迫した雰囲気に包まれている座敷を、僅かに救った。

先刻から、七代目は、江戸店に起きた出来事の一部始終を話している。

卒中風のあと、正座の出来ない孫六と治兵衛は、畳に手を置いて身体を支えながら聞き入った。周助と鉄助は、幸の胸中を慮ってか、顔を歪めている。四人ばかりか、桂の樹も、その根もとに置かれた小さな石仏までもが、七代目の打ち明け話に耳を傾けた。

「いずれも、責めは私にございます。型紙の件では、たった一人の妹だという思いが強過ぎて、配慮を怠りました。仲間外れの原因となった加賀前田家との商いの件も、もっと目配りをすべきでした。江戸本店を名乗ることをお許し頂きながら、店を窮地に立たせてしまい、お詫びの言葉もございません」

語り終えて、幸は畳に両の掌を置くと、深々と頭を垂れた。

型紙の紛失、仲間外れ、という非情な事実の陰に、思い描いていたよりも、遥かに陰湿で根深い事情が横たわっていた。詳細を全て聞き終えた者たちは、ひと言も口を利かない。

きぃーききき

きぃーききき

静寂を裂いて、鋭い高鳴きが響く。百舌鳥の高鳴きは、縁起の良いものではない。江戸本店が被った厄災と相俟って、室内がすっと冷える。

周助は前栽の方に目を向けて、どうにも解せない、という風に頭を振った。

「音羽屋忠兵衛いう輩は、何でそないに五鈴屋に執着するんだすやろか。結さんを我がものにするだけでは足らんと、上納金やら仲間外れやら……。乗っ取りが目的やとは思うんだすが、何や、いたぶって愉しんでるような気味の悪さだすなぁ」

八代目の台詞に、鉄助と治兵衛が頷いている。

背中を丸めてじっと考え込んでいた孫六が、幸の方に身を傾けた。

「その男、もとは呉服商の奉公人やった、いう話だしたな」

ええ、と幸は頷いた。

「呉服商の奉公人だった頃に、両替商の音羽屋の先代に見込まれて婿(むこ)養子に入った、と聞いています」

鉄助がぽつりと呟(つぶや)けば、孫六は「どやろか」と首を捻(ひね)った。

「呉服商いから両替商だすか。惣ぼんさんのことと言い、妙な因縁(いんねん)だすな」

「同じ呉服商いに関(かか)わっていたとして、主筋と奉公人とでは雲泥(うんでい)の差や。惣ぼんと一緒には出来ん。どうやら、そこらが音羽屋忠兵衛いう輩の根っこかも知れまへんな。いずれにせよ、江戸本店が呉服商いを、一時期といえど手放さなならんのは、ほんに辛いことや」

まるで深い淵(ふち)に突き落とされたようなもんや、と孫六は嘆く。

「親旦那さん、淵もそう悪いもんと違いますで。ほれ、魚が仰山(ぎょうさん)、居てますやろ。鶚(みさご)もひとも、淵に沈んだ魚は狙えませんよって」

治兵衛はそう言って、孫六を慰める。

もと番頭の助け舟に、確かに、と幸はほろ苦く笑んだ。

日本橋音羽屋は、太物を扱わない。太物商いに絞った五鈴屋江戸本店を狙い撃ちすることは、なかなかに難しいだろう。

「今は何の手掛かりも摑めず沈んだままですが、深い淵の底で、泉のように知恵を湧かせてみたいと思っています」

「淵の底で、こんこんと湧きだす泉になるんだすか」

それは心強い、と治兵衛は満面に笑みを湛える。

ほんまに、と鉄助が感心した体で、首を左右に振った。

「これまでかて何遍も『もうあかん』と思うような目ぇに遭うてきました。それでも、七代目は必ず、知恵を絞って道を切り拓いてきはりました」

今回もきっと乗り越えはります、と鉄助が言えば、周助も力強く頷いた。

静かに笑みを湛えている幸に、孫六は憐憫の眼差しを向ける。

「七代目、あんさんは戦国武将だすなぁ。それも、負け知らずの武将や。けんど、背負うもんも多いし、何時、どこから矢ぁが飛んでくるか知れん。それを思うと胸が詰まる」

幸が江戸へ移ってからは、結を孫のように慈しんでいた親旦那であった。打ち明け話を聞いて、自身の落胆も然ることながら、血を分けた妹から矢を放たれた幸の苦悩を慮ったのだろう。

次男、長男、と相次いで失いながら悲しみを封じ、店主として桔梗屋を守り続けた孫六ならではの、幸への気遣いだった。

親旦那さん、と幸は優しい声音で呼ぶ。

「武将はひとりで戦うのではありません。支えてくれる味方が居るからこそ、戦場に身を置けるのでしょう。私も同じ、奉公人あればこその主なのです」

幸の言葉に、八代目徳兵衛は深く頷き、治兵衛と鉄助は黙って頭を垂れた。

ごめんやす、と廊下から遠慮がちに声がかかった。十二、三と思しき丁稚が、こちらを覗いている。幸には見覚えのない奉公人だった。

「ああ、大吉（だいきち）、どないしました」

周助が問うと、大吉と呼ばれた丁稚は、へぇ、とよく通る声で答える。

「京の巴屋からの遣いで、支配人の戻りが明後日になるとのことだす」

「ほうか、わかった」

丁稚を返しかけて、ああ、せや、と周助は、

「大吉、七代目にご挨拶しなはれ」

と、促した。

顔に残る痘痕（あばた）のあとが少し痛々しいが、くりくりした眼や、少しばかり上を向いた

鼻に、何とも言えず愛嬌がある。

「大吉と申します。昨年の春からこちらでお世話になっています」

短いながらもきちんとした挨拶に、幸は笑みを浮かべ、精進なさい、と励ました。

大坂の商家では、表の奉公人については身許の確かな者に限る、という意味で大抵は縁者、しかも請状を預かるのが習いであった。五鈴屋も、これに従っている。

「大吉は、柳井先生からの預かりものだす。請状も、柳井先生から頂戴しました」

丁稚が去ったあと、周助から話を聞いて、まぁ、と幸は軽く目を見張った。

柳井道善は今年、白寿を迎えていた。「もうあかん」と言いながら、今も孫六や治兵衛の主治医を務めている。名をもじって「藪医同然」などと呼ばれることもあるが、なかなかの名医であった。

「患者やったふた親が相次いで亡うなったあと、疱瘡に罹った大吉を、先生が引き取らはって暫く手もとに置いてはったんだす。けど、行く末のことを考えて、預かってほしい、と」

丁稚になってまだ一年だが、呑み込みも早く、気働きも出来る。思わぬ拾い物をしました、と八代目はにこやかに告げた。

七代目、と鉄助が語調を改める。

「江戸本店に大坂から手代を移す、いう話だすが、豆七を考えております。それと、丁稚も居った方がええと思います。大吉を江戸へお連れくださ い。必ず、お役に立ちますやろ」

本人たちも承諾済みとのことで、周助と孫六、それに治兵衛も「そうしなさい」とばかりに、幸に頷いてみせた。

豆七も大吉も奉公人として伸び盛り、五鈴屋本店、高島店にとって、何より大事なはずだった。それを幸のもとに、という。

難儀している江戸本店を何としても支えよう、との強い想いを受け止めて、幸は胸が一杯になった。

深い謝意を上手く言葉に出来ないまま、ただただ、深々と頭を下げるばかりだ。

第八章　のちの月

すっぽりと包み込まれて、身体がとても温かい。それに、すべすべと滑らかな肌触りが心地よい。甘いまどろみの中で、幸は満たされていた。

江州――伊吹山の麓

風邪に良い　冷えに良い　薬もぐさよぅ

もぐさ売りの伸びやかな売り声が、微かに聞こえる。

目覚めたくない、まだ、目覚めたくない。幸は自分を包み込むものの中へ、深く顔を埋めた。温かくて優しい。暫く、忘れていたように思う。夢現に考えたが、思い出せない。薄く目を開ける。天井が見えた。首を捩じる。今度は仏壇が見えた。

弾かれたように、上体を起こす。紛れもなく、五鈴屋大坂本店の奥座敷だった。

障子の外は、既に明るい。

耳を澄ませば、通り庭をかたかたと駆ける下駄の音、格子戸を開け閉めする音。

ああ、しまった、すっかり寝過ごしてしまった、と幸は焦りながら身仕度を整える。障子を開けて外を覗けば、前栽越し、離れの座敷で、梅松と茂作が朝餉を摂っていた。梅松の傍らで、甲斐甲斐しく茶粥を装っているのは、女衆頭のお梅だ。

客人よりも寝坊してしまったことを恥じつつ、幸は急いで奥座敷を出た。

「ご寮さん」

離れに現れた幸をいち早く認めて、お梅が玉杓子を置き、お早うさんだす、とばつが悪そうに頭を下げた。

「お疲れやろさかい、お声がけせんで、堪忍しとくれやす」

良いのよ、と応えて、幸は畳に手をつき、客人に朝の挨拶と寝坊の詫びを口にする。

何の何の、と茂作は膳を追いやって、鷹揚に応える。

「江戸に行くより、江戸から戻る方が骨折りや。それに、のんびり休んだ我々と違うて、七代目は気忙しい一日やったさかい」

「久々に掛け布団で休みましたので、つい眠り込んでしまって」

顔を赤らめる幸に、ああ、と行商人と型彫師は得心の声を上げた。

「寝る時に上に掛けるんは、他所では大抵、夜着ですよってなぁ。大坂の四角い掛け布団からしたら、襟やら袖が邪魔なんは確かやや」

茂作が言えば、梅松は少しばかり肩を落とす。

「寝藁みたいなもんで育った私にしたら、下に敷く布団、上に掛ける布団、どっちも贅沢で。特に五鈴屋の布団は綿がたっぷり詰まって温うて、ばちが当たりそうや」

「梅松さん、初めてここに来はった時も、同じこと言うてはりましたなぁ」

切なげにお梅が言うと、梅松は、

「『ここらは綿が仰山取れるよって、遠慮せんと、手足伸ばして休みなはれ』て、お梅さんに優しいに言われました」

と、両の眼を瞬いた。

梅みたいなひと――嫁にするなら、どんなひとが良いか、とお才に問われた時の、梅松の答えを、幸は改めて思い起こす。

親切にしてもらったのが嬉しかっただけだ、と本人は言い訳していたが……。

「ご寮さん、朝餉、こっちにお持ちしまひょか。茶粥も菜っ葉の炊いたんも、温め直しますよって、ちょっと待っておくれやす」

当のお梅は頓着することなく、空いた膳に手を伸ばした。

お梅が出て行ったあと、茂作はきちんと膝を揃えて座り直す。

「七代目、ほな、私はこのまま長浜へ去なさしてもらいます」

「まぁ、もうですか」

北国が飢饉で商いにならない、と聞いていたので、せめて一両日、骨休みしてもらうつもりだった。

「奥州の知り合いに頼まれまして、木綿の古手を届ける約束をしましたんや」

茂作の返答を聞いて、幸は怪訝に思う。

北国では、寒い冬、何よりも木綿の古手が喜ばれる。持ち込めば飛ぶように売れるので、それを専らの商いにする者が多い。当然、競う相手も多いため、茂作はこれまで古手商いに手を出していなかったはずだ。幸の疑念を察し、茂作は口を開く。

「飢饉のあと、冬は一層寒い。飢えた上に、寒さが襲っては、凍え死ぬしかない。温い木綿の古手は、当然、値ぇも上がります。手頃な古手を求める声に応えたい、と思いましてなぁ。一遍きりの商いです」

古手商たちの間に割り込むことになるので、色々と掻い潜らなければならない。

「七代目やないが、私も知恵を絞ってみます」

近江商人は晴れやかに笑ってみせた。そして、言葉通り、女衆たちの用意した握り飯と水筒を手に、早々と長浜へ戻っていった。

大坂での滞在は、十日ほどと決めている。

茂作を見送ったその足で、五鈴屋の菩提寺である連福寺に参り、天満組呉服仲間の寄合に顔を出して挨拶を済ませた。夕方には鉄助とともに道修町の修徳のもとへ、そして翌日は、豆七と大吉を伴に、里の菩提寺、立念寺を訪ねた。

あれも、これも、と気忙しい中、四日目に漸く、ひと息つくことが出来た。かねがね、「きちんと話したい」と思っていた相手のところへ、出かけることにする。

いち置いてまわりゃ　こちゃ市たてぬ
天満なりゃこそ　市たてまする

天満堀川沿いを、越後町を目指して歩いていると、わらべ歌が聞こえてきた。声の方を見れば、筵を広げた上で、子どもたちが鞘豆を枝から外している。今夜は十三夜、これから夕方にかけて、あれを売りに出るのだろう。

繰り返される歌の中の「天満なりゃこそ、市たてまする」という言葉に、今さらながら、幸は得心がいく。

大坂三郷で何かと肩身の狭い天満組ではあるけれど、水運と陸運に恵まれた地の利を生かして、市が立つ。最たるものは青物市場だが、材木や薪炭など暮らしに関わる市が立ち、それに携わる者が多く住んだ。連福寺のある綿屋町も綿市に関わる、と聞いたことがある。改めて、綿との縁が深いことを思う幸だった。

越後町の路地、狭い空に赤蜻蛉(あかとんぼ)が群れている。長屋の前に並べられた鉢植えの菊花が満開で、芳(かぐわ)しい香りが路地中に溢(あふ)れた。

「ご寮さん」

戸口を開けて出てきた女が、幸を見つけて笑みを浮かべる。治兵衛の女房で、賢輔の母親のお染(そめ)だった。

五年ぶりの再会だが、髪に少しばかり白いものがあるだけで、以前と少しも変わらない。仕立物を届けに行くところなのだろう、風呂敷包(ふろしきづつ)みを胸に抱いていた。

「何やて、ご寮さんやて」

女房の声に来客を知った治兵衛が、戸口から顔を覗かせた。

「先達て、本店でお会いしましたが、何や物足りんで。一遍、ゆっくり話をさせて頂きたい、と思うてたとこだす。以心伝心だすなぁ」

お染が淹(い)れていったお茶を幸に勧めながら、治兵衛は嬉しそうに打ち明ける。

「親旦那(おやだんな)さんの仕込みもあり、周助どんは五鈴屋八代目として、存分に腕を振るうてはります。七代目、ええ判断をしはりました」

五鈴屋の要石だったもと番頭は、まずそのことを伝えて、幸の労をねぎらった。

ありがとうございます、と幸は柔らかに応える。

賢輔に五鈴屋の跡目を継がせる件について話が持ち上がった時に、難色を示したのが父親である治兵衛だった。手代からいきなり店主になることへの危惧は尤もだった。また、親旦那さんの孫六も、賢輔を江戸に留めて経験を積ませるよう望んだため、周助が八代目を継ぐ流れが出来た。

「周助どんは、いずれ親旦那さんのためにも、桔梗屋の暖簾を掲げたい、と願っていると思います」

「義理堅いおひとやよって、そない思うてはりますやろ。けど、八代目を継いだばかりやさかい、あと十年は気張ってもらわななりまへん」

治兵衛の台詞を聞いて、幸は漸く、話の糸口を捉まえることが出来た。

「十年経てば、賢輔どんは三十五。頃合いでしょう」

まずは前置きをした上で、治兵衛さん、と幸は口調を改める。

「思えば、賢輔どんを跡取りに、との要望を一方的に伝えただけで、今まできちんとお話できておりませんでした。七代目の私と八代目の周助どん、二人ともいずれ九代目を賢輔どんに継いでもらい、五鈴屋の暖簾を守ってもらいたい、と願っています」

何とぞお許しくださいませ、と幸は一層、深く頭（こうべ）を垂れた。

長い沈黙のあと、あれは、と治兵衛は緩やかに口を開く。

「あれは、ちゃんと返事をさせてもろてますやろか。九代目を継ぐことを、約束させてもろてますのやろか」

いえ、と幸は小さく頭（かぶり）を振った。

周助と賢輔と幸の三人で浅草寺に詣（まい）った際、八代目を継ぐことの決意を固めた周助が、賢輔に贈った言葉を思い出す。

――この江戸で踏ん張って、小紋染（こもんぞ）めを一時の流行（はや）りやのうて、のちの世まで残せるような道を探りなはれ

――あんさんなりの道を見出（みいだ）した時、改めて、九代目を継ぐことを考えとくれやす

「周助どんの言葉を守り、小紋染めをのちの世に残すべく、文字散らしの図案を考えたのは賢輔どんです。これから、という矢先、結のことがありました」

生真面目（きまじめ）な賢輔は、結の件に関して、自分を責め苛（さいな）んでいた。跡目の返答を迫れば、断られて終わりのようにも思う。

幸の話に耳を傾けていた治兵衛は、全（すべ）てを聴き終えると、黙って天井を仰いだ。

幸は辛抱強く、相手の言葉を待つ。

「難しいおますなぁ」

もと番頭は、天井を仰いだまま、溜息交じりに呟いた。

「主筋の血ぃに拘っていては、店の暖簾を守り、次に繋げていくのは難しい。せやさかい、もと番頭としては、店主が認めた奉公人に跡を継がせるんは、喜ばしいことやて思います。けんど、父親としては」

一旦、言葉を区切り、賢輔の父は再度、吐息を洩らす。

「幸、今はそない呼ばさしてもらいますで。幸は紛れもない、商い戦国武将の器、けんど賢輔はそうやない。生まれ持った器が違うんだす。あれが九代目を継いだなら、本人が何よりしんどおますやろ」

幸の傍で、その図抜けた商才を見続けて成長した賢輔なのだ。九代目を継いだ時、嫌でも己の才の無さを味わうことになるだろう。倅の煩悶を思うと、何ともやるせない。出来れば、ずっと幸の片腕として、一奉公人として、勤め上げさせてやりたい、と父親は苦しげに語った。

奉公人としての想いと、父親としての想い。それほどまでに違うものなのか、と胸に刻みつつ、どうしても伝えておかなければ、と唇を解く。

「六代目が亡くなり、七代目を継ぎ、江戸へ出て商いに関わるうちに、よくわかったことがあります。店は、店主の持ち物ではありません。表の奉公人、奥の奉公人、皆が揃ってこその暖簾であり、店なのだと思います」

商いでは、商売敵に足を掬われることもある。流行り病や大水、飢饉に火事などの天災もいつ降りかかるか知れない。たとえ、どれほど商才のある店主だったとしても、ひとりの力で乗り切ることは無理なのだ。

「主従が心をひとつにせねば、到底、乗り越えられるものではない。ですから、店主に求められる真の器とは、商才よりもむしろ、優れた奉公人を守り育てる土壌を用意できるかどうか、ということではないでしょうか」

治兵衛は眼を閉じ、身動ぎひとつしない。

これまで治兵衛から与えられる言葉を心の糧としてきたが、初めて異を唱えた。信念を口にしたものの、相手の沈黙が長ければ長いほど、心もとなくなる。

ゆっくりと、治兵衛は両の瞳を開いて、身体ごと幸に向き直った。幸の双眸に宿った不安を認めたのか、仄かに笑みを浮かべる。

ほんに、と発した声が掠れていた。

「ほんに、言わはる通りだす。店主が店を自分の持ち物と思い込んだら、商いは危ういし、店の存続も難しいになりますやろ。よう言うてくれはりました」

暖簾を預かり、優れた奉公人を育て上げて、次に託す。我が子賢輔に、幸に匹敵するほどの商才はなくとも、そうした役回りなら果たせるはずだ、と父親は語る。

「偽の値付けに騙されんと、極上の天鵞絨を見抜いた童女は、やはり只者やなかった。あの時、五鈴屋は、とんでもない宝を拾いましたんやなぁ」

柔らかに笑ったあと、治兵衛は杖を支えにゆっくりと立ち上がった。

「七代目、賢輔のこと、どうぞ宜しゅうにお頼み申します。九代目を継がせて頂けるよう、盛大に育ててやっとくなはれ」

別れ際、賢輔の父はそう言って深々と頭を下げた。

鞘豆を茹でているため、台所が湯気で温かい。

いつもの豆と違うらしく、黒豆を煮ている時に漂うのと同じ香りがしていた。

「良い匂いねぇ。それに随分と大きな鞘豆だわ」

鍋を覗き込む幸に、そうだすやろ、とお梅は何処となく得意そうだ。

「藪医者、もとい、柳井先生からの差し入れだす。丹波の黒大豆の若いやつで、他所には出回ってへん珍しい鞘豆て、聞いてます。こないして湯出鞘にしたら、きっと美味しおますで」

五鈴屋に預けた大吉を気遣ってか、去年から高島店と本店とに柳井から届けられているとのこと。黒豆は丹波の名物だが、未熟なものを鞘豆として売ることはしていない。柳井の患者の中に、丹波出身の者がいて、そこから回ってきたものらしい。

「今夜のお月見は、ご寮さんと鉄助どん、梅松さんの三人だすやろ。これだけあったら、鞘豆は充分だすな。あとは茹で栗とお酒と」

「お梅どん、今一人、増えそうだすで」

帳面を手に裏戸から台所へ入ってきた辰七が、表戸の方を示した。

「ほれ、今、あそこで立ち話してはる」

辰七に言われて目を転じれば、表格子越し、風呂敷包みを背負った菅笠の男が認められた。通りがかりに道を尋ねられでもしたのか、老女相手に、天神橋の方角を指して、何か話している。

「ああ、珍しおますなぁ」

男の正体に気づいて、お梅は箸を放し、前掛けで手を拭う。

お梅どん、と幸は女衆頭を制して、客人を迎えるべく通り庭を駆けだした。

「ご寮さん、ご無沙汰してます」

表格子から飛び出してきた幸を認めて、男は菅笠を外す。

今津の綿買い、文次郎そのひとであった。

「えらい鈍な（へまな）ことで、堪忍しとくれやす」

板敷に招き上げられるなり、文次郎は幸に頭を下げた。

「夕べ遅うに彦太夫さまの所へ顔を出して、入れ違いになったと知りました」

昨日、津門村に墓参りに行った際、彦太夫のもとに立ち寄った。綿買いの時期でもあるので、もしや、文次郎に会えるのでは、と幸は期待したのだが叶わなかった。「二十日頃まで大坂に居る」との伝言を、彦太夫から聞いたとのこと。

「では、わざわざ？」

申し訳なさそうに問う幸に、文次郎は軽く頭を振った。

「この時期は、今津と大坂を始終、行き来してますよって。用事を片付けたら、こないな時分になってしまいました」

まだ西の空にお天道様は留まっているのだが、早くも月が現れている。

今夜は是非、泊まっていくよう懇願して、文次郎を離れへ案内すべく立ち上がった。

十五夜の月も美しいが、晩秋の澄み切った夜空に浮かぶ、少し身を削いだ十三夜の月はとても優しく、観る者を慰める。

夕餉のあと、母屋の広縁に、梅松、文次郎、幸、鉄助、と横並びに座って、十三夜の月が天高く上るのを待つ。珍しい黒大豆の湯出鞘に舌鼓を打ちつつ、四方山話に花が咲いた。

「弥右衛門先生なら、同じ今津村やさかい、評判はよう耳にしてます」

修徳の掛け軸の話になった時、文次郎が驚きの声を上げた。

「よもや、ご寮さんと、そないな関わりがあるとは……。世間て、ほんに広いようで狭いことや」

ほんまだすなぁ、と鉄助も感嘆の息を洩らす。

「一昨日、その修徳先生のもとを、ご寮さんと一緒にお訪ねしたんだすが、へんこつ（偏屈）の先生が、すぐにでも今津に飛んでいって『菜根譚』のことを語り合いたい、とえらい感激しておいでだした」

皆の話に黙って耳を傾けていた梅松が、ああ、と夜空を指し示した。

離れと母屋の間の狭い空に、十三夜の月が煌々と輝いている。

ええ月や、と梅松はつくづくと嘆息する。

「こないして月をゆっくり観るんは、生まれて初めてのような気ぃがします」

梅松の湯飲みに、文次郎が酒を注ぎ足した。

「月て、面白おますなぁ。夜道を歩いてると、ずっとあとを付いてくるようで」

東に行けば東に、南に向かえば南に、月は何処までも付いてくる。

「それに、同じ月やのに、観る者の気持ちが違えば、月もまた、違って見える。面白おますなぁ、月も、ひとも」

言い終えて、文次郎は湯飲みの酒をぐっと飲み干した。

客人の茶碗に酒を注ぎながら、綿買いの座る場所に惣次が、梅松の場所に富久が居た十三夜を、幸は思い起こす。今と同じ円やかな月を見上げていた時に、惣次に求婚されたのだ。

よもや、そののち惣次が出奔し、自分が智蔵と結ばれるとは、あの十三夜には思いもしなかった。

ましてや、智蔵亡きあと、七代目を継ぐことになるなど、どうして知り得ようか。月は同じ空にあるのに、ひとを取り巻く状況は年々変わってしまう。今、五鈴屋江戸本店が零落のうちに在るから、余計にそう思うのかも知れない。

なみなみと注がれた酒を手に、おおきに、と文次郎は礼を言ってから、

「ところで、ご寮さん、何ぞ私に相談事でも、あったんと違いますか」

と、水を向けた。

ええ、と幸は頷き、江戸本店が呉服仲間から外れ、太物商いを専らとしていることを、まず打ち明けた。

「五鈴屋が江戸に店を開いた時、木綿を巡って、江戸では木綿仲間の大伝馬組と白子組の間で諍いが絶えず、値も上がる一方でした」

当時、大坂では店前現銀売りの呉服商が木綿を安値で売ったがために、太物商いを生業とする者たちが逼迫していた。しかし、江戸では大きく事情が異なっていたのだ。

呉服しか扱った経験のない五鈴屋は、端から苦戦を強いられるはずだった。

だが、居抜きで譲り受けた白雲屋の蔵一杯に、良質の伊勢木綿があったこと、白雲屋が伊勢に引き上げてのちもその良心的な商いを継ぐことで、争いに巻き込まれずに済んだ。日本橋から離れた田原町に店があるのも幸いしていた。

「特に、この三年の間に、随分と風通しが良くなりました。おかみが訴願に対して大伝馬組の独占を許さず、白子組にも商いを許したため、値も落ち着いています。木綿を商うには良い潮目に違いないのですが、五鈴屋は伸び悩んでいるのです」

武士のものだった小紋染めを町人のものに、という試みは上手く行ったものの、呉服商いを封じられてしまった。いざ、木綿で何か、と力んでいるが、まだ何の知恵も絞れずにいる。自身の情けなさも包み隠さず、幸は文次郎に打ち明けた。

七代目の話に耳を傾けていた綿買いは、暫くじっと考えて、徐(おもむろ)に口を開いた。

「小紋染め、いうんは絹織の白生地を江戸へ運んで、江戸で染める、いうことですやろ？　染めの技があるなら、白木綿を仕入れて、江戸で染めたらどやろか」

それは、と言葉に詰まったあと、幸は応える。

「大量の白生地となると、今の仕入れでは到底足らず、江戸の木綿問屋を通さねばなりません。そうなれば、どうしても割高になってしまいます」

はて、と綿買いは首を捩じった。

「私は摂津国を出たことがないよって、江戸の木綿商いはようわからんのやが」

考え込んでいる幸に、文次郎はそう前置きした上で、

「木綿の白生地やと、江戸では一反(たん)、何ぼほどの値ぇがついてますのやろ」

と、問うた。

「質にもよりますが、並のもので今は大体、銀六匁(もんめ)ほどでしょうか」

「江戸の傍に、ええ木綿の産地はおますのか」

綿買いからのさらなる問いかけに、幸は少し思案し、首を左右に振った。

「名高いのは遠州、あとはもっと西でしょうか」

以前、縮緬(ちりめん)を十反だけ買いに来た男が、「下野国でも、綿の栽培が始まった」と話

していた。もしも、良い木綿の産地に育てば、江戸に近いので重宝するだろう。しかし、先の長い話になる。

「近くに綿の産地がある大坂での商いなら、色々と工夫が出来たかも知れません」

幸の言葉に、文次郎は湯飲み茶碗を板敷に、音を立てて置いた。

「それは違いますで、ご寮さん」

声が怒気を孕んでいる。自身でも気づいたのか、綿買いは軽く咳払いをしたあと、語調を和らげて続けた。

「木綿を商うなら、今は大坂より江戸の方がずっとええ。確かに、摂津国は綿の産地で、色んな土地で木綿が作られてるけれど、何せ大坂の木綿問屋が力を持ち過ぎてますのや。それに来年あたり、堺の方でおかみ公認の繰綿の延売買、いう得体の知れん会所が出来る、いう話も耳に入ってます」

綿の栽培が始まったばかりの頃ならともかく、今は、河内や和泉などの在方で着実に綿作が伸び、布に織られて消費されている。そんな状況で、大坂の木綿問屋がおかみの力を頼りに、生産者を思うまま支配できるはずもない。

「もう、そないな時代やないのに、気ぃついてへんのは、おかみと一握りの大店だけや。いずれ、農家の不満は綿の実のように大きいに弾けますやろ。ご寮さん、津門村の彦太夫さまのほかに、今のうち、河内と和泉の機屋と、じかに繋がったら宜しい」

河内木綿と和泉木綿を江戸で扱ってはどうか。伝手を使えば、在方の機屋に繋ぐことが出来る、と綿買いは言う。

「文次郎さん、そないなこと……」

鉄助はその先を言えずに、絶句した。幸もまた、息を呑むよりない。

文次郎とて、大坂の木綿問屋を相手に商いをしているだろうに、そこまで話して大丈夫なのか、という戸惑いが大きかった。

文次郎も、幸と鉄助も、暫く押し黙った。

湯飲みを傾けて酒を干し、梅松が苦そうに呟く。

「何でやろか。木綿の話やのに、白子の型彫師らと重なって仕方ない」

富める者が懐を肥やす一方で、貧しい者はそこから抜け出すことも儘ならない。それがどれほど理不尽であっても、従わねば生きることが出来ない。

梅松の吐露に耳を傾け、文次郎はまた酒を注ぐ。広縁に現れたお梅が、徳利を梅松と文次郎の間に置いて、洟を啜り上げながら去った。

「誰かがどっかで風穴を開けなならん、と思いますのや。否、そない大層なもんと違う。もう機は熟してるよって、ちょっと後押しするだけでええ」

板敷を這って鉄助のもとへ行き、その湯飲みにも酒を足すと、文次郎は徳利を手にしたまま、覗き込むように月を見上げる。

「あの綺麗な月を、今、辛い気持ちで眺めてる者かて、きっと仰山居てるやろ。せめて、何年かのちの十三夜には、木綿作りに携わる者にも、型紙彫る者にも、『明るうに澄んで、ええ月や』と思うてもらいたいもんや」

辛い思いをした分、報われてほしい、と文次郎は声を落とした。

綿買いの心情に触れて、幸と鉄助はただただ頭を垂れる。

「細かいことは、おいおい鉄助どんと詰めさせてもらいまひょ。ただ、私が手ぇ貸せるんは、ここまでや」

なぁ、ご寮さん、と文次郎は朗らかに続けた。

「あとは、あんさんが知恵を絞りなはれ」

はい、と幸は懇篤に応じて、もう一度、深く辞儀をした。

染めには、染めた糸を用いて織り上げる「先染め」と、白生地に染めを施す「後染め」とがある。

江戸で好まれるのは、染め糸で縞柄を織りだした「先染め」だった。仲間外れにより呉服商いを封じられた五鈴屋でも、店前に並ぶのは伊勢木綿を始め、縞柄が多い。着物に仕立てた時、どのような帯と合わせるか。帯結びをどうするか——これまでそうした助言を添えて、太物を売り伸ばすことを考えてきたが、もっと違う視点が必要なのではなかろうか。

昨夜の文次郎の提案を受けてから、幸は床に入ってからも、ずっとそればかりを考えていた。

白生地を用いて染めるとしたら、無地では面白みに欠ける。五鈴屋ならでは、というものでありたい。柄物であれば、絞り染めか型染めになるだろうか。この三年、力造が試行錯誤を重ねているのは、木綿に小紋染めを施す、というものだ。

他に何か出来ないか、と思案するうち、眠りに落ちてしまったらしい。

白々と、夜が明けつつあった。

障子越しの仄かな光を頼りに、栗皮色の綿入れを纏(まと)う。手に取ったのは金茶の帯。江戸では右から左へと巻いていた帯を、左から右に向かって身体に巻きつけ、石畳(いしだたみ)と呼ばれる慎ましい形に結ぶ。

「ご寮さん、お仕度、お手伝いしましょか」

いそいそと座敷に入ってきたお梅が、「ひゃっ」と妙な声を上げて尻餅(しりもち)をついた。

「どうしたの、お梅どん」

振り向いた幸を認めて、「何や、ご寮さんだしたんか」と、お梅は両の掌を胸にあてがう。

「てっきり、お家さんが化けて出はったんか、と思うて。腰が抜けてしもうた」

「まぁ」

お梅の言い分に、幸は思わず唇を綻ばせた。

このところ、ずっと木綿ばかりで、絹織を着るのは、久々だった。着物も帯も、お家さんだった富久の形見の品である。

少女の頃から渋い色が似合う、と言われてきたが、富久の身に着けていた、こぉと(質素で上品)な衣装が映る齢になったのか、と思うと感慨深い。

朝餉を終えると、津門村に戻る文次郎を天神筋まで見送ってから、孫六を訪ねた。

こちらに居る間は、なるべく親旦那さんに顔を見せるよう心掛けている。柳井道善が孫六を往診している、と聞き、奥座敷へと急いだ。

横たわった孫六と、前のめりになっている道善の背中が視界に入り、何事か、と幸は駆け寄った。孫六が「静かに」とでも言いたげに、幸に首を振ってみせる。

医師の様子を見れば、患者の脈を取りながら、寝入ってしまっていた。

幸は孫六と笑みを交わして、傍らに脱ぎ捨てられた羽織を老医の肩へそっと掛ける。

がくん、と前のめりになった道善は、はっと顔を上げた。口から涎が垂れて落ちそうになっている。慌てて袖で押さえて、初めて目の前の女に気づいた。

「観音さんか、弁天さんか、どっちゃ」

「どちらでもありません、柳井先生」

肩を揺らせながら、「幸です」と名乗れば、老医師は、

「ああ、幸かいな。てっきり、お迎えが来たんかと思いましたで」

と、おどけてみせる。

顔の皺が増え、瞼も垂れ下がって、目の在り処がわかりにくいが、変わらぬ様子に幸は嬉しくなった。

聞けば、昨夜、こちらで観月をしたあと、そのまま泊まったのだという。

「十三夜の月が綺麗でなぁ、つい夜更かしをしてしもた」

まぁ、と笑う幸の口の中に、昨夜の湯出鞘の味が蘇る。

「黒豆の鞘豆、ご馳走さまでした。初めての味で、とても美味しかったです」

「それは宜しおました」

二人の遣り取りをにこやかに聞いていた孫六だが、ゆっくりと上体を起こすと、

「七代目、柳井先生が周助に、ええ縁談を持ってきてくれはった」

と、喜びを隠しきれないように告げた。

八代目を襲名した周助に、良い連れ合いを、と孫六は躍起になって嫁探しをしてきたのだが、どれも「帯に短し襷に長し」で、まとまらない。

だが、道善から持ち込まれた見合い相手は、五鈴屋の常客で北野村の旅籠屋主の末娘とのこと。孫六とも周助とも面識があり、気働きのある聡明な娘だという。

「齢、二十三。周助とは十五違いで釣り合いもええ。周助も乗り気のようや」

「少々、薹が立ってるんは、宿の客の評判がようて、親が便利に使うてたからや。ふた親が私に『何処ぞええ嫁入り先はないか』て言うてきはってな」

孫六の話を補って、道善は「どない思う」と、幸に尋ねる。

孫六と道善の御眼鏡に適い、周助本人も乗り気であるなら、何の問題もない。

佳いお話だと存じます、と幸は晴れやかに答えた。

店に居る周助に孫六が話を伝えに行っている間、幸は道善とふたりきりになった。

「七代目は、幾つにならはった」

「三十二です」

幸の回答に、ほう、女盛りだすな、と道善は上機嫌で言った、

「観音さんでも弁天さんでもない身、浮世の荒波をひとりで泳ぐんは辛おますやろ。もうひと花、ふた花、咲かせてみたらどないやろか」

白寿の老医の提言に、幸は一瞬、呆気にとられ、続いて背筋を反らし、声を立てて笑った。あまりに笑い過ぎて脇腹が攣る。相手に対しての非礼を思い、辛うじて笑いを封じると、幸は「道善先生」と、その名を呼んだ。

「四代目、五代目、六代目、と三人に嫁いで、一生分、女房としての役割を果たしました。もう充分です」

さよか、と老医師は両の肩を落とす。

「あんさんやったら、縁組の世話のし甲斐がおますのになぁ。何なら、私のとこへ嫁いできてほしいほどや」

まぁ、と幸は目を丸くして、ついまた笑い声を洩らしてしまった。

それはそうと、と道善は皺に埋もれた双眸を見開いて、口調を改める。

「大吉のこと、くれぐれも宜しゅうにお頼み申します。私は、あれが可愛い。孫、否、曽孫、いや違う、玄孫のように思うてますのや」

ふた親を相次いで亡くし、疱瘡に罹って消えかけている命を何とかして救った。手もとに置いたのは四年ほどだが、情が湧いて仕方がないのだという。

「先日、大吉を津門村に伴いましたが、薬草についてよく知っており、感心しました。道善先生にしっかり仕込んで頂いた、と話していました」

津門村で綿の実を眼にした大吉は、同行の豆七に「種からは油が取れ、根は綿花根と言って薬になる」と話していた。綿を身近に育った幸でさえ、それが薬種として用いられるのを知らなかった。

おそらく、道善は大吉を医者として育てたかったのではないか。しかし、己の齢を考えて、五鈴屋に託す決断をしたのだろう。

恩人でもある道善が、自らの決心を悔いることのないよう、心して大吉を預からねば、と思う。

「大吉が一人前の商人となるよう、責任をもって育てます」

ご安心くださいませ、と幸は心を込めて老医師に伝えた。

第九章　大坂の夢　江戸の夢

「お梅さん、これ、荒布と違いますか？」

「へえ、今朝のお菜は荒布と油揚げの炊いたんだす。梅松さん、荒布、嫌いだすか？」

仏壇の蠟燭の火を線香に移そうとしていた時、鳥の囀りにも似た遣り取りが耳に届いて、幸はふと視線を転じる。

陽射しを取り込むために開け放った障子から、前栽越し、離れの座敷が見えていた。

「白子に居てた時は、よう食いましたんや。懐かしいて、美味しいて。亡うなった母親が炊いてくれた味に似てるさけ、懐かしい」

荒布は、ひじきに似た海藻で、表面の肌理が粗いため、この名で呼ばれていた。乾物として出回り、水で戻して使う。ひじきよりも太く、食べ応えがあるので、京坂ではとても好まれる。商家によっては「八」のつく日に、末広がりに芽が出るように、と膳に載せるところもあった。大抵は、刻んだ油揚げともに、薄味で柔らかに炊き上げられる。

「そうだすか、お母はんの味に。早うに聞いてたら、何ぼでも作らしてもろたのに」

朝餉を食べる梅松と、何くれとなく世話を焼くお梅。その会話に微かな哀愁が滲む。

大坂を二十二日に発つことに決め、貴重な日々を大切に過ごしてきたが、あと四日を残すのみとなっていた。

蠟燭に線香を翳して移した火を、親指と人差し指の腹でそっと撫でれば、焔は消えて、線香に橙色の火が点った。仏壇に、そっと手を合わせる。

ひとびとの健やかな暮らしの傍に、いつも在るものを手掛けたい。

ただし、売りたい品を売るのではない。お客が買いたい、ほしい、と望む品。

ひとは木綿地で、どんなものを身に纏いたい、と思うだろう。どんな色、どんな柄、と思案を巡らせる。

流行りはいずれ飽きられる、という定めを負う。どうせなら、飽きられることなく、裾野を広げて売れ続ける方が良い。町人向けの小紋染めを生みだした時のように、五鈴屋でしか扱い得ないもの——思案は堂々巡りで、光を見出せない。

「ご寮さん」

耳もとで急に呼ばれて、幸ははっと顔を上げた。

「ご寮さん、何遍もお声かけたんだすで」

お梅が両膝をついて、幸の顔を覗いている。離れで梅松の世話をしていたのではないのか、と訝しく思ったが、仏壇の線香はとうに絶えていた。

「お梅どん、どうかしたの？　梅松さんは？」

「親旦那さんに会いに行かはりました。それより、ご寮さんに、お客さんだす」

お梅の右頰にぺこんと笑窪が出来ている。よほど嬉しい来客らしい。

誰だろうと尋ねかけた時、台所の方から、明るく優しい声が聞こえてきた。

「これ、太閤さんの飴だす。皆の分もあるさかい、女衆さんらも、あとでお上がり」

声の主がすぐにわかって、幸はぱっと立ち上がり、鉤形の廊下を駆ける。

「幸」

懐かしくも美しいひとは、板敷にきちんと座って幸を迎えた。

結城紬の色は織部、帯は楊梅で有職紋の唐織。黒々とした艶やかな髪を、古風な玉川島田に結い上げて、鼈甲の櫛に笄、耳掻き付きの珊瑚のひとつ玉の簪が挿されていた。溜息が出るほど艶やかで、品の良い色気が漂う。

「菊栄さま」

その名を呼ぶ声が、喜びに弾む。

四代目徳兵衛の最初の嫁、紅屋の菊栄に相違なかった。

「昨日、わざわざ訪ねてくれたそうやのに、留守にしてしもて堪忍してな」

会いとうおました、と菊栄は、潤み始めた両の眼を瞬く。

挨拶もそこそこに、どうぞ奥へ、と幸は自ら客人を奥座敷へと誘った。


前栽に面した広縁は、女衆たちの手で磨き抜かれて艶々と美しく、楓の姿を映している。夏は涼風が吹きわたり、冬は陽射しの恵みを受けるため、亡き富久を始めとして、五鈴屋の女たちは、主従ともに、この場所を好んだ。

奥座敷の仏壇に手を合わせたあと、菊栄は、幸と広縁に並んで座る。

「ほな、昨日は紅屋だけやのうて、筑後座にも行かはったんだすか」

菊栄に問われて、ええ、と幸は首肯した。

「大坂に居られるのも、あと僅か。次は何時また来られるかわかりません。会えるうちに、と思って」

筑後座の人形遣いの亀三は、亡き智蔵が最も信頼を寄せていた友だった。幸にとっては、智蔵亡きあと、菊次郎との縁を取り持ってくれた恩人でもある。菊次郎はのちに、当代随一の人気歌舞伎役者、中村富五郎へと縁を繋いでくれた。

若い頃、富五郎と智蔵と亀三の三人は、各々に追い求める夢は違っていたが、互いに親しみ、励まし合い、修練の苦しい時代を乗り越えた、と富五郎から聞いている。

今回、亀三と再会できれば、まず何より謝意を伝えたかった。そして、叶うならば、当時の話を聞かせてもらいたかった。

「同じ人形浄瑠璃の、豊竹座は大層賑わっていたのですが、筑後座の方は人の気配もなく、幾度、戸を叩いても、誰も出て来られず、亀三さんとも会えないままでした」

声を落とす幸に、ああ、それは、と菊栄は慰藉の眼差しを向ける。

「五年ほど前に、人気作家が筑後座から豊竹座へ移ってから、筑後座はしんどそうやった。おまけに、ずっと筑後座を守り、盛り立ててきはった座主で座付き作家やったおかたが、先達て倒れはって、えらい具合がお悪いそうだすのや。筑後座も、今は小屋を開けるどころやないのと違うやろか」

堪忍したげてなぁ、と菊栄は優しく言った。父親の代から、紅屋は芝居小屋とも関わりがあるため、内々の事情に明るいのだろう。

火が消えたように静かだったのは、そうしたわけだったのか。五年前に智蔵の墓の前で再会した時、亀三は随分と疲弊してみえたが、今なお、試練の中にいることが切ない。

「菊栄さまのお陰で、よく事情がわかりました。亀三さんのことです、きっと恩人の枕もとに詰めておられると思いますので、今回は文で謝意を伝えます」

「それが宜しいやろなぁ。紅屋に届けてくれたら、亀三さんといわはるおひとに、確かに渡るよう出来ますよってにな」

任せなはれ、と菊栄は目を細める。昔は無かった縮緬皺が目もとに寄っていた。

風が生まれて、楓の葉を鳴らし、広縁に並ぶ二人の髪を撫でて奥座敷へと吹き抜けていく。風の音に混じって、おぎゃあ、おぎゃあ、と赤子の泣く声が微かに聞こえてきた。

――どないしたら、ややこは私のとこに来てくれるのだすやろか
四代目の女房だった頃の、菊栄の洩らした独り言は、今も耳の奥に哀しく残る。

同じことを思い出したのか、菊栄は、小さく頭を振った。

「子を産んで一人前――女にだけ、何でそないな枷があるのやら。紅屋の店主である兄も、『子が産める間に嫁にいけ』て、口喧しいて、かなん（敵わない）」

その台詞は、幸の眉間に深い縦皺を刻ませるに充分だった。

菊栄の生家である船場の小間物商、紅屋は、昔、耳搔き付きの簪で一世を風靡した。金銀細工、珊瑚や翡翠を用いた豪奢な簪であっても、耳搔きを付けるだけで、奢侈禁

止令を潜り抜けることが出来たがゆえである。

船場の嬢さんとして、鳴り物入りで四代目徳兵衛に嫁いだものの、四代目の放蕩を理由に離縁し、里へ帰った菊栄であった。しかし、代替わりで菊栄の兄が店を継いでから、商いが振るわず、廃業寸前まで追い込まれた。耳掻き付き簪は真似されて、何処でも売られたにも拘わらず、新たな工夫など一切しなかったためであった。

「菊栄さまの商才があればこそ、備前の鉄漿粉を紅屋で一手に引き受けて売り伸ばし、今の紅屋さんの身代を築けたのではないですか」

あまりのことに、幸は思わず声を尖らせる。

大坂には「女名前禁止」という掟があり、女は、店主にも家持ちにもなれない。紅屋は表向き、菊栄の兄が店主を務めてはいるが、実際に店を取り仕切っているのは、菊栄に違いない。その自覚があればこそ、菊栄の兄も、妹に「婿を取れ」と迫っていたはずではなかったのか。「嫁に行け」とは、つまり紅屋から追い出しにかかった、ということだ。

「一体、どの口が言うのでしょう。誰の力で暖簾を守れている、と思っておいでなのか。ご自分では何もなさらず、全て、妹の菊栄さまに任せきりのくせに」

怒りのあまり幸が吐き捨てると、菊栄はふっと目もとを緩めた。

「幸がそないに怒るの、珍しおますなぁ。何や、慰められます。おおきに」

店が左前になった時に里に帰った兄嫁が、一昨年、子を連れて戻ったのだという。

「鉄漿粉の商いも安泰やし、兄夫婦にしたら、もう私の力は要らんのだす。いずれ紅屋に私の居場所は無うなりますやろ」

「そんな」

あまりのことに、幸は絶句した。

菊栄の兄もその嫁も、何と身勝手なことか。そんな身内なら、いっそ、居ない方がましではないか――そう口にしかけて、幸は辛うじて留まった。

兄弟姉妹、血を分けた者に裏切られる口惜しさ、情けなさ、その気持ちの持って行き場の無さも、幸自身、骨身に沁みている。

唇を引き結び、じっと耐えている幸に、菊栄は、

「耳汚しなことを聞かせてしもて、堪忍な」

と、詫びた。

――商いに上も下もないし、男も女もない。いくら『女名前禁止』やぁいう掟を振りかざしてきたかて、そないなもんに負けてられへん
――この大坂で、商いの街で、女子かて当たり前に家持ちになり、店主になれる。

そんな時代に早うしとおますな

かつて耳にした、菊栄の台詞が蘇る。

優れた商才のある菊栄を、このままにしておいて良いのか、と幸は己に問う。

五鈴屋は、菊栄に恩があった。智蔵の代の時に、「背負い売り」という新しい形の商いを取り入れた時のことだ。留七（とめしち）と伝七（でんしち）に備前国の鉄漿粉の仕入れ先を、お客として紹介してもらった。紅屋の名と菊栄に対する信頼とがあればこそ、留七らは相手にしてもらえ、商いの縁は今なお続いている。また、幸が江戸に移って以後、何くれとなく五鈴屋大坂本店を気遣い、富久の月忌（がっき）には手を合わせに訪れてくれていた。

菊栄にとって好ましい形で、何か力になれることはないか。

五鈴屋の木綿商いの知恵も絞りだせぬままなのに、と我が身の不甲斐（ふがい）なさを思いつつ、考えずには居られなかった。

幸、と菊栄は呼び、宥（なだ）めるように、ぽんぽん、と軽く腿（もも）を叩く。

「まだ何も肝心な話をしてへんのだす。今からそない心配そうな顔せんといてなぁ」

柔らかに笑んだあと、菊栄は口調を違えて、

「私は私なりに、ちょっと考えていることがおますのや」

と、告げた。

考えていること、と繰り返す幸に、せや、と頷いて、菊栄は傍らに置いた巾着を手に取った。紐を解いて、中から縮緬の袱紗を取りだすと、膝に載せてそっと開く。

傍らから覗き込んで、幸は首を傾げた。

現れたのは、小さな鈴を鎖で繋いだ、何とも不思議な金細工であった。長い軸がある形状からすると、簪だと思われるのだが、幸の知る平打ちとも、ひとつ玉のものとも異なる。

「これは、簪でしょうか」

幸の問いかけに、ふん、と菊栄は甘やかに頷き、慎重に摘まんで目の高さまで掲げて見せる。

一本の金色の軸の先に、輪が取り付けられ、そこから五本の金鎖が垂れ下がる。鎖には、微妙に大きさの違う小鈴が、数多く繋がれていた。金一色ではなく、僅かに銀色の小鈴が混じるのも、何とも心憎い。

「髪に挿したら、歩く度に鎖が揺れて、こんな風に」

優しく簪を揺らせば、鎖が揺れて、鈴がしゃらしゃらと微かに鳴る。大坂でも江戸でも未だ目にしたことのない、美しく可憐な簪だった。

「何て美しい。いえ、美しいだけではなく、心が躍ります」

身を乗りだして食い入るように見つめる幸の姿に、菊栄はふっと頬を緩めた。

「まだ試みの品で、二本作ったうちの一本だす」

古来、花簪と呼ばれる豪奢な簪があった。花を模した簪は、何時しか一対のものとなり、「両差」と呼ばれて、左右の前髪に挿されるようになった。

「紅屋でも、季節になれば藤の花簪を扱うんだすが、それを見ていて、飾りが揺れる簪を思いついたんだす」

ただ、似たような考えをする者は何処にでも居るとみえて、新町廓でも、以前、梅の枝に色紙短冊をぶら下げた形の簪が流行ったことがあったのだという。

「せやさかい、真似にならんよう図案を考えて、先代から付き合いのある簪師に頼んで、作ってもらいました」

後ろ挿しには不向きだし、齢を重ねた女には似合わない。限られた者へ向けての品だが、求められる自信はある、と菊栄は語った。

藤の花簪を目にした誰もが、こうした簪を思いつくわけがない。また、たとえ思いついたとしても、こんな風に形に出来るはずもないだろう。

菊栄の才に、幸はただただ感じ入るばかりだ。

「これ、お守り代わりに、幸にあげまひょなぁ」

「いえ、それは」

簪を差しだす菊栄の手から逃れて、幸は全身で拒む。

手頃な品なら三十文ほどからあるが、上質な簪は七、八両。ましてや金銀細工、しかも別誂えとなれば、どれほど高価か知れない。

固辞する幸の耳もとに、菊栄は顔を寄せて囁いた。

「私はなぁ、この簪を縁に紅屋を出て、ひとり立ちするつもりだす。いずれ、江戸へ出ようと、そない思うてます」

「江戸へ」

驚きのあまり、幸は双眸を大きく開いて、菊栄を見る。

そう、江戸だす、と菊栄は頷いてみせた。柔らかな笑みは消え、代わりに不屈の強い意志が両の瞳に宿っている。

「代々に受け継いできた紅屋の商いやけれど、どれほど尽くしたかて、大坂では『女名前禁止』の枷から外れることは出来しまへん。どない生きても一生なら、私はこの足で立って、この頭を使うて、この手ぇで、自分の名ぁで、思う存分に商いをしてみとおます」

開いた右の掌を己の腿、頭、左腕に順に置いてみせて、菊栄は声を絞りだした。

菊栄の姿に、幸はかつての自分を重ねる。

大坂は商いの都ではあるが、女が自分の名で商いに携わることを許さない。ご寮さん、あるいはお家さんとして、奥向きを取り仕切ることで上手に主人を操れば良い、という考え方もある。しかし、その枠の中でしか生きることを許されないのは、やはり、途方もなく息苦しい。

菊栄さま、と幸は相手の名を呼び、身を乗りだした。

「江戸で五年暮らした身、菊栄さまのお力になれるやも知れません。いえ、お力にならせてくださいませ」

おおきに、と菊栄は頬の強張りを解いて、

「江戸に幸やお竹どんらが居てくれるだけで、どれほど心強いか知れまへん」

と、しんみりと打ち明けた。

何より周到であらねばならない。

せっかくの菊栄発案の簪も、あっと言う間に真似されてしまう。出し抜かれぬよう充分な数を揃えて、売り出しに備える必要があった。

「亡うなった先代は、職人を大事にしたし、耳掻き付きの簪で財を成した時、大坂の歌舞伎界を支えたさかい、父のお陰で、色々なひとが心を砕いてくれはります」

　紅屋の店も商いも、兄夫婦のものになる。その代わり、先代が築いた縁は、そっくり菊栄が引き継ぐ――そういうことなのだ。少し救われた思いで、幸はほっと緩んだ息を吐いた。

　菊栄は手にした簪を元通り袱紗に包むと、再度、幸の手を取り、開いた掌に袱紗を載せる。

「二本作ったうちの一本は私が持ってます。これは、幸に持っといてほしいんだす」

　幸も今度は、額づいて拝受した。

　広縁でお茶を飲みながら半刻（約一時間）ほど過ごして、菊栄は暇を告げた。

　幸とともに、鉄助とお梅とが、客人を表まで見送る。

「出立は長月二十二日やさかい、ひぃ、ふぅ、みぃ、よぅ、あと四日だすな」

　指を折って、菊栄は残念そうに頭を振った。丁度、備前国から来客があり、店を空けるわけに行かないのだという。

「ほな、菊栄さまの見送りはなしだすか」

　無念そうなお梅に、堪忍なぁ、と詫びてから、菊栄はさらりと続ける。

「見送りは無理やけど、来年の夏までに、一遍、江戸へ行ってみようと思うてます」

　江戸へ、と鉄助とお梅は揃って目を剝いた。

きききき菊栄さま、とお梅が裏返った声で言い募る。

「江戸だすで、江戸。難波や天王寺に行くみたいに、気軽に行ける所と違いますで」

「よう知ってます」

菊栄は、ころころと鈴を転がすように笑った。

「けどなぁ、お竹どんかて行かはった。幸は自在に往復してはる。旅路には難所も多いと聞くけんど、案じていてはきりがない。一遍、『花のお江戸』て言われるところを、この目ぇで見てみとおます」

さすがに一人旅では物騒なので、紅屋出入りの行商人に、江戸までの同行を願い出るつもりだという。

「はぁ、菊栄さまは度胸がおますのやなぁ」

感服の声を洩らして、お梅は頭を振っている。

鉄助どん、と幸は番頭を呼んだ。

「鉄助どんも来年、江戸へ出てくることになっていましたね。差し支えがなければ、ご一緒させて頂いたらどうかしら」

江戸と大坂、店同士の遣り取りは文で済ませているが、どうしても、それのみでは子細のすり合わせが叶わない。豆七らを江戸本店に移すこともあり、来年は様子を見がてら、番頭の鉄助に、江戸に来てもらうことになっていた。

江戸本店店主の提案に、へぇ、と鉄助は首肯した。

「『旅は道連れ』言いますよって、是非、そないさせて頂きとおます」

「ほんに心丈夫だす。おおきに、幸、鉄助どん」

この通りだす、と菊栄は言って手を合わせてみせる。

どんどんと菊栄の東下りが固まっていくのを目の当たりにして、お梅は悩ましげに首を左右に振った。

「菊栄さまみたいに、軽々と江戸へ行けたら、宜しおますやろなぁ。私かて、お竹どんに会いとおます」

お竹どん、どないしてはるやろか、とお梅は長々と溜息をつく。

五鈴屋に女衆奉公に上がって、四十年近い歳月をお竹とともに過ごしたお梅だった。五年前にお竹が江戸へ移り住んだ時から、生き別れは覚悟の上だろうが、その胸中は察するに余りある。

湿り気を帯びた雰囲気を払うように、お梅どん、と菊栄が馴染みの女衆を呼んだ。

「ほな、あんさんも一緒にどない？　路銀は私が持ちますよって、お供してくれへんやろか」

さらりとした菊栄の物言いに、滅相な、とお梅は仰け反ってみせる。

誰もが菊栄の軽口だと受け止めて、明るく笑っていた。


小間物商の紅屋が専ら鉄漿粉だけを商う店は、南久宝寺町にある。早足で歩けば、小半刻（約三十分）ほどの距離だ。菊栄と別れ難く、幸は途中まで見送ることにした。

互いに思うことが多々あり、口数の少ない道行きになった。

天神橋を渡り、あとは東横堀川沿いを、ひたすら南に下るだけだった。

「幸、もうここらでええよ」

高麗橋まで辿り着いたところで、菊栄は足を止める。

きりがないのだが、それでもやはり名残惜しく、ふたりはその場に佇んで、橋向こうに目を遣った。

西詰にあるのは、間口の広い綿問屋で、岸に寄せた船から大量の綿が担ぎ込まれている。俵状に詰められた綿には「和」「河」と墨書された紙が貼られ、摂津国のあちこちの綿が集められていることがわかった。

「紅屋では、女衆は、五十過ぎたら自分から去んでいくんだす。表の奉公人なら暖簾分けやら暇銀やらがおますけど、女衆は僅かな心づけだけ。さぞかし心細かろう、と。

奉公先を出たら、縁者も無うなった里に帰るしかないんだす」

若い頃は、そんな女衆の待遇に、何の疑問も抱かなかった。年齢を重ねるに従って、それで良いのかと思う——菊栄の静かな語り口に耳を傾けて、幸は気づく。先のお梅に対する申し出は、軽口に見せかけた本心なのだろう。せめて、会いたいひとには会わせてやりたい、と菊栄は心からそう思っているのだ。

幸たちの傍らを通って、大きな風呂敷包みを背負った奉公人たちが高麗橋を渡っていく。界隈には呉服商が多く、屋号入りの風呂敷包みの中身は反箱に違いない。絹織を背負っていても、奉公人の纏うものは木綿の綿入れに木綿の帯だ。お仕着せでない自前の着物でも、紬が許されるのは二十半ばを過ぎねばならなかった。表の奉公人は、そんな細かい仕来りの中で揉まれて、一人前の商人に育っていく。だが、女衆にはそうした道は一切、拓かれてはいない。

「女衆やった幸が、五鈴屋の七代目になり、江戸へ出た。その一事に励まされる女子は、この大坂には仰山いてます」

菊栄は高麗橋通りに目を向けたまま、穏やかに告げる。

幸は黙って、菊栄の美しい横顔に見入っていた。

「立場は違うけんと、私も『やってみよう』思うたんは、幸が気張ってはるからだす。

江戸で、何ぞ一緒に出来たら嬉しおます」

幸の方へと向き直って、ほな、江戸で会いまひょなぁ、と菊栄は晴れ晴れと言った。

一礼して、こちらに背を向けて歩きだしたひとを、幸はその場に佇んで見送る。小女も連れず、背筋を伸ばして姿勢よく歩く姿に、皆が自然に振り返った。

同じ小間物という括りだが、自ら大坂に持ち込んだ鉄漿粉に固執せず、簪に活路を見出そうとしている菊栄。恐れも不安もあるだろうが、あの美しい、心躍る簪に賭ける心意気を見習わねば、と幸は思った。

長月二十二日、未明。

天満の街はまだ深い眠りの中にあった。真上に弓張り月、視線を巡らせれば、漆黒の空に神々の手で、錨や柄杓、鼓までもが配されている。東天の近い位置に、ひと際明るく輝くのは、明けの明星だった。

天満天神社に参り、旅の無事と商いの加護を願ったあと、明けの明星に導かれるように、幸は豆七とともに高島店を目指す。

「これが今生の別れになるやも知れん」

別れの挨拶に現れた幸を座敷で迎えて、孫六は洟を啜った。脇から周助が、

「親旦那さん、そないな弱音を吐かはったら、白寿の柳井先生にまた叱られますで」と、穏やかに宥める。

幸もまた、親旦那さん、と和やかに孫六を呼んだ。

「今回はあまり楽しいお話が出来ませんでしたが、次は必ず、良い知らせをお持ちします。どうか、寿命を延ばしてお待ちくださいませ」

幸の言葉に、孫六は鼻と眼を赤くしつつも、うんうん、と頷いてみせた。

表の奉公人、奥向きの女衆たちにあとのことをよくよく頼んで、周助に送られて表に出れば、旅仕度を終えた大吉が待っていた。

八代目、と幸は周助を呼んで、改めて丁寧に謝意を伝える。

本来、太物商いとは関わりのないはずが、江戸本店のために、今後も惜しみない協力を約束してくれた八代目であった。どれほど感謝しても足りない。

当然のことだす、と応じたあと、周助は両手を前に揃えて、深く辞儀をする。

「七代目、豆七と大吉のこと、どうぞ宜しゅうにお頼み申します」

「はい、大切に預からせて頂きます」

幸もまた、心を尽くして辞儀を返した。五鈴屋七代目と八代目の間の遣り取りを、豆七と大吉が胸に刻むように見つめていた。

連れ立って本店に戻り、朝餉を済ましたあと、豆七と大吉は、鉄助に呼ばれて店へ顔を出す。離れでは、治兵衛お染夫婦が梅松と話し込んでいた。

身の回りを確かめ、心残りのないよう、幸は仏壇にもう一度、手を合わせる。

「梅松さんの分は、私が握りますよってにな。梅干は種を取って、よう叩きますのやで。香々も、余分にこっちに寄越しなはれ」

台所から、お梅の声が聞こえる。若い女衆たちと一緒に握り飯を用意しているのだ。

「お梅どん、手伝って頂戴な」

奥座敷から台所へと、幸は声を張った。

旅装束に欠かせないのは菅笠に手甲、脚絆で、幸が身につける手甲と脚絆は、ともに藍染めの丈夫な木綿地である。たかが布一枚、と思いきや、陽射しや汚れ、怪我などから守ってくれる心丈夫な旅の供であった。

手甲の紐を手首に巻きつけて、ぎゅっぎゅっと結び終えると、お梅は、

「つい先に江戸から帰らはったと思うたら、もう江戸へ発たはる。日ぃが経つのが早すぎて、ほんに寂しおます。ひょっとしたら、ご寮さんが居はったんも、夢やないか、て思うてしまう」

と、涙声で訴えた。

お梅どん、と幸は思案を巡らせつつ、切りだした。

「菊栄さまのことだけれど、江戸へ出ておいでの時、紅屋出入りの行商のひとに同行を頼むつもりだ、と仰(おつしや)ってましたね」

七代目の台詞に、いきなりどうしたのだろう、と面食らった様子で、へぇ、とお梅は応えた。

「鉄助どんも一緒に行く、て話になってました」

そうだったわね、と幸は相槌(あいづち)を打つ。

「鉄助どんなら気心も知れているし、旅にも慣れているから安心だわ。仮にもうひとり、女のひとが一緒だと、菊栄さまも、もっと心丈夫だと思うの」

「そら、そうだすなぁ。行商のひとも男はんやろし、厠(かわや)に行くにも、お風呂(ふろ)使うにも、何かと気詰まりだすなぁ」

お梅がそう返したところで、幸は相手の方へ僅かに身を傾けた。

「五鈴屋にとって恩のあるかたの、初めての東下りです。お梅どん、江戸まで菊栄さまの供をしてもらえないかしら」

「へぇ……。へっ、へぇ？」

七代目の台詞を理解したのだろう、お梅は大きく後ろへ仰(の)け反(ぞ)った。

「ご寮さん、この私が江戸へ？　江戸へ行くんだすか？」

ええ、と幸は厳かに告げる。

「菊栄さまのお供をなさい。江戸で待っていますからね」

「ええええ江戸、江戸て。この私が江戸て」

腰が抜けたようになっているお梅を座敷に残して、幸はすっと立ち上がる。

事の次第を鉄助に話して、あれこれと算段を整えてもらわねばならなかった。

天と地の境目に残っていた曙色も消え、頭上には一筋の雲さえ留めない。

躊躇いのない真澄の空に挑むように、広げた羽で風を切り、白い腹を見せて、鷹に似た鳥が一羽、空高く旋回している。

ひょひょ、ひょひょひょ

ひょひょ、ひょひょひょひょ

勇壮な姿に比して、鳴き声は、思いがけず可愛らしい。

「上天気で、ほんに宜しおました」

旅立ちにはええ日和だすなぁ、と番頭の鉄助は、眩しそうに空を仰いだ。

旅装束の七代目、手代、丁稚、それに型彫師が、大坂本店の奉公人たちと治兵衛お染夫婦に見送られて、発つところだった。

「豆七、大吉、道中は教えた通りにしますのやで。ほんで江戸に着いたら、ようよう気張ってお店の役に立ちなはれや」

大真面目に告げる鉄助に、お梅が傍らから、

「鉄助どん、何遍めだすか。口が酸っぽうならへんか、心配しますがな」

と、軽口を叩く。

名残惜しいのは五年前と同じだが、今回は少し様子が違う。おそらく、七代目が江戸から一旦戻ったことで、天満と江戸との気持ちの距離が縮まったのだろう。

「五鈴屋の皆さんに、ほんまにようして頂いて。どないお礼を言うてええのやら」

梅松は腰を落とし、一同に深く頭を下げる。背負った風呂敷包みがずれるのを、お梅が慌てて直した。

本店に奉公に上がり、十年近くを過ごした豆七、ふた親亡きあと、柳井道善に引き取られて育った大吉、ともに大坂を発つ寂しさを堪えて、皆に丁重にお辞儀をした。

目を凝らせば、薄く透けそうな破鏡の月が、西の空にまだ残っている。幸は月を見上げて、十三夜の文次郎の言葉を思い出していた。

――木綿を商うなら、今は大坂より江戸の方がずっとええ

木綿問屋から恨まれることを承知の上で、江戸本店の木綿商いに手を貸してくれるひと。その思いを決して無駄にしない。

江戸で「五鈴屋の太物商い」の花を咲かせよう。

蟻(あり)の眼で小さな機会も見逃さず、鶚(みさご)の眼で商いの潮流を探り、「買(こ)うての幸い、売っての幸せ」となる木綿商いをしよう。

幸の決意を確かに聞いた、とでも言いたげに、鶚がひょっひょっと鳴き声を上げて東の空へと消えていった。

幸と梅松を守るように、豆七が先頭、大吉が一番後ろから、天神橋を目指して歩きだす。鉄助たちは店の表に留まって、四人を見送った。後ろ髪を引かれるように、振り返り、振り返りしながら、梅松は歩く。梅松の視線の先に、お梅が居た。

何も言えない梅松に代わって、幸は大きく声を張る。

「江戸で待っていますよ」

誰もが鉄助に向けて発せられたものだと思っただろう、ただひとりを除いては。

京街道から東海道、あとは只管(ひたすら)、北へ北へと進む。

往路で茂作が話していた通り、復路は紅葉の只中(ただなか)であった。

桜や銀杏、楓や八つ手、欅など樹々が彩豊かに色づき、目から慰めを得る。また、陽射しも柔らかで、雨に祟られることも少ない。旅人には何よりの季節だった。

大津から関まで進んだあたりで早朝、霜を見た。庄野、石薬師、と過ぎれば、榎の樹下に一里塚。江戸日本橋からここまで丁度、百里の道標だった。日永の追分で自然と、梅松と幸の足が止まった。

伊勢街道は、今日も多くの旅人で大層賑わっている。

梅松は生まれ故郷の方角に向かって、静かに頭を垂れ、手を合わせた。位牌も持ちだせず、墓参も叶わぬ両親へ詫びているのだ、と察せられた。

白子で苦労している型彫師たちを、幸は思う。往路で聞いた、誠二という名の若者を思う。木綿も伊勢型紙も、真っ当な精進が正しく報われるものであってほしい。ともに手を携えて、何か新しいものを生みだせないだろうか。

願いはあれど、何をどうするのか、まだ何も思い浮かばない幸だった。

「えらい待たせてしもて」

長い祈りを終えて、ほな行きましょか、と梅松は三人を促した。両の眼が赤くなっていた。

浜松で長月から神無月になり、陽の短さを肌で知る。いつも頼っていた茂作を欠く旅路ではあったが、東海道は伊勢詣でを済ませた旅人たちで賑わい、心細さは少ない。また、鉄助から周到な指図を受けた豆七と大吉が、充分な気働きを見せた。川止めにも遭わず、関所でもさほど手こずらず、予定通り二十日で、一行は江戸に入る。立冬を翌日に控えた、昼過ぎのことであった。


日本橋から馬喰町、浅草御門を抜ける。

豆七と大吉は長旅の疲れも忘れて、目まぐるしく変わる情景に夢中で見入っている。

「夢やないやろか、大吉、私らほんまに、今、江戸に居てるんやろか」

「へぇ、豆七どん、夢やない、て思います」

ふたりは熱に浮かされたように言い合った。

葉月に旅立って、戻りは神無月。正味、二か月ほどの不在だったのだが、幸には無事に戻ったことの喜びが大きい。改めて、この江戸が自身の住処だと思う。

御蔵前で梅松は立ち止まり、夕映えの気配が漂い始めた大川沿いを指し示した。

「力造さんらが心配してるやろから、私はこの道を行きますよって」

家族同然の力造一家のもとへ一刻も早く、との気持ちが透けて見えて、微笑ましい。長旅を労い合って、梅松とはそこで別れた。

幸は豆七と大吉を連れて、武家屋敷を縫うようにして近道を行く。東本願寺の裏門を左に見て進み、辻に出たところで立ち止まって東に延びる通りを二人に指し示した。

「真っ直ぐ行けば広小路、浅草寺の雷門があるところよ。そして、五鈴屋は」

言いかけて、幸は言葉途中で声を呑み込んだ。

浅草寺参りの善男善女で大層賑わう通りに、笊を手にした初老の女が現れて、きょろきょろと周りを見回している。棒手振りでも探しているのだろう。

「あっ、お竹どん」

豆七が気づいて、嬉しさのあまり、地面を蹴って走りだした。

「お竹どん」

豆七の声は、確かに耳に届いたのだろう。こちらに目を向けたお竹は、幸たちを認めて双眸を見開く。刹那、佐助たちを呼ぶべく、店へと駆け戻っていく。

第十章　出藍(しゅつらん)

「恵比須講(えびすこう)て何だす？　誓文払(せいもんばら)いと、どない違うんだす？」

蔵の方から、豆七の声がしている。

ああ、それは、と応じているのは賢輔だ。

「江戸の商家の行事だす。恵比須さんのお祭りやさかい、大坂の十日戎(とおかえびす)のようなもん、て言うたら宜(よろ)しいやろか」

台所で汚れた器を洗っていた大吉が、一心に耳を澄ませている。その様子を見て、幸とお竹は互いに視線を絡めて微笑(ほほえ)んだ。江戸に移り住んで八日ほどになるが、豆七も大吉も、ここでの暮らしに慣れようと懸命なのだ。

神無月(かんなづき)、二十日。

江戸の商家では「恵比須講」と言って、この日に恵比須さまを祀(まつ)り、親類縁者を招いて祝宴を開き、商いの盛んなことを祈る。幸たちも江戸に移り住むまでは知らなかったし、五鈴屋江戸本店（ほんだな）は取り立てて祝いはしない。ただ、大店（おおだな）などは大層盛大に行うため、町人の礼装である裃（かみしも）姿が街のあちこちで見受けられた。

「七代目、居（お）ってか」

まだ暖簾（のれん）を出していない入口から、聞き覚えのある声がした。案内を待たずに土間伝いに姿を見せた相手を、幸は満面の笑みで迎える。

「菊次郎さま、ご無沙汰（ぶさた）いたしております」

「無事に戻ったんやな。遣（つか）いをもろて安心しましたで」

待ちわびてましたのや、と歌舞伎（かぶき）役者、菊次郎は口もとから白い歯を零（こぼ）してみせた。

「店の方へ寄せてもらうんは久々やが」

店開（たなあ）け前の表座敷を、菊次郎はしげしげと見回した。

撞木（しゅもく）に掛かるのは、江戸っ子好みの縞木綿（しまもめん）が殆（ほとん）どだ。色鮮やかな呉服が掛けられていた去年までに比べると、どうしても、店の中が沈んで見える。

ただ、太物（ふともの）は絹織ほど光や塵（ちり）を気にせずに済むので、東側の壁に、新たに小さな明かり取りを設けた。そのため、店の中は、決して暗くはない。

「以前とは、随分と雰囲気が違いますなぁ」

菊次郎は気遣うように、主従を見やった。

芝居小屋の役者、懐豊かな町人等々、それまで五鈴屋江戸本店の呉服を目当てに、足繁く通っていた常客らは、悉く、日本橋音羽屋へと流れていた。また、その店の女主人は、夫の音羽屋忠兵衛の伝手を存分に生かして、大奥や大名家にも食い込み、店の名と自身の顔を売っている、と専らの評判だった。

「五鈴屋は手頃な呉服を売れ筋にしてはったが、それでも太物の値ぇは、その二割程度、下手すると、もっと安い。なかなか難儀なことと違うか」

太物、とひと口に言っても、舶来の唐山は七両、薩摩上布の上等は十両ほどにつく。五鈴屋は端からそうしたものは扱っていない。

太物をどれほど売り上げたところで、呉服を商っていた頃には到底及ばないだろう、と菊次郎は五鈴屋江戸本店の行く末を案じた。

「初めのうちは、仰るように、難儀ばかりに目が行きました」

正直に打ち明けて、けれど、と幸は目もとを和らげて続ける。

「汗や水気を拭く手拭いに、絹織を用いることがないように、暮らしの中に太物、ことに木綿は欠かせません。呉服商いの時には、なかなか暖簾を潜って頂けなかったかたにも『ちょっと覗いていこうか』と思って頂けるようになりました」

仲間を外れて暫(しばら)くは、明らかな意図をもって悪意のある噂(うわさ)をばら撒(ま)かれ、新たなお客を得ることは難しかった。

しかし、これまでの五鈴屋の商いに対する姿勢を知る者はもとより、間違いのない太物を手頃な値で手に入れたい、と願う者たちの支持を得て、五鈴屋の太物商いは、着実に伸びている。

「今はそうしたご縁を大切にして商いを育て、いずれ『五鈴屋だから出来ること』を考えたいと思います」

店主の言葉に、佐助を始め、奉公人たちが頷(うなず)くことで賛意を表す。新たな盛運の芽生えは、既に五鈴屋の主従の胸に在った。

「大坂へ帰ったのが、よっぽど良かったんやろ。あんさん、今、ええ顔してますで」

菊次郎は晴れやかに笑ったあと、すっと居住まいを正す。

「七代目、覚えてなはるか。あんさんが郷里に戻る前の約束を」

はい、と幸は深く頷く。忘れるわけがなかった。

「今年の顔見世(かおみせ)で、吉次さんが二代目菊瀬吉之丞を襲名されるので、装束(しょうぞく)のことで太物商いの五鈴屋に何か頼めることはないか考えておく。そう仰っておられました」

「せや、よう覚えてなはる。お陰さんで、予定通り、兄の追善公演を市村座でさせてもらうことになりましたんや。それを以て吉次は二代目菊瀬吉之丞となります」

予め聞かされていたとはいえ、十一歳の頃から知っている吉次が、名優の誉れ高き吉之丞を襲名するのだ。どうにも胸が弾んでならない。

幸は畳に両の手をついて、おめでとうございます、と寿いだ。すぐ後ろに控えているお竹と佐助も、祝福を口にして、丁重に頭を下げる。

おおきに、と神妙に応じて、菊次郎もまた、お辞儀を返した。

「ついてはな、ようよう考えたんやが、あんさんとこに、吉次が楽屋で寛ぐための浴衣を任せたい、と思いましてな」

浴衣、と幸は繰り返す。

ぱっと思い浮かんだのは、中村座の楽屋裏で見た役者たちの浴衣姿だった。

浴衣は本来「湯帷子」と言って、湯上りの汗を拭うために用いるものだ。大昔は麻で仕立てられていた。しかし、汗や水気をよく吸うのは、木綿なればこそ。花川戸の湯屋で、女たちが木綿地のものを肌に直に纏い、脱衣場でお喋りに興じる姿を目にしたことがある。

芝居小屋には風呂があり、役者たちはそこで汗や化粧を落とし、浴衣に着替えて楽屋で寛いでいた。湯上りの身拭いというより、楽屋着とでも呼ぶべきものだ。

行水のあとの吉次の浴衣姿を、幸は思い返した。

「以前、吉次さんは有松絞りの浴衣をお召しでした。今回も、絞り染めをお望みでしょうか」

美しい吉次には、華やかな絞り染めがよく映るだろう。

だが、いやいや、と菊次郎は開いた掌を左右に振ってみせた。

「あれは贔屓筋から贈られたもんや。吉次の好みは、私の兄の吉之丞と同じ、無地やさかいに」

菊次郎の返事に、幸は思わず「そうでした」と声を洩らした。

菊次郎宅で初めて吉次に会った時、無地の藍染木綿の綿入れ姿だったことを思い返す。見目麗しい吉次には、艶やかな衣装を着せたくなるのが人情だろう。だが、あの時の静謐な佇まいは、目の底に焼きついて忘れ難い。

「身びいきに聞こえるかも知れんが、あれは歌舞伎界の宝。初代よりも大きいになりますやろ。兄からの預かりものやよって、大事に守り育てるんが、私の残りの人生かけての務めと思うてる」

二代目を襲名したら、周囲から異様なほど持ち上げられるに違いなく、本人が勘違いをすることがあってはならない。また、妬み嫉みも押し寄せることになり、下手をすれば潰されかねない。

「舞台の上では、日本橋音羽屋の絢爛豪華な装束を着たとして、部屋では慎ましい浴衣で居させたい、と思てますのや。初心を忘れんためにもなぁ」

菊次郎の考えに耳を傾けて、幸はつくづく、吉次は良い師匠に恵まれた、と心を揺さ振られる。

初対面の時の吉次の綿入れにも、師の弟子への想いが溢れていたことに、今さらながら感じ入った。

承知いたしました、と幸は両の手を畳に揃える。

「では、肌馴染みの良い、薄手で汗をよく吸う木綿の白生地を用いて、藍染めにいたしましょう」

青は藍より出でて、藍より青し——藍草を用いて染めたものは、もとの藍草よりもさらに青い。即ち、教えを受けた弟子が、師匠を超える、という意味だった。

「『出藍の誉れ』やな。吉次の門出に相応しい」

幸の考えを正しく汲んで、菊次郎は満足そうに頷いた。

「菊次郎さま、顔見世は霜月朔日でしょうか」

「いつもはそうなんやが、今年は閏年やさかい、閏霜月の方の朔日になる。霜月か閏霜月か、どっちにするかえらい揉めたそうやが、結局、そない決まりましたのや」

閏霜月、と幸は小さく繰り返した。

ひと月が二十九日の「小の月」、三十日ある「大の月」。

一年は、「小の月」「大の月」を織り交ぜて十二月。ただ、月の満ち欠けを基に暦を作れば、いずれ季節との間にずれが生じる。これを調整するため、およそ三年に一度、「閏月」というものが設けられて、一年は十三か月となる。

十三か月のうち、どの月が二度繰り返されるかは、毎回異なっている。今年は霜月が二度。閏霜月があるのは、元文二年（一七三七年）以来、実に十九年ぶりだった。

――今年は閏霜月で、もう一遍、霜月がある。何やもうこの家で二回も霜月を過ごすのんが嫌になった

十九年前、そんな台詞を残して、菊栄は四代目徳兵衛に見切りをつけ、五鈴屋を去った。菊栄の言葉は、痛みを伴って幸の胸に刻まれている。

吉次の二代目吉之丞襲名が、奇しくも閏霜月。吉凶禍福、この度の吉次の襲名を福にしたい、と切に願う。

「精一杯、努めさせて頂きます」

懇到に言って、幸は額ずいた。

「ひと月、余分にあるさかい、充分間に合いますやろ」

しっかり頼みましたで、と菊次郎は念を押した。


見慣れた麻の葉紋様。

蜘蛛の巣の柄に見える有松染め。

波や、燕、柳など色々な紋様を繋いだもの。

板の間に広げた敷布には、それら三枚の古手が置かれている。麻の葉紋の地色は黄、梔子の実を用いて染めたのだろう。有松染めは苅安色、そして最後の一枚は藍色だった。三枚とも木綿地で、美しい染め色から染物師の苦心が読み取れる。

「これ、三枚とも浴衣だすか」

佐助に問われて、へぇ、と賢輔が頷いた。

「支配人が、『口で説明するより、実物を見てもらう方がええ』と言わはって」

今朝、吉次の浴衣を請け負ってすぐ、近江屋の支配人に、浴衣についての教えを請う文を書き、賢輔に託した。文を読み、さらに子細を賢輔から聞いた近江屋が、親切にも見本を持たせてくれたのだった。

見易いように、賢輔は古手を一枚ずつ広げてから、少しずらして敷布の上に並べる。

「湯屋で身ぃ拭うんは手拭いで充分だすよって、湯帷子て、使うたことがおまへん。私は、見るんも触るんも初めてだした」

さいな、とお竹が賢輔に賛意を示す。

「木綿の着物は持っててても、浴衣て、縁がおまへんよってなぁ」

小頭役のひと言に、支配人の佐助も「そらそうだす」と相槌を打った。

「木綿の単衣は着古したら生地も薄うなるさかい、それを使うたらええ話やと思います。以前、近江屋さんに賢輔どんとふたり、お世話になっていた頃も、木綿の着物は古手でよう出回りましたけんど、浴衣て、滅多と出ませんでした」

なぁ、賢輔どん、と支配人に水を向けられて、「へぇ」と手代は頷いた。

「襦袢やら湯文字やら褌やらと一緒で、肌に直に着るもんやさかい、扱いも、自ずと違うてくるんやないかと」

木綿の反物から仕立てられたものは、くたびれると解いて赤子の襁褓にしたり、雑巾にしたりして、最後は、竈の灰になるまで使い切られる。そうした過酷な使用に耐え得るのが、木綿の底力でもあった。

ただ、そこまで着古される前に、木綿の着物は、古手市場に流れて、新しい持ち主のもとに渡る。しかし、浴衣を手放す者は、あまり居ないという。

「今、近江屋さんにある浴衣はこれだけだした。この三枚とも、芝居小屋から買い上げた品で、もとは役者の持ち物やった、と聞きました」

賢輔の説明に、なるほど洒落ているわけだ、と幸は頷いた。

奉公人たちには縁のない湯帷子だが、主筋は使用する。五鈴屋では富久の頃から「汗取り」と呼んで、酷暑の時に汗を取るために用いていた。だが、富久のそれは、古手の着物を解いて仕立て直した、極めて慎ましいものだ。もとより人目に触れるわけではないので、それで充分だった。

役者が芝居小屋などで着る浴衣なら、そういうわけにもいかない。

「この一番手前の浴衣は、もしかして手拭いを繋げたものでしょうか」

波、燕と柳、牡丹、と色々な紋様を繋いだ浴衣を幸は示す。その一枚だけ、他のものと違い、生地が僅かに波立って見えた。

へぇ、と応じて、賢輔は前身頃を捲る。

「仰る通り、手拭いを何枚も繋いで、浴衣に仕立てたものだす」

本来は身拭いなので、手拭いを繋ぎ合わせたものは用途にぴったりだった。

「知恵だすなぁ」

佐助が唸っている。

幸は有松染めの一枚を手に取った。お竹どん、と小頭役を傍に招いて、一緒に仕立を検める。

袖は広袖と呼ばれるもので、襦袢と同様に、袖口を縫い合わせず、開けてあった。衿は棒衿ではなく撥衿、女用の仕立てと思われる。

縫い慣れた長着とは異なるが、五鈴屋の主筋の使う「汗取り」と変わらないことに、ほっとする。

「広袖やさかい、風がすうっと通って涼しいおますなぁ」

「撥衿だと胸もとが着崩れにくいわね」

仕立ての師匠と弟子は、吉次の浴衣を念頭に、丹念に隅々まで眺めていた。


河内木綿は糸が太く、生地も厚い。一反の重さは二百匁を超える。

医師の柳井道善のお気に入りだった和泉木綿は、生地が薄く柔らかで、河内木綿の半分ほどの重さだった。幸の郷里の津門村の木綿は、柔らか過ぎず、固過ぎず、河内木綿と和泉木綿の丁度、中間のように思われる。

染物師の家の座敷では、先刻から力造が、和泉木綿と津門村の木綿とを前に、頭を抱えていた。

「そうさなぁ」

広げた木綿の白生地二反を、幾度も触って確かめて、力造は悩ましげに呻（うめ）く。

「身拭いってぇんなら、和泉木綿の方が、肌に優しいから良いように思うんだが、着たままうろうろするには、どうにも落ち着かない」

「私には、どうもわからないんですけどね」

悩む亭主を見かねてか、お才は脇（わき）から口を挟む。

「浴衣ってのは、肌着とか寝間着みたいなもんですよねぇ。肌着姿なんざ、人前に晒（さら）すものじゃないと思うんですよ」

恥ずかしくはないんですかねぇ、とお才はくよくよと頭（かぶり）を振った。

お才と同じ気持ちなのだろう、力造と梅松は互いに眼差しを交わして、微（かす）かに頷いている。

浴衣は本来、湯帷子であることから、力造たちがそう思うのも、無理からぬ話ではあった。幸にしても、同席しているお竹にしても、中村座の舞台裏を覗いたことがなければ、同じように思ったかも知れなかった。

中村座で見た情景を思い浮かべて、幸は出来る限りわかり易く伝えようと唇を解く。

「例えば、舞台が終わったあと、お風呂で化粧と汗を流し去って部屋に戻る時、浴衣だけで済むのは、どれほど気軽でしょうか。役者さんにとって、芝居小屋の楽屋は自分の住まいと同じ、座員たちは家族と同じですから、『人前に晒している』という気持ちはまるでないかと思います」

役者でなくとも、暑くて寝苦しい夜、家族の前だけなら、襦袢なり汗取りなりで過ごすことはあるだろう。

七代目の言い分に、お竹が首肯してみせた。

「如何にも肌着とわかるような、晒し木綿の白生地やったら、目のやり場にも困りますやろ。けんど、染めてあったり、模様がついてたりしたら、見逃してもらえるんやないかと」

お竹の言い分を聞いて、力造お才夫婦と梅松は考え込んだ。

広げられた白木綿をじっと眺めて、梅松が、

「白生地のままやったら、肌着にしか見えへんけれど、縞やったり、染め色が入ったりしたら、そない恥ずかしいないかも知れん」

と、迷いつつも認めた。

「身体の形が透けないなら、まぁ……ねぇ……」

お才も、妥協を口にする。

眉間に皺を刻んでいた力造が、そうさな、と顔を上げた。

「要は、肌着に見えない浴衣を作る、てぇことか。そのために染める、と」

悩みつつ、その答えに辿り着いたのだろう。力造は、津門村の木綿を手に取った。

「それなら、生地に張りのある方が、相応しかろうと思いますぜ。あと、藍染めってことですが」

力造は言葉を選びながら、思案顔で話を続ける。

「この三年ほど、うちの染め場で藍甕を育てているんだが、思うようにいかない。まだまだ修業が足りねぇんですよ。注文の品を万が一にも仕損じるわけにはいかねぇから、信用できる紺屋に任せた方が良い」

力造に藍染めの手解きをしてくれた紺屋で、腕も確かだという。染めには力造も立ち会い、間違いないよう仕上げる、とのこと。実直な染物師らしい台詞だった。

同じ生地を追加で運ぶことを約束し、宜しくお願いします、と五鈴屋本店店主と小頭役は、染物師に頭を下げた。見送りを辞して、ふたりは力造宅をあとにする。

じきに小雪、大川端を歩いていると、川風が身を斬るほど冷たい。

大川は深い藍色を湛えて、滔々と流れる。川に設けられた板場で、染物師たちが、水元の作業に勤（いそ）しんでいた。

竹町（たけちょう）の渡しを離れて、一艘（そう）の舟が、心細げに波間を進む。船頭の差す竿（さお）が撓（しな）るのに眼を止めて、幸はふと思う。

川に橋を架けるように、ひととひととの縁を繋いで、まだ見ぬ世界へ行きたい。ずっとそう願い続けてきた。

橋は、両側から自在に行き来ができてこそのもの。

身分を問わず、奢侈（しゃし）禁止令にも触れず、気軽に手に入れて、身に纏うことが出来る。そんなものを生みだせたなら……。木綿よりも呉服に重きを置くひとにも、あるいは、古手のほかには生涯、縁がない、と思っているひとにも、手に取ってもらえるようなものを商えたなら。

それが叶（かな）えば、太物の世界に、大きな橋を架けられるのではないか。

まずは、その手掛かりとして、吉次のためにあらゆる工夫を凝らした浴衣を作ろう。何時（いつ）の日か、橋を架けるために。

唇を引き結んで思案に暮れる店主の姿を、小頭役は少し離れて見守っている。

藍染めには、藍の葉を乾燥させ、さらに発酵（はっこう）させた「すくも」が用いられる。

藍師と呼ばれる者から「すくも」を得て、染物師が藍建てをし、藍染め液を作って染める。白生地を染める際、不思議なことに、液の中では発色しない。引き上げて風を切ることで、初めて、布は青色を纏う。

藍甕に浸け、引き上げて風を切る、という作業を繰り返すことで、布は淡い水色から濃い青へと染まっていく。

藍染め液をさっと潜らせた薄い色は、藍甕をちらりと覗いただけ、という意味の「甕覗き」というゆかしい名が与えられている。極めて淡い色から「これ以上、濃く染められない」という意味を持つ「留紺」に至るまで、「浅葱」「縹」「御納戸」等々、藍染めには、実に多彩な色があった。

「お預かりした白生地で、染めさせてもらいましたぜ」

霜月九日、店開け前に五鈴屋を訪れた力造は、表座敷に上がるなり、風呂敷包みを開いた。中から現れたのは、無地の木綿の反物が三反。いずれも藍染めで、少しずつ色が違う。

「真ん中のが本来の藍色、左側の少し薄いのが縹、右側が濃藍です」

皆が見易いように、力造は三反とも少しずつ解いた。五鈴屋の主従は吸い寄せられるように反物に見入る。

木綿に染められた藍の美しいこと。濃淡の違いはあるが、いずれも清浄でこちらの背筋まで伸びるようだ。常に身近にあって親しんでいる色のはずが、改めてじっくり見れば、その潔い美しさに胸を打たれる。

「昔、京の巴屋さんの口利きで、絹織を藍染めするところを、見せてもろたことがおましたが」

感に堪えない、という面持ちで、佐助は続ける。

「藍甕に浸ける回数が違うだけやのに、こないして並べてみると、それぞれに味わいがおますなぁ」

「紺屋、茶染屋って色ごとの染物師が居るように、染め色や染めの種類が違えば、遣り方も違う。どれが容易い、どれが難しい、って比べられねぇもんですが」

そう断った上で、力造はしんみりと打ち明ける。

藍染め液は子どもと同じで、手が掛かる。疲れ気味の時は休ませ、寒い夜には傍で火を焚いて暖めてやる。きちんとした色が出せるまでに、何年もかかるのだという。

「餅は餅屋、なんて言葉もあります。もしも、五鈴屋さんが今後も藍染めを扱うおつもりなら、今回の紺屋を正式に引き合わさせて頂きます」

力造らしい、律儀な申し出であった。

あとを佐助たちに託して、力造とともに店を出れば、外は大層な賑わいだった。

「今日は一の酉でしたね」

北の方角から、大きな熊手を抱えたひとびとが三々五々歩いてくるのを認めて、幸は口もとを綻ばせる。

「ああ、とりのまち（酉の祭り）さね」

力造も白い歯を覗かせた。

霜月の酉の日には「おとりさま」こと鷲大明神社で盛大に祭礼が執り行われる。今日は最初の酉の日なので「一の酉」だった。

とりのまちを口実に、吉原へ繰り出す者も少なくない。北へ向かう男たちは思い思いにめかし込んでいる。利休鼠、常盤色、海松色、と遠目には無地に見えるが、おそらくは小紋染め、と思しき綿入れを纏っている者が多い。

幸は足を止め、感慨深い眼差しを向ける。

五鈴屋が町人のための小紋染めを手掛けたばかりの頃は、「女のためのもの」という受け止め方をされていた。文字散らしの紋様が生まれて以来、男女問わずに纏われるようになった。江戸では男の数が多いため、むしろ、今では、男のための小紋染めのようだ。

友禅染めと同じく、のちの世に残り、広まってくれれば——との願いが少しずつ、叶えられる手応えを覚える情景だった。結や音羽屋によって深い谷底に突き落とされ、今、五鈴屋では呉服を商うことが出来ない。強い寂寥はあるが、この景色を眺められたことで、救われる思いがした。

力造もまた、人々の綿入れ姿を眼で追っている。

「小紋染めを、この江戸に根付かせたい。一気に売れてすぐに廃れてしまうようなものではなく、江戸の人たちに息長く好まれ続ける品となるよう、大事に育て上げたい——七代目がそう仰ってた、と嬶から聞いていますぜ」

小紋染めが溢れる光景を眩しげに眺めて、力造は続ける。

「型付師として、その潮目に立ち会わせてもらえたこと、どれほどありがたく思っているか。とてもじゃねぇが、伝えきれません」

ただ、と型付師は、やるせなさそうに溜息を洩らした。

「七代目が藍染めで新しいことを、と考えていなさるんなら、私には手伝うことが出来ない。それが何とも切ないんでさぁ」

木綿を染めるなら藍染めが相応しいだろうが、自分にはその技がない。

もしも、木綿に小紋染めを施したなら、値も抑えられる。その時は型付で役に立てるに違いない、と型付師は自分に言い聞かせるような口調で続ける。

「木綿はざぶざぶ洗われるものだから、引き染めよりも、染めが長持ちする浸け染めが相応しい。小紋染めを浸け染めで、という狙い自体は、間違ってないと思うんですよ。亡くなった親父から聞いた話だが、大昔はどれも浸け染めだったそうだから。けど、どう工夫しても、浸け染めでは紋様が綺麗な白抜きにならない。悔しいが私では無理、ということでしょう」

力造の語調にも表情にも、口惜しさが滲んでいた。

刷毛を用いて染める引き染めでも、裏まで染まりはする。だが、浸け染めとは染まり具合が違う。幸は、お才から譲り受けた、力造の試みの布を思い出していた。裏表同じ濃さでしっかり染まったために、白抜きの紋様がぼんやりして、型染めならではの、くっきりした美しさを欠いていた。

白という染め色はない――以前、お才から教わったことだ。小紋染めの紋様の白は、もとの生地の色で、糊で守られた部分が染まらないため、白いまま残る。

「浸け染めでは、裏も表も同じ濃さに染まってしまうのですよね。裏にも、表と同じように糊が置けると良いのに……」

何気なく言った台詞だった。

「さぁ、そいつは」

型付師は苦く笑いかけて、ふっと真顔になる。いや、そいつは、と繰り返したあと、力造は黙り込んだ。

型付師と七代目の前を、おとりさま帰りの一群が通り過ぎていく。

「福よ来い、福よ来い」

手にした熊手を振りながら、辺りの福を掻き寄せる声が、賑々しく響いていた。

くわっ　くわぁっ

くわっ　くわぁっ

夜の静寂を裂いて、烏に似た鳴き声が五鈴屋の奥座敷まで届く。夜烏の異名を取る五位鷺が、餌を探しているのだろう。

それまで一心に反物に見入っていた幸とお竹は、五位鷺の鳴き声に驚いて、はっと顔を上げる。

ほかの奉公人らはとうに二階へ引き上げていた。女ふたり、先刻からずっと、裁ち板に置かれた反物を眺めて、どう裁てば良いか、思案に暮れていたのだ。

力造から受け取った藍染めの、縹、藍、濃藍のうち、ふたりが吉次のために選んだのは藍色であった。

縹は可憐な色だが、冬には寒々しい。色白の吉次には濃い目の色が映ることから、濃藍も捨て難くはあった。しかし、結局、藍色の持つ柔らかさ、清らかさが決め手となった。

「楽屋着にしはるんやさかい、見るからに湯帷子では、あきまへんやろなぁ」

「そうね、まずは衿をどうしましょうか」

たとえば長着だと、衿は幅の広い広衿で、二つに折って着る。端から二つ折りして仕立てられたものは撥衿という。衣紋から衿先にかけて幅広になるのが、三味線の撥を思わせるため、この名がある。

「広衿やと、厚みが出ますよってなぁ。すっきり着られる撥衿の方が、宜しいのと違いますか」

「近江屋さんに見せてもらった浴衣もそうでしたね。あと、丈はどうしましょう。つい丈だと楽だけれど、長い方が無難かしら。それに袖のことも考えないと」

五鈴屋に女衆奉公に上がるまで針を手にしたことのなかった幸に、仕立物の手解きをしたのはお竹であった。何でも相談できる師匠が傍にいるのは、どれほど心丈夫か知れない。

袖は丸みを持たせるか、角ばったままか。広袖にするか、袖口を少し縫い閉じるか。裾は引くのか、つい丈にするか。よくよく話し合い、ひとつずつ決めていく。いずれにせよ、初めて手掛ける楽屋着である。三反とも水通しを済ませ、すぐにも仕立てられるようにしてあるが、まずは縹色の反物で試すことになった。

行灯（あんどん）を集めて手もとを明るく照らしてから、反物に印を付け、裁ち包丁を手に取った。裁ちどころを間違えれば、全（すべ）てが台無しになる。

幸は深く息を吸い、心を落ち着かせて、生地に向かった。

霜月二十五日、早朝。

夜のうちの凍ての忘れ物か、表通りの両端に霜柱が立って白々と見える。

針を置いたのが遅かったので、寝不足ではあったが、気持ちは満ち足りている。幸は外に出て、背筋を伸ばした。

指を折って霜月の残りの日を数えて、片手で済むようになると、一気に気忙（きぜわ）しくなるものだ。柚子（ゆず）売りや南瓜（かぼちゃ）売りは、まだ暗いうちから売り声を上げ、これに暦売りが加われば、師走（しわす）に向かって背中を押される気分になる。しかし、今年は閏霜月があるせいか、街はどことなく長閑（のどか）に見えた。

ざりざりざり、と霜柱を踏む音を立てて、背中の曲がった老女が、幸の前を通り過ぎていく。手にした幟に「丑紅」の文字。

そうか、今日は丑の日か、と幸は老婆の姿を目で追う。

極寒の丑の日に買う紅は、「寒中の丑紅」、あるいは「寒紅」と呼ばれて、唇の荒れに何よりも効く、とされる。

寒紅、と思った途端、胃の腑がぎゅっと摑まれたように痛んだ。幸は両の手を重ねてみぞおちにあてがい、じっと痛みに耐える。

寒紅を買い求めた結。

賢輔のために紅を差した結。

音羽屋から贈られた紅を手に取る結。

どうしても、結を思い出してしまう。あれから二年近い時が流れても、思い出は不意打ちで幸を襲った。忘れようとしても、忘れられない。姉妹として過ごした日々は消えない。この二年、そのことをつくづくと思い知らされた。

ひとつだけ、自分に出来ることがある。

全てを背負って、乗り越えることだ。太物商いを大切に育てて、五鈴屋江戸本店を「買うての幸い、売っての幸せ」で江戸のひとびとから支持される店にする。痛みを忘れず、乗り越えよう、と幸は自分に言い聞かせた。

「ご寮さん」

呼ばれて振り返ると、土間から賢輔が、心配そうにこちらを見ている。

「朝方まで起きてはったさかい、もう少しお休み頂こう、と皆で話していたんだす」

手代の言葉に、幸は頰を緩めた。

「道理で、店の中が静かだと思いました。気を使わなくて良いのに」

菊次郎から頼まれていた浴衣が、無事に仕立て上がった。あとは、裁縫の師匠であるお竹に見てもらうだけだった。

「朝餉にしましょう、皆にそう伝えて頂戴な」

幸のひと言に仕事の成就を悟り、賢輔は安堵の色を滲ませる。

こちらの様子を窺っていたのだろう、大吉が「お豆腐を買うて参ります」と桶を手に飛び出していった。

中村座は堺町、市村座は葺屋町、とそれぞれ町名を異にするが、両座は同じ通りに面しており、さほど離れていない。

間口はおよそ十二間（約二十一・六メートル）、奥行き二十間（約三十六メートル）ほ

ど で、小屋の大きさも作りもほぼ同じであった。ただ、年の初めの火事のあと、いち早く再建して舞台を再開した市村座が、中村座よりも盛況だった。

「ああ、五鈴屋の」

市村座の裏手、楽屋新道と呼ばれる狭い通りに立った幸とお竹に気づいて、呼びかけてきた者がある。

相手を認めて、幸もお竹も思わず笑顔になった。以前、よく店に浜羽二重を買いに来ていた役者だった。

「呉服商いを止めたと聞いて、とんと足が遠のいちまった。悪く思わないでおくれ」

男は詫びて、幸たちを裏手から楽屋へと案内してくれた。

六日後の顔見世を控えて、楽屋は騒然としている。役者たちの多くは、やはり、こざっぱりとした浴衣姿だ。幸とお竹は、浴衣の色や形を確かめつつ、男のあとについて中二階への階段を上った。

「五鈴屋さん」

ふいに、階下から声がかかった。振り向けば、絞りの浴衣姿の吉次が下からこちらを見上げている。湯上りなのだろう、素顔の額に汗の雫が光っていた。

中二階の階段を上がって左端が、吉次のために用意された部屋だった。捲れた暖簾の奥で、菊次郎が鬘師と思しき男と話しているのが見えた。

「少しだけ、お待ちくださいませ」

吉次は五鈴屋の主従に言い置いて、先に座敷に入っていった。

失礼のないように視線を部屋の外へ移そうとした時、井桁に音の印が目に飛び込んできた。衣紋掛けに広げられた埃除けの布、衣裳を納める長持ちや二架並んだ鏡台にも、同じく井桁に音の印を染め抜いた、黒紅の埃除けが掛けられていた。

舞台で用いる装束ばかりではない。五鈴屋江戸本店と懇意の菊次郎にも、二代目を襲名する吉次にも、既に日本橋音羽屋の息が掛かっているのだ、と誇示しているように映った。

傍らのお竹は、と見れば、苦々しい顔つきで首に筋を立てている。

「済まなんだ、済まなんだ」

鬘師との話を終えた菊次郎が、自ら五鈴屋の主従を迎えた。

「早速やが、見せてもらいまひょか」

菊次郎に促されて、幸はお竹から風呂敷包みを受け取ると、畳に置き、結び目を解く。風呂敷を広げれば、中から、きちんと畳まれた二枚の浴衣が現れた。ともに藍染めの、濃淡の色違いだ。

「吉次」

師は傍らの弟子を呼び、眼差しで浴衣を示す。

失礼します、と吉次は断った上で、浴衣を一枚ずつ広げて眺めた。

「藍色と、濃藍色。ともに藍染めです。湯帷子というよりも、楽屋着としてお召し頂けるものを、と思い、少し形の違うものを二枚、仕立ててみました」

幸に言われて、菊次郎と吉次は、二枚の浴衣をじっくりと見比べる。

「なるほど、丈が違う。あと、こっちは広袖で、こっちは袖口が少し縫い閉じてある。何でやろか」

首を捻(ひね)って、師は弟子に「一遍、着とぉみ」と命じた。

はい、と吉次は藍色の浴衣を手に、衝立(ついたて)の奥に身を隠した。汗を吸った山吹(やまぶき)色の浴衣が衝立の外に落ち、ほどなく、藍色の浴衣を身に着けた吉次が姿を見せた。

「ほほう」

菊次郎が、ぎゅっと目を細める。

袖は「広袖」と言って袖口を一切、縫い閉じていない。風を取り込みやすく、湯上りにはとても涼しい。また、丈は「つい丈」と呼ばれるもので、踝(くるぶし)までと短い。歩く時はもちろん、階段を上り下りする時にも、さほど裾を気にする必要がない。共布で拵(こしら)えた幅広の紐(ひも)で腰を括(くく)れば、楽屋で寛ぐのに丁度良い。

「吉次、どないや」

「着易うて、何より、とても楽です」

こちらで充分なのに、何故(なぜ)、五鈴屋さんはもう一枚、用意したのだろう。そう言いたそうな顔つきで、吉次は幸とお竹を交互に見ている。

お竹どん、と幸に促されて、小頭役は濃藍の浴衣を両の手で広げたまま、吉次の背後に回った。

「吉次さん、こちらを纏っておくれやす」

勧められるまま、藍色の浴衣の上から、今一枚、吉次は羽織った。

「袖口が狭い分、腕が不用意に出ないので助かります。丈も長めなので、湯帷子と、単衣の着物の間くらいの気ぃがします」

羽織ってみての吉次の感想に、幸はお竹と笑みを交わす。まさに我が意を得たり、という思いであった。

「藍色は、湯上りのあと、楽屋で寛いで頂くためのもの。濃藍も同じく寛ぎ着ですが、例えば楽屋新道くらいまでなら、その姿で出ても見苦しくないように、と考えて仕立てたものです」

幸の台詞に、ああ、なるほど、と菊次郎は唸る。

「浴衣でありながら砕け過ぎん、きちんとして見える、いうことやな」

そないなもん、今までありそうでなかった、と感心しきりであった。

「ほんまに送らいでもええのんか」

「勿論です。大変な時期に、お手間を取り、申し訳ございませんでした」

部屋の前で菊次郎と吉次に暇を告げて、お竹と二人、中二階の階段へ向かう。

結局、二枚とも買い上げてもらえた上に、同じものをもう一枚ずつ仕立ててほしい、との注文を受けた。主従とも満ち足りた気持ちで、階段を下りようとした時だ。

階下から、喧しい一団がこちらに向かってくる。

楽屋見舞いに訪れた贔屓筋を、役者たちが案内しているところのようだった。皆に囲まれているのは女、上からはその表情などは窺い知れない。

だが、友禅染めの綿入れは、伽羅色に彩豊かな薬玉紋様。帯は金地に紺を配して、吉祥紋が織り込まれたもの。呉服を扱う者なら、その装いが如何に桁外れかがわかる。

感心しつつ、幸とお竹はゆっくりと階段を下り始めた。少しずつ、距離が縮まる。

ふと、相手が顔を上げ、先客の方に視線を向けた。お竹がはっと息を呑む。

相手の双眸（そうぼう）に幸が、幸の両の瞳（ひとみ）にその相手が、互いに映ったことを確信する。

どちらも声は発さない。

相手を取り巻く者たちは事情に気づかず、舞台装束の礼などを声高に話しつつ、階段を上がって来る。

言葉も眼差しも交わすことなく、ふたりはすれ違う。

刹那（せつな）、相手の眼が、幸の纏う木綿の綿入れに注がれた。紅で美しく染められた唇が僅かに緩んで、黒々とした鉄漿（おはぐろ）が覗く。

幸はしかし、静かにただ前を見ていた。

「日本橋音羽屋ご店主、結さまが、お見えでございます」

先頭を歩いていた小者（こもの）が、階段を上がり切ったところで、周囲に届くよう声を張った。ばたばたと建物を揺らす勢いで、座員たちが集まり始めていた。

第十一章　天赦日

閏霜月から師走にかけて、江戸の街は、市村座の顔見世興行で「今様道成寺」を演じて二代目菊瀬吉之丞を襲名した、弱冠十六歳の女形の話題で持ちきりだった。

「十六であの艶めかしさ、末恐ろしいぜ」

「ありゃあ、立女形になるのも、そう遠くないだろう」

「舞台装束にも力が入ってたが、日本橋音羽屋が用意したって話だぜ」

寄ると触ると、二代目吉之丞の噂になるが、その吉之丞が楽屋で纏う浴衣のことなど、無論、誰の口の端にも上ることはなかった。

師走十四日、五鈴屋は江戸に店を開いて丸五年を迎えた。

呉服太物商の看板を掲げながら、呉服を商えない創業日である。だが、例年通りに見事な祝い酒が匿名で届けられ、蔵前屋や近江屋からも祝いの品が届いた。

ありがたいこと、と思いつつ、幸は神棚の水を替えていた。

「止めとくれやす、こないなとこに置いてはなりまへん」

表で、怒りを孕んだ大吉の声がした。大人しい大吉にしては、珍しいことだ。

何事か、と土間を下りて外を覗けば、菰を巻いた樽酒を間に挟んで、二人の人足と大吉とが睨み合っている。

「どないしたんだす、大吉。店の前で、そない大きな声を出すもんと違いますで」

騒ぎに気づいて、奥から駆け付けた佐助が、大吉に問い質した。

何も答えず、涙ぐんで俯く大吉は、胸もとに何かを隠し持っている。

「こっちは頼まれて祝いを届けにきただけなんだ。黙って受け取りゃあ良いのさ」

図体の大きな二人の人足は、

「そうとも。やい、小僧、とっとと木札をこっちに戻しやがれ」

怪訝に思い、佐助と幸とが両側から大吉の腕を取って、持ち物を検める。

人足の言う通り、祝い酒に挿すための木札だった。そこには、祝い酒の贈り主、「日本橋音羽屋」の名が、墨書されていた。

賢輔と豆七、それにお竹も戸口に現れて、固唾を呑んで見守っている。幸は咄嗟に、千代友屋の女房から受けた助言を思い出した。

「確かに受け取りました」

大きく声を張ると、幸は、大吉の手から木札を取り上げて、菰に挿す。ご苦労さまです、と人足たちを懇ろに労って、徐に、懐の懐紙と巾着とを取りだした。

「田原町一丁目を抜けた先に、商売繁盛で知られた稲荷神社があります。祝い酒はこのまま、そちらへ寄進して頂けませんか？」

懐紙に銀貨を包み、お願いします、と人足たちに差し伸べる。

「贈る方にも贈られる方にも、ご利益がありますように」

店主の柔らかな物腰と、手間賃を弾まれたこととで、二人の男はすっかり機嫌を直し、荷台に祝い酒を載せて立ち去った。

邪気を祓うように、幸は、ぱん、と大きく手をひとつ鳴らす。

「さあ、油を売っている暇はありませんよ」

それを機に、支配人と手代は蔵へ、小僧は台所へと向かった。

祝い酒の消えた方角に眼をやって、お竹が吐息交じりに独り言ちる。

「溜飲を下げたはずが、気になって気になって、仕方ないんだすなぁ。それもまた難儀ななぁ」

その声には、怒りや憎しみではなく、憐憫の情が滲んでいた。

忠臣蔵の討ち入りに因んで、師走十四日を店開きとしたため、ひとびとの記憶に残り易く、この日、五鈴屋は多くのお客を迎えることとなった。

呉服商いを控えている、と知って踵を返す者も居るが、大抵のお客は撞木の太物を眺めて、店の者との遣り取りを愉しみ、気に入ったものを何反も買い求めた。絹織よりも遥かに安価なため、懐もつい緩みがちになるのだろう。

昼前に暖簾を潜った夫婦連れを認めて、幸も佐助たちも神妙な面持ちになる。いつも決まって友禅染めを半反、買い求めるふたりだった。

「申し訳ございません、今は、太物しか扱いがございません」

頭を下げる幸に、女房の方が、存じておりますよ、と温かに応えた。

「年に一度、こちらへ寄らせて頂かないと、落ち着かないのです」

夫婦はあれこれ吟味して、今年は伊勢木綿を二反、買い求めた。

鼻緒を並べた盆を手に、賢輔が「どうぞ選んでおくれやす」と勧める。毎年好評の手作りの鼻緒は、今年は縮緬ではなく、木綿で拵えていた。

「まぁ、嬉しいこと」

いつも通りに女房は喜んで、鼻緒を手に取る。

支払を終えて紙入れを懐に収めると、亭主はまじまじと幸を見た。

「太物商いに舵を切られたのは良かった。正しいことだ」

随分と確信めいた物言いだった。自分でもそう思ったのか、男は照れ笑いを浮かべて、「では帰ろうか」と女房を促した。

昼餉刻に客足は落ち着き、八つ（午後二時）になれば、恒例の帯結び指南が始まる。

「もう五年になるんだねぇ」

「今年から太物だけになったから心配したけれど、繁昌のようで良かった」

馴染みのおかみさんたちが、賑やかに話しながら、互いの帯結びを見せ合った。

仕立て直して短くなった帯を使った、簡単な帯結び。

以前、近江屋の支配人に教えてもらった結び方で、片端は垂らしたまま、もう片端は間に挟む。結び易いが解け易いので、帯結び指南では、前掛けの紐を用いて、身体に括り付けるよう勧めている。

「おや、お才さんじゃないか」

おかみさんの台詞に、幸は上り口の方を振り返った。

染物師の女房が、角ばった風呂敷包みを胸に抱えて佇んでいる。

「ほんとだ、お才さん、どうしたんだい」

「そんなとこで、何をぼっと立ってるのさ」

口々に言われて、お才は重そうな包みを上り口に置いた。

「五鈴屋さんに、差し入れを持ってきたんだけどね。何だか懐かしい帯結びで、見惚れちまって」

お才の言葉に、そうなんだよ、と女たちは一斉に喋りだす。

「簡単に解けるんで、湯屋に行くのに便利なんだよね。湯屋じゃあ楽なのが一番さ」

「今は寒くて無理だけどさ、夏の夜なんざ、人目がなけりゃあ、湯帷子のままで帰りたいくらいだよ」

ほんと、ほんと、と次の間が皆の笑いで揺れる。

湯帷子との言葉に、幸は軽く双眸を見開いた。

吉次のために仕立てた浴衣は、楽屋で寛ぐためのもの。浴衣でありながら、人目についても見苦しくないものを、と工夫した。

けれど、もしや、それは役者に限ったことではないのかも知れない。

湯上りに着て、そのまま帰れるような湯帷子だったらどうか。肌着なしで、じかに身に纏うものだが、一見して湯帷子とはわからないものならどうか。

――湯帷子と、単衣の着物の間くらいの気ぃがします

奇しくも吉次が言い当てたように、湯帷子と木綿の単衣の中間のようなものならば。

同じことを思ったのだろう、お竹が幸を見て、頷いてみせた。

「寝間着なんかも、そうだよね」

お才が、少し上ずった声で続ける。

「楽で良いけど、夜、厠へ行くにしても、人目が気になるし。寝間着に見えない、洒落た木綿地のものでもあれば良いんだけどねぇ」

全くだよ、とおかみさんたちが頷いた。

帯結び指南を受け終えて皆が帰ったあと、お才とお竹がぼそぼそと話をしている。

「女将さんは、どうしちまったんですか？　加減でも悪いんじゃないのかねぇ」

心配そうな染物師の女房に、小頭役はほろ苦く笑う。

「気にせんといておくれやす。ご寮さんがあの恰好をしはるんは、大抵、商いの知恵を絞ってはる時だす」

お竹の答えに、「知恵ねぇ」と訝しげに応じて、お才は自分も握り拳を額に押し当ててみせた。

木綿に出来ること。

否、違う。木綿にしか出来ないこと、だ。

握り締めた右の拳を、幸は、さらに強く額に押し当てる。

水に強く、摩擦に強い。汚れれば、存分に洗える。

湯屋への行き帰りに気軽に着られて、なおかつ、だらしなくない。

吉次のために染めて仕立てた浴衣を、今少し、木綿の単衣に引き寄せたものが良い。

そのためには、無地ではなく、柄がほしい。

縞だろうか、いや、違う。ありふれていなくて、もっと心が躍るものが良い。

力造がずっと試みている小紋はどうか。紋様にもよるが、もとは武家の裃に使われていた小紋染めで、果たして、庶民が寛げるだろうか。

じっと考え続けるのだが、どうにも考えがまとまらない。

小さく息を吐いて、幸は拳を額から外した。

「最初、女将さんから話を聞いた時には、肌着姿を人前に晒すようで、本当に恥ずかしい、と思ったんですよ」

主従を交互に見て、お才は密やかに打ち明ける。

「けれど、さっき、帯結び指南で話した通り、洒落た木綿地のものなら、きっと『ほしい』と思うんじゃないかと」

「ええ。木綿なら値も抑えられますし、きっと喜んで頂けると思います。もちろん、初めのうちは、お才さんがそうだったように『恥ずかしい』と拒むひともいるでしょうが」

寛げるもの。洒落ていて、恥ずかしくないもの。そして、ありふれていないもの。

「木綿を藍染めにした時の、あの美しさに敵うもんは、ちょっとおまへんなぁ」

吉次のために仕立てた浴衣を思い出したのだろう、お竹は憧憬の滲む語調で言う。

「ただ、無地だけやと、ちょっと惜しい気ぃもしますなぁ」

お竹が悩ましげに零した時、お才は何かを言おうとして口を開き、しかし何も言わないままだった。

表座敷から、ひとの声が重なって聞こえる。お客が立て込んできた気配に、お才は「忙しい時に長居をしてしまって」と詫びる。何処となく屈託があるような様子が、少し気になったものの、見送りを断るお才に甘えて、幸もお竹も商いに戻った。

江戸っ子が迎春用の買い物をする「年の市」は、十四日の深川八幡宮を皮切りに、浅草寺、神田明神、芝明神等々と、日をずらして師走の間、あちこちで催される。年の市を巡る買い物客の姿は、この時季の風物詩でもあった。

ただし、倹しい暮らし向きの者たちは、年の市では品物を見るだけに留め、大晦日までじっと待つ。何故なら、売り手たちは年の市での売れ残りの品を、新春に持ち越さぬよう、大晦日に破格の安値で売り捌くからだった。捨て値で売られるために、この日の市は「捨て市」と呼ばれ、貧しくとも無事に年神様を迎えたい、と願う者たちに大層、重宝がられている。

大晦日、捨て市で賑わう広小路を抜けて、幸はひとり、力造宅へと向かった。

胸に抱えている風呂敷包みの中身は重箱。お才から差し入れをもらったあと、返すのが今になってしまった。餅を詰めてあるので、ずっしりと重い。

花川戸の力造の家の前に立てば、戸口の注連縄飾りが歪んだままだった。風呂敷包みを抱え直そうとした時、奥から言い争うような声が聞こえてきた。

「お前さん、本当にどうしちまったのさ。しっかりしとくれよ。うちはお舅さんの代から、お舅さんの遣り方でやってきたんじゃないか」

「職人でもねぇくせに、俺の仕事に口を出すんじゃねぇよ」

がしゃん、と何かが割れる音がする。

いけない、と土間から中へ入ろうとした時、幸の肩を摑んだ者が居た。

「梅松さん」

捨て市で買い求めたのか、餅網を手に、梅松が立っていた。

ここは私が、と梅松は言って、幸の脇をすり抜けて中へと向かった。

苦い顔で腕を組む力造、涙ぐんで洟を啜るお才。

犬も食わないはずの夫婦喧嘩だろうか。もう六年近い付き合いになるが、こんな二人を見るのは初めてだ。

「力造さん、お才さん、正直に話してくれへんか」

夫婦を前に、同居人の梅松は穏やかに切りだす。

「私が大坂から戻って暫くして、何や二人とも様子が変になった。力造さんは染め場に籠りっ放しで、私が覗くと、ばつが悪そうにしてはった。お才さんはお才さんで、いっつも考え事ばっかりや。もしかして、私のせいなんやろか」

最後のひと言に、夫婦は「えっ」と眼を見開く。

くよくよと首を左右に振って、梅松は続けた。

「そらそうや、赤の他人の混じる暮らしは、何かとしんどいですやろ。私も、何時までも甘えるんは心苦しい。何処かに部屋」

「馬鹿を言っちゃあいけねぇぜ、梅さん」

型彫師の言葉を遮って、型付師が叫ぶ。

「この俺が、お前さんを邪魔に思うはずがなかろう」

「そうですよ、梅さん、そんな情けないこと、お言いじゃないよ」

夫婦とも口を揃えて言い募る。

なら、と梅松は夫婦の方へ軽く身を乗りだした。

「わかるように話してもらえへんやろか。私やないなら、何のせいなんや」

それは、と夫婦は言い淀んで顔を見合わせた。

亭主の方がそっぽを向き、仕方ない、とばかりに女房が口を開いた。

「こんな話をしたら、うちのひとの気が違った、と思われかねないんですが……いえ、もしかしたら、そうなのかも知れないのだけれど」

そこまで言って、お才は顔を歪めた。堪えていた苦悩が一気に溢れ出たようだった。

「うちのひと、小紋を、浸け染めで綺麗に仕上げるんだ、と言って、反物の表だけじゃなく、裏にも糊を置こうと躍起になってるんですよ」

「裏に糊を置く？」

繰り返して、梅松は首を捻る。

「どういうことや、力造さん。何でまた、裏にも糊を置くんや？　型付いうんは、白生地の片面に型紙を置いて、そこに糊を載せていくんと違うか？　私はあんたに、最初にそない教えてもらいましたで」

小紋染めの型付作業は、長板に白生地を伸ばして張り、端に型紙を置いて糊を広げ、順に型紙を送って、片面全てに糊の型を付けることだったはずだ。

梅松の指摘に、お才は涙ながらに頷いた。

「そうなんですよ、糊を置くのは片面だけで良いんです。うちは舅の代から小紋染めを手がけてましたけど、ずっとそうやってきたんですよ。なのに、このひとったら」

片面に糊で型付をしたあと、反物を裏返して、表の型付とぴったり重なるように型紙を置いて、また糊で型付をするのだという。

「ああ」

お才の説明を聞いて、幸は低く呻いた。

――浸け染めでは、裏も表も同じ濃さに染まってしまうのですよね。裏にも、表と同じように糊が置けると良いのに……

一の酉の日、何気なく口にした台詞が、耳の奥に残る。

小紋染めについての大事な話し合いになる、と察した幸は、「梅松さん、力造さん、お才さん」と三人を呼んだ。

「今、賢輔を呼んで参ります。あの子にも、立ち会わせた方が良いと思いますので」

そうさな、と梅松が頷き、そうですね、とお才も応じた。

「それなら小吉を遣りましょう」

女房の言葉が済まぬうちに、小吉、おい、小吉、と力造が大きな声で弟子を呼んだ。


畳に、力造の試みの品と思しき端切れが置かれている。

賢輔を待つ間に、力造が用意したものだ。麻の葉紋の小紋染めのようだが、輪郭がぼやけて、お世辞にも美しいとは言えない。

「こいつぁ、親父の形見の型紙を使って、木綿に藍染めしたものでさぁ。うちの藍甕で浸けたものだから、色味は今一つだが、そこは堪忍しておくんなさい」

急遽、駆け付けた賢輔の息が整うのを待って、力造は端切れに手をかけ、裏側を捲ってみせた。

「浸け染めにすると、表も裏も同じに染まる。その染め色が模様にまで響いちまって、何度試しても、こんなぼんやりした染め上がりにしかならねぇ」

糊に工夫が足りないのだろう、と三年ほどかけて糊の材料を見直したり、配合を変えたり、と試行錯誤を続けたが駄目だった。

「ところが、ある時、そう、あれは一の酉の日だった。七代目から、裏にも表と同じように糊が置けたら良いのに、と言われて、私ははっとしたんでさぁ。この紋様の白は、木綿の地の色だ。地まで染まらないように、両面に糊を置くってのは確かに道理だと思ったんですよ」

そこまで話して、力造は懐に手を入れる。引っ張り出されたのは、折り畳んだ布だった。力造が両手で広げたものを見て、幸と賢輔と梅松は揃って息を呑んだ。

手拭い(てぬぐい)の半分ほどの長さの木綿地に、麻の葉の型染めが施されている。その白抜きの小紋の、何とくっきり鮮やかなことか。

三人は思わず、敷布に置かれた端切れと、力造の手の布とを交互に眺めた。おそらく同じ型紙を用いているはずが、まるで別物に見える。

「先に表に糊を置いてから乾かし、裏にも寸分違(たが)わぬ位置に糊を置く。地の白は、糊で両側から守られて、藍にも染まらない。それが、こいつです。だが、今のところ、ここまでで精一杯だ」

力造は手にした布をぎゅっと丸めて握り締め、苦しげに声を絞る。

「型紙を三回送るところまでは何とか出来る。けれど、一反分となると、どうしても狂いが出ちまうんです」

そりゃそうですよ、とお才が切なそうに身を捩(よじ)った。

「片面に糊を置くのだって、至難の業です。それを、寸分の狂いなく一反分、両面にだなんて。寝る間も惜しんで無茶をして……。身体を壊したらどうするんですよ」

「いや、使う型紙は同じなんだ。腕さえ上がりゃあ、出来ないはずは無ぇ」

夫婦の言い争いになりかけるのを、まぁまぁ、と梅松が割って入った。

「父親の形見の型紙て、言わはったなぁ。そない古い型紙なら、型付の途中で歪んでしまうんと違うか。何で私に言うてくれへんのや。何ぼでも彫らしてもらうのに」

水臭い、と型彫師は嘆いている。

手の中の布を握り締めたままの型付師の方へと、幸は身を傾けた。

「力造さん、そちらの染め布を、よく見せて頂けませんか？」

店主の言葉を聞き、賢輔が「失礼します」と力造の手を開かせて、藍染めの布を取り上げる。丁寧に皺を伸ばすと、賢輔はその布を幸の前に置いた。

藍色の地に、白抜きの小さな麻の葉の紋様。

それまでの試みの品と違い、小紋染めらしい気品と美しさがある。でも、何故だろう、今ひとつ物足りないのだ。

賢輔もまた、じっと木綿の小紋染めに見入って、考え込んでいる。

縮緬地はしぼがあり、染めた時に表情が出るが、木綿ではそれがないからか。遠目に無地、近寄れば紋様が浮かび上がるのが、小紋染めの真骨頂だ。しかし、木綿地では、それを生かしきれない、ということだろうか。

否、違う、と幸は自身の考えを直ちに打ち消した。

木綿地と小紋染めの相性云々ではない。藍染めの持つ味わいが、消えてしまっているのだ。では、何をどうすれば、と思案の末、幸はぱっと顔を上げた。

「紋様を、もう少し大きくしては如何でしょうか」

幸の台詞に、型付師夫婦と型彫師とが揃って目を剝いた。

「そりゃあまぁ、柄が大きくなれば、表裏で型を置く時に合わせ易いだろう。けど、それじゃあ、もう小紋染めではなくなっちまいますぜ、七代目」

それで良いんですかい、と力造は血相を変えて幸に迫った。

賢輔がさっと割り込んで、幸を背後に庇う。

「ご寮さんの言わはる通り、せっかくの藍染め、木綿さえも綺麗に染める藍を用いるのなら、小紋では勿体ない、と私も思います」

勿体ない、という言葉が、型彫師、それに型付師夫婦の混乱に歯止めをかける。ひとまず話を聞こう、と三人は居住まいを正した。

「七代目、どういうことか、私らにもわかるように話して頂けませんか」

力造の懇願を受けて、幸は目の前の染め布を両手で持ち上げる。

「藍色と白の取り合わせの妙は、紋様が小さければ醍醐味が少ない、と思うのです。遠目に無地に見える必要などない。藍色の地に、確かに麻の葉だとわかる白抜きの方が、藍染めの美しさが際立つのではありませんか？」

そうした反物で、湯帷子でも単衣でもないものを仕立てたらどうか。

小紋染めは、もともと武士の裃に用いられていたもの。素肌に纏うなら、むしろ小紋は避けた方が気兼ねがないのではないか。湯屋への行き帰り、あるいは家で寛ぐのに、ゆったりと着てもらえるのではなかろうか。

ああ、とお才の口から得心の声が洩れた。帯結び指南の時に話したことが、脳裡を過ったのだろう。

梅松は幸から染め布を譲り受けて、じっくりと眺める。

「確かにそうや。小紋では小さ過ぎて、藍染めらしい伸びやかさは消えてしまう。柄が大きい方が、地の藍も紋様の白も、きっと映えますなぁ」

へぇ、と賢輔も大きく頷いた。

「藍は白と並ぶことで一層青く、白は藍と並ぶことで一層白く、互いを引き立て合える色やと思います」

藍の地に、白いくっきりとした紋様。たとえば酷暑の夏に、その取り合わせは、どれほど涼しく映るだろうか。

それに、と賢輔は、物柔らかに店主の想いを補う。

「藍染めは身分を問わず、誰の心にも近いように思います。浸け染めなら裏も表も同じに染まるさかい、表が陽に焼けて色褪せたら、裏返して、縫い直せます。懐の豊かなひとだけやない、どないな暮らし向きのひとにも、喜んで頂けるものになるんやないか、と」

賢輔の言葉に、力造は唸った。

「確かに、賢輔の言う通りだ。ただ……」

紋様が大きくなれば、本当に、一反分を寸分違わず両面に、ぴったりに型付できるのか。力造にはその点だけ、不安が残るという。

「理屈通りに行くのかどうか、まずは、試させておくんなさいまし」

力造の願いに、ええ、と幸は謹直に応えた。

「誰も考え付かなかったことをするのです。丁寧に、刻をかけましょう」

幸の言葉に、梅松までもが、ほっとした表情を見せた。

「そない言うてくれはったら、私も心づもりが出来ます」

小紋ではなく、今少し大きめの紋様を彫るには、口を大きめにした錐が必要になる。また、図案によっては、錐以外の刃物を使うことも考えねばならない。そうした道具は全て、梅松自身で拵えるのだという。

「どないな刃物が要るかは、図案を見んことには、決められませんのや。けど、新しい図案を考えるんかて、そない簡単なことと違いますやろ」

なぁ、賢輔さん、と水を向けられて、賢輔は唇を引き結ぶ。

十二支の文字散らしの紋様に辿り着くまで、どれほどの苦労があったのか、この場に居る者は皆、知っていた。

それに、と梅松は淡々と続ける。

「刃物を拵えるにも、また、型彫にも、日数がかかります。せやさかい、まずは、今ある刃物で試みの型を彫らさせてもらいます。それで宜しいか、力造さん」

「勿論だ、梅さん」

ありがてぇよ、と型付師は型彫師を拝んでみせた。

果たして、上手く行くかどうか。

乗り越えねばならないことが山積みで、これから長い暗中模索が続くに違いない。

それでも、知恵の糸口を見つけた。糸が滑らかに引き出されていくようで、幸は胸の高鳴りを抑えることが出来なかった。

明けて、宝暦七年（一七五七年）。

旧年中の辛い記憶を新春の寿ぎが丁寧に拭い去り、希望に満ちた一年が始まった。

今年こそ、良い年にしたい、との切なる願いは、七種、小正月、初観音、初天神、と過ごすうちに、徐々に日常に紛れていく。丁度、雪に晒されて純白となった越後上布が、日々の営みの中で、少しずつ色を持ち始めるのに似ていた。

ただ、五鈴屋江戸本店の主従たちは、花川戸の方角から齎されるだろう吉報を、一日千秋の思いで待ち続けた。

如月八日は例年、浅草寺の淡島堂で針供養が行われるが、今年は初午と重なった。浅草広小路から田原町に至る表通りは、針供養に向かう女ばかりではなく、太鼓を手にした子どもや、浮足立った男たちで溢れる。

色とりどりの晴れ着の波を縫って、白木の状箱を担った男が、草鞋の足もとも軽やかに、一軒の商家を目指していた。暖簾が表に出るまで、まだ少し刻がある。だが、店の表を「五鈴屋」の屋号入りの前掛けをした小僧が、一心に掃き清めていた。

その姿を認めて、飛脚は一層、足を速める。状箱の中の大坂からの便りを、一刻も早く届けるために。

「あの時の、あの時の、あれが……」

鉄助からの文を手に、蔵の前に立った幸は、何やら奇妙な声を聞いた。誰かが蔵の中で呻いている。

そっと覗いてみれば、開いた帳面に顔を埋めて、佐助が苦悶しているのだ。

はて、「あの時のあれ」とは何だろうか。

「あの時のあれがあったら、どれほど今、助かったやろか。せめても、最後のあれは払わんかったら良かった」

そこまで聞いて、幸は漸く気づいた。

千五百両の上納金のことだ。三分割にしてもらい、五百両ずつ。最後の五百両を支払ったのは、昨冬のことだった。

呉服商いを止めて一年、小紋染めで桁外れの売り上げを弾き出していた頃とは、既に事情が異なる。太物商いは呉服ほどには元手はかからないが、売上も当然、格段に落ちた。支配人としての佐助の煩悶は尤もだった。

どうにかして最後の五百両の目こぼしを、と思えども、仲間外れとなった五鈴屋江戸本店に力を貸す者もいない。約定通りに納めるよりなかった。蓄財は切り崩されたが、大坂本店や高島店を頼らずに済んだことだけが救いだった。

「佐助どん、堪忍してくださいね」

懐に文をしまい、蔵の中へと立ち入って、幸は支配人に声をかけた。

よもや、店主に立ち聞きされているとは思いもしなかったのだろう。佐助の手から帳面が落ちて、慌てふためいている。

「呉服商いが出来なくなり、売上も落ちて、支配人であるあなたに、どれほど心配をかけているか知れない」

「ご寮さん、堪忍してください」

へなへなと崩れるように座り込んで、佐助は土に両の手をついた。

「私は型紙も彫られへんし、型付も染めも出来まへん。賢輔のように図案も描かれしません。せめて、店の蓄えを増やすことで、新しい品を生みだすのを支えたい、と思うてます。けど、情けないことに減らしてしまう一方なんだす」

堪忍してください、と生真面目な支配人は繰り返して、額を地面に擦り付ける。

幸はその傍らに腰を落とし、佐助どん、と長閑やかに名を呼んだ。

「そうね、あの五百両があれば、新しい品が出来た時に、引き札を何万枚も撒けるでしょうし、芝居小屋に取り入って、役者たちに装束も用意できる。商売敵の悪い評判だって、ひとを使って立ててもらえますよ、きっと」

最後の方は、笑いを含んだ物言いになってしまった。

佐助は呆気にとられたように、幸を見上げている。

「五百両はない代わり、私たちにはここと、ここがあります」

幸は開いた掌で自分の頭と、続いて胸とを押さえた。

店主の素振りを、支配人も「ここと、ここ」と真似る。佐助の顔つきが和らいだのを認め、幸は笑みを零して、懐から文を引きだした。

「大坂の鉄助どんからの文です」

良い知らせですよ、と言い添えて、佐助に文を差しだした。

受け取って文を開き、支配人は目を走らせる。そこには、八代目徳兵衛が年明けにかねてより話のあった娘と無事に祝言を挙げたこと、弥生のうちには菊栄とお梅と鉄助とで、江戸へ向けて大坂を発つ予定であることが書き綴られていた。

二年前の、同じ初午の日の辛い記憶を塗り替えるほどに、嬉しい知らせだった。

「ご寮さん、これ、皆に話しても宜しおますか」

もちろんです、との幸の言葉を聞くや否や、佐助は文を手に、勇んで土蔵を飛び出していった。

土喰って　虫喰って　渋ーい

土喰って　虫喰って　渋ーい

長旅を終えた燕が、商家の屋根に止まって、盛んに囀っている。

待ちかねていた吉報が届けられたのは、如月十五日。今年に入って初めて、燕の囀りを聞いた昼下がりであった。客足が途切れる頃合いに、力造の弟子の小吉が、文字通り、いそいそと五鈴屋に現れた。

「明日？　今日ではなく、明日なのですか？」

力造からの伝言を聞いて、幸自ら、使いの小吉に問い質す。

年が明けて十八になった小吉は、はい、と大きく首を縦に振ってみせる。

「梅松さんの型紙は彫り上がったのですが、是非、型付に立ち会って頂きたいから、と。それに、明日は『天赦日』で縁起が良い、とお師匠さんが申しておりました」

天赦日、と繰り返すと、幸は思わず両の瞳を閉じて頭を垂れた。

宥其罪日也――其の罪を宥す日なり。

天が全ての罪を赦す、とされる日だ。その日を選んで型付にかかる、という型付師の心意気が何より尊く、ありがたい。

五鈴屋江戸本店の、いわば命運を賭けた試みである。これから長い試行錯誤の日々が始まるとはいえ、まずは一歩前へと踏みだす時を迎えたのだ。

感慨を滲ませ、古参の奉公人たちは、互いを見合った。昨冬から江戸本店に加わった豆七と大吉もまた、緊迫の眼差しを交わしている。

小吉の去ったあと、戸口から空を仰いで、賢輔は言った。

「燕が高いとこを飛んでますよって、明日はきっと上天気だす」

その指さす先、一羽の燕が両の翼を広げ、風に乗って高く、高く、飛翔していた。

暦の上での吉日は多くあるが、中でも最上とされるのが「天赦日」だった。祝言や建前だけでなく、何をするにも良いとされ、新たに物事を始めるなら、天が悉く成就に導くと信じられている。春夏秋冬、それぞれに一日ずつ設けられており、春は戊寅、まさに今日であった。

早朝、春らしい優しい縹色の空に、刷毛で掃いたような雲が三筋ほど浮かんでいる。燕が運んだ、極上の型付日和だった。

佐助たちに商いを任せ、皆の想いを胸に、幸と賢輔は花川戸へと向かう。

広小路を抜けて、大川端へ。ふたりとも、終始、無言であった。

十二支の文字散らしの型紙が仕上がった、との連絡を受けて、同じ道を急いだ日から、二年と少し。しかし、もっと長い時が流れたようにも思われる。深淵にあった主従を奮い立たせたのは、弥右衛門によってもたらされた「菜根譚」の一節だった。零落のうちにある、新たな盛運の芽生え。それを信じ、淵の底で、こんこんと知恵を湧かせる泉になろうと努める日々、今、そこに一条の光が射そうとしている。

幸を守るように前を歩く賢輔の背中越し、力造の家が迫っていた。

「大晦日から、えらい時がかかってしまいました」

開口一番、梅松は深々と頭を下げて詫び、傍らの木箱を引き寄せた。蓋を外して、中から型紙を一枚、取りだす。試みに、と言いつつも、梅松が苦心して図案を描き、地紙に写し、充分な刻をかけて彫り込んだものに他ならなかった。

裏返した蓋に型紙を置くと、梅松は、幸たちの方へと差しだした。賢輔が「失礼します」と断ってから、両手で受け取り、幸の前へと移す。

鈴の紋様が、目に飛び込んできた。小紋ではなく、明らかに鈴だとわかる。型紙に顔を近づけ、幸は息を詰めて、型彫師の渾身の作に見入る。

地紙は、反物と同じ幅、丈（たけ）は曲尺（かねじゃく）で四寸ほど。これまで見慣れた型紙と同じ寸法だった。ただし、小紋染めの型とは違って、彫は全面には及んでいない。

「手に取っても宜しいでしょうか」

江戸本店店主は、型彫師に断ってから、型紙を丁重に持ち上げて光に翳（かざ）す。

波間に浮かぶ、幾つもの鈴。否（いな）、違う、波に見えるものは、鈴同士を繋（つな）ぐ緒だ。一寸足らずの、中紋とでも呼ぶべき大きさの鈴が、緒で結ばれている。彫られていない部分は藍色に染まるから、染め上がりは一層、鈴と緒とがくっきりと浮かび上がるだろう。

小紋染めの型紙の整然とした美しさとは、趣が全く異なる。何と伸びやかで、自由な柄だろうか。

賢輔どん、と幸は手代を呼んで、型紙を手渡す。

受け取って、じっと見入る賢輔の眼が、次第に赤く潤（うる）み始めた。

「女将さん、賢輔さん、梅さん」

型彫師の仕事場の外から、お才が呼んでいる。

「染め場の方へいらして頂けますか」

いつもとは違う、固く張り詰めた声だった。

染め場では、既に長板に白生地が張られて、力造が水から引き上げた型紙を手に取り、まさに型付を行おうとしているところだった。型付師の視界に入らぬよう、幸たちは、染め場の入口から作業を見守る。

白生地に、狂いの無いように慎重に型紙を置くと、粘った糊を載せて、へらで広げていく。糊には深みのある赤い色がついていた。

「表に使う糊には、蘇芳を使って、いつもより濃い目の色をつけてあるんです」

生地を染めることはなく、水で洗えば綺麗に落ちる、とお才は小声で教える。

型紙を外せば、くっきりと赤い紋様が型付されている。力造は型紙をずらすと、目印の「ほし」を合わせて、再び、注意深く置いた。型紙を順次、送っては糊を広げる。時々、水を含んで霧状にして吹きかけ、型紙に湿り気を与える。こうして片面に型付が終わると、小吉に手伝わせて、長板ごと物干し場に運んで天日に干した。ここまでは、小紋染めの型付の手順と変わらない。

糊の乾くのを待って長板を戻し、生地を慎重に外す。外し終えると、樅木の板に再度水を引き、裏返した反物を張った。

作業を見守っていた幸は、声には出さずに、ああ、と得心する。蘇芳で糊に色を付けてあったため、表の柄が裏からもはっきりと透けて見えていた。

表の赤い紋様と、少しの狂いもなく重なるように、糊を置かねばならない。力造は反物を前に、深く息を吸い、肩を落とすようにして吐きだした。

梅松が型紙に残した「ほし」を頼りに、生地を透かして見える紋様に型紙をぴたりと重ねて、糊を置いていく。

染め場の雰囲気がぴんと張り詰め、幸も賢輔も梅松も、それにお才も、皆、息を殺して型付師の作業を見守る。反物の端まで型が送られると、一同の口から、ほーっと長い溜息が洩れた。

上手くいったのか、どうなのか、力造は黙して語らぬままだ。

長板はもう一度、物干し場に上げられ、天日に干された。糊が乾くのを待つ間、力造は長板の傍を離れない。幸たちは物干し場の手前に控えて、じっと待った。

刻が過ぎるのは、途方もなく遅い。一同が黙り込む中、風に乗って遠くから歓声が届く。天赦日の今日、何処かで棟上げの餅撒きをしているようだった。

どれほど待ったか、漸く、力造が動いた。

糊が乾いたのを確かめて、ゆっくりと長板から反物を外していく。小吉に手伝わせて、力造は白生地を春陽に翳し、出来栄えを確かめる。

「梅さん」

初めて、力造が大きな声を発した。

名を呼ばれて、梅松は縺れる足で力造の傍へと寄った。

型付師は型彫師が見易いように、高々と布を掲げ、両腕を一杯に広げる。型彫師は反物を見上げるなり、短く息を呑んだ。少し間があって、洟を啜り上げる音がする。

「七代目」

反物から目を離すことなく、梅松がくぐもった声で幸を呼んだ。

弾かれたように、幸は物干し場へ上がる。梅松に場所を譲られて、反物を仰ぎ見た。

木綿が光を抱いている。表の色糊と寸分違わず、ぴたりと重なった裏側の糊。

ああ、と幸は低く声を洩らす。

ころころと愉しげに転がる鈴たち、鈴同士を結び、柔らかな曲線を描く鈴緒。何とも心躍る紋様だった。まだ染められる前だというのに、幸の瞳には、糊の置かれた鈴と緒は白く、地は藍色に美しく染まって見える。

梅松と幸が手伝い、反物はさらに広げられて、蒼天に晒された。

「賢輔、お才」

力造に手招きされて、賢輔とお才が反物の下に立つ。

真澄の空に捧げられた、両面に糊を置かれた白い木綿。五鈴屋の屋号に因んだ鈴と、ひととひととを繋ぐ縁を思わせる鈴緒。それらを双眸に映して、賢輔は声もなく立ち尽くしている。

お前さん、と言ったきり、お才は言葉を失い、あとはただ、嗚咽が続く。

苦難の日々を乗り越えて、木綿のための新たな型染めは、今、まさに産声を上げようとしている。物干し場に降り注ぐ天赦日の陽射しが、怖めず臆せず、大切に守り育てよ、と語りかけていた。

治兵衛のあきない講座

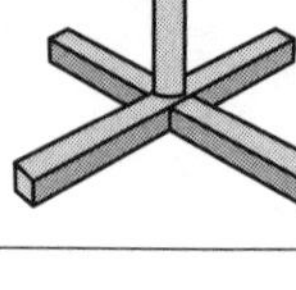

コロナ禍で大変な日々、
その上に今夏は水害も重なりました。
心よりお見舞いを申し上げます。
変わらずにいることは難しおますが、
この講座で皆さまに
そっと寄り添わせて頂きとうおます。
ほな、開講させて頂きます。

一時限目　麻疹禍とコロナ禍

第八巻で描かれた麻疹禍は、今のコロナ禍と重なります。予見されていたのですか?

治兵衛の回答

今回、同様のご質問やご感想を数多く頂戴しましたが、もちろん、予見など出来るはずもありません。作中の麻疹の流行は、史実に即したものです。物語自体は虚構の世界を描いていますが、その時代に起きたことはなるべく忠実に残しておきたいと思っています。宝暦三年（一七五三年）四月から九月に至るまで、江戸の街を麻疹禍が襲い、多くの人命が奪われました。医療技術の進んだ現代でさえ、病の流行はひとびとを耐えがたいほどの恐怖に晒します。江戸時代ならば、なおさらだったことでしょう。昔も今も、一刻も早い病平癒を願うばかりです。

二時限目　振り売りの声

作中に、振り売りの売り声がよく登場しますが、何を参考にしているのですか?

治兵衛の回答

江戸、京、大坂での振り売りの様子や売り声などは、江戸時代後期に書かれた喜田川守貞の「守貞謾稿」に詳しいです。しかし、文字や絵だけでは、実際に振り売りが、どんな台詞をどのような節回しで伝えていたのか、明確ではありません。ただ、売り声には「必ずこうでなければ」という決まりもありませんから、自分が振り売りなら如何にして売るか、と想像しつつ書き込んでいます。意外なところに学びの場はあります。例えば落語「甲府ぃ」「唐茄子屋政談」「亀佐」等々、東西の落語の演目の中で、節回しも美しい売り声に巡り合うことが出来ます。お勧めですよ。

三時限目　修徳の掛け軸

修徳の掛け軸に書かれていた言葉の出典は何なのか、とても気になります。

治兵衛の回答

本編で弥右衛門が明かしていますが、中国の明の時代に書かれた「菜根譚」という書が出典です。執筆者は洪応明。謎の多いひとですが、おそらくはもと官吏で、夢破れて隠遁したのではないか、と言われます。「菜根譚」は三五七条からなる処世訓で、その中には先人の知恵がたくさん詰まっています。儒学者の林蓀坡により文政五年（一八二二年）に和刻本として刊行され、以後、中国よりもむしろ日本で愛され続けています。現代でも、これを座右の書として挙げるひとは、決して少なくありません。五鈴屋の主従に立ち直るきっかけを与えた「菜根譚」、機会があれば是非、ご一読くださいませ。

本編では久々に幸に会えましたし、読者の皆さまにもこの治兵衛の様子をご覧頂けて、感謝の気持ちで一杯だす。流行り病に天災に人災、と難儀な毎日だすが、何とか踏ん張って、乗り越えて行きまひょなぁ。皆さまからのお便りには必ず、目を通させて頂いております。いっつも、ありがとうて手ぇ合わせておりますのや。引き続きご質問もお待ちしてますよって、どうぞ宜しゅうお頼み申します。

お便りの宛先
〒102-0074
東京都千代田区九段南2-1-30イタリア文化会館ビル5階
株式会社角川春樹事務所　書籍編集部
「あきない世傳　金と銀」係

本書は時代小説文庫（ハルキ文庫）の書き下ろし作品です。

た 19-24

あきない世傳 金と銀 九 淵泉篇

著者　髙田 郁

2020年9月18日第一刷発行

発行者　角川春樹

発行所　株式会社 角川春樹事務所
〒102-0074 東京都千代田区九段南2-1-30 イタリア文化会館

電話　03(3263)5247[編集]　03(3263)5881[営業]

印刷・製本　中央精版印刷株式会社

フォーマット・デザイン&シンボルマーク　芦澤泰偉

ISBN978-4-7584-4361-6 C0193

http://www.kadokawaharuki.co.jp/[営業]
fanmail@kadokawaharuki.co.jp[編集]　ご意見・ご感想をお寄せください。

〈 髙田 郁の本 〉

みをつくし料理帖シリーズ

料理だけが自分の仕合わせへの道筋と定めた澪の奮闘と、それを囲む人々の人情が織りなす、連作時代小説の傑作！

八朔の雪
花散らしの雨
想い雲
今朝の春
小夜しぐれ
心星ひとつ
夏天の虹
残月
美雪晴れ
天の梯
花だより（特別巻）
みをつくし献立帖

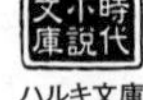

ハルキ文庫

〈 高田 郁の本 〉

出世花 新版

不義密通の大罪を犯し、男と出奔した妻を討つため、矢萩源九郎は幼いお艶(えん)を連れて旅に出た。六年後、飢え凌ぎに毒草を食べてしまい、江戸近郊の下落合の青泉寺で行き倒れたふたり。源九郎は落命するも、一命をとりとめたお艶は、青泉寺の住職から「縁(えん)」という名をもらい、新たな人生を歩むことに――。青泉寺は死者の弔いを専門にする「墓寺」であった。真摯に死者を弔う人びとの姿に心打たれたお縁は、自らも湯灌場を手伝うようになる。悲境な運命を背負いながらも、真っ直ぐに自らの道を進む「縁」の成長を描いた、著者渾身のデビュー作。

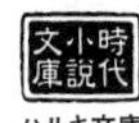

ハルキ文庫

〈 高田 郁の本 〉

あい　永遠に在り

上総の貧しい農村に生まれたあいは、糸紡ぎの上手な愛らしい少女だった。十八歳になったあいは、運命の糸に導かれるようにして、ひとりの男と結ばれる。男の名は、関寛斎(せきかんさい)。苦労の末に医師となった寛斎は、戊辰戦争で多くの命を救い、栄達を約束される。しかし、彼は立身出世には目もくれず、患者の為に医療の堤となって生きたいと願う。あいはそんな夫を誰よりもよく理解し、寄り添い、支え抜く。やがて二人は一大決心のもと北海道開拓の道へと踏み出すが……。幕末から明治へと激動の時代を生きた夫婦の生涯を通じて、愛すること、生きることの意味を問う感動の物語。